셰익스피어의 역사극 연구
왕조에서 제국으로

본서는 덕성여자대학교 2020학년도 교내연구비 지원으로 출판되었습니다.

셰익스피어의 역사극 연구
― 왕조에서 제국으로 ―

김문규 지음

도서출판 동인

대학에서 셰익스피어를 나름대로 가르치고 연구한 지 삼십여 년 이 흘렀지만, 가르치고 연구할수록 셰익스피어는 한국 학자인 나에게 는 여전히 미지의 세계로 다가온다. 그렇다고 우리 나름으로 셰익스피 어를 가르치고 연구하는 업을 게을리 할 수 없는지라 이십여 년 전 어 느 시점에서인가 셰익스피어의 전 작품 서른일곱 편에 대해 우리 나름 의 시각에서 비평을 써보리라는 무모한 목표를 설정해보았다. 이후 지 금까지 거의 매년 한 작품씩 골라 이십여 편의 비평을 쓰는 데까지 이 르렀다. 이제 정년을 앞둔 시점에서 그간의 연구들을 책으로 엮어보라 는 동학하시는 분들의 권유도 있었고, 더 늦기 전에 연구 결과들을 한 번 정리해보려는 조바심과 욕심이 이 책을 쓰게 하였다. 구체적으로 최근 십여 년 사이에 쓴 역사극에 관한 연구물들을 검토하면서 셰익스 피어의 역사극을 통해서 영국 근대화 역사를 조망하는 작업이 의미가 있겠다 싶어서 이 저작에 착수하게 되었다. 이 책에 실린 여섯 편의 작 품론 가운데서 『존 왕』에 관한 글은 처음 쓴 것이고 나머지 다섯 편의 글은 학회지에 실렸던 기존의 논문들을 수정, 보완한 것이다. 아울러 전체 글들이 어떤 맥락에서 연결되는지를 서론에서 밝혔다. 애초에 전문 연구자들을 염두에 두며 깊이 읽기를 시도한 글들이기에 내용이 다소 어려울 수 있으나 서론을 통해 어려운 내용들을 다소 쉽게 요약하려 했다.

가볍게 읽히는 인문학이 대세인 작금, 그래도 전문적인 연구가 가볍게 읽히는 인문학의 토대를 제공할 때 인문학이 풍성해지리라 소박하게 믿으면서 이 책을 썼다.

이 책을 준비하면서 많은 분의 도움을 받았다. 책의 출판을 적극 권유하신 셰익스피어 학회 권오숙 선생님께 감사드린다. 또한 묵묵히 응원해준 아내 경미와 가족 모두에게 감사드린다. 그리고 출판을 선뜻 허락해주신 도서출판 동인의 이성모 사장님과 좋은 책이 될 수 있도록 세심한 교정을 해준 민계연 님에게 감사드린다.

2021. 7. 30.
김문규

| 차 례 |

셰익스피어의 역사극은 영국 역사에 등장하는 영국 왕들을 타이틀로 삼은 일련의 극을 지칭하는데, 셰익스피어는 모두 열 편의 역사극을 썼다. 그의 전 극작품이 37편 정도이고, 그중 비극이 모두 열 편인 것을 감안한다면 역사극이 꽤 비중을 차지한다는 것을 알 수 있다. 셰익스피어는 『헨리 8세』(1613)를 제외하고는 초기, 즉 원숙기에 접어들기 전에 역사극을 집중적으로 썼다. 이는 셰익스피어의 작품 활동 초기에 특히 역사극이 인기 있었기 때문이다. 셰익스피어가 역사극을 주로 썼던 시기는 무적함대 격파(1588) 이후부터 십여 년 정도였는데, 이 시기는 무적함대 격파 이후 영국민들의 조국에 대한 자부심이 드높았고, 전쟁을 승리로 이끈 엘리자베스 여왕의 통치 기반이 다져지던 시기라고 볼 수 있다.

하지만 당시 셰익스피어의 대중 극장은 주로 청교도들로부터 도덕적 나태와 풍기문란, 가치관의 전도와 사회적 혼란의 온상이라는 비난을 받고 있었다. 물론 청교도들의 비난에도 불구하고 당시 엘리자베스 여왕을 비롯한 지배 세력은 대중 극장이 국민에게 미치는 부정적 영향보다 긍정적 영향을 더 높이 평가하였다. 그러나 평민인 대중 극장의 극작가가 왕의 내면을 들여다보고 인간으로서 파악한 왕을 재현할 수 있는 창작 원리 자체가 왕권의 신비나 신성불가침을 의문시할 수 있는 급진성을 띠고 있었다. 복잡한 의례와 절차, 그리고 전통에 따른 왕권의 수행은 고도의 연기에 해당한다고 볼 수 있는데, 대중 극장의 배우들은 그런 왕의 역을 연기함으로써 관객들이 왕권 수행의 본질적 연극성을 인식하게 할 수 있었다. 배우들이 왕의 역할을 그럴듯하게 수행함으로써 관객들은 왕도 최상으로 연기하는 자라고 인식할 위험이 있었다. 달리 말해서 관객들이 대중 극장의 천한 배우들의 왕 연기를 통해서 왕의 정체성을 인지함으로써 왕의 정체성과 왕권이 고정된 것이 아니라 유동적이며, 내재적인 것이 아니라 가장된 것이라고 느낄 위험이 있었다. 그렇기에 비단 청교도들의 비난이 아니더라도 대중 극장은 절대왕권의 엄격한 검열을 의식하면서 역사극을 상연하였다.

그러나 본질적으로 그런 위험을 내포하고 있음에도 불구하고 영국 영웅들의 기억을 보존하고 애국심을 고취할 수 있는 역사극은 국민 통합에 기여할 수 있었다. 즉, 대중 극장이 상연하는 역사극은 국가적 정체성의 감각을 창조하는 중심으로 기능할 수도 있었다. 역사극은 국민으로 하여금 그들의 과거에 대한 집단적 기억을 바탕으로 자신들의 시대를 돌아보고 미래를 전망할 수 있게 해줄 수 있었다. 자신의 시대를 누구보다도 역사적 전환기로 인식했던 셰익스피어는 역사극을 통해서 역사적 전환의 모멘텀을 추적한다. 셰익스피어는 무적함대 격파 이후 자신의 나라가 이전 시대와는 다른, 사회 전반에 걸쳐 업그레이드가 이루어진 나라가 되었지만, 그에 따라 새로운 문제와 도전이 제기되고 있음을 의식하면서 그런 자신의 시대에 이르기까지 영국의 역사의 도저한 흐름을 역사극을 통해서 포착하려 하였다. 그리하여 그의 역사극은 영국이 낡은 왕조로부터 근대 국민국가를 거쳐 장차 대영제국으로 이행하는 역사를 추적한다. 셰익스피어 역사극의 그런 내용을 구체적으로 분석하기에 앞서 우선 역사를 소재로 극을 쓰는 작업의 본질적 의미에 대해 살펴볼 필요가 있다.

역사와 극이 결합한 '역사극'이라는 용어는 카스탄(David Scott Kastan)에 의하면 일종의 모순어법(oxymoron)에 해당한다(1-4). 역사가 실제 일어난 사건들과 관계된 영역인 반면, 극은 인위적인 말의 구조와 관계된 영역이다. 그렇기에 둘을 결합하는 것이 모순을 야기할 수도 있다. 하지만 역사가 실제 일어난 사건들을 다룬다고 하더라도 그것이 우리에게 이해 가능한 것, 즉 우리가 알 수 있는 것이 되기 위해서는 텍스트화와 서사화가 필요하다. 달리 말해서 역사는 역사적 자료나 기록, 유적, 유물 등을 소재로 하되, 그것들이 텍스트화, 혹은 서사화될 때 비로소 이해 가능한 실체가 될 수 있을 것이다. 역사극이란 바로 역사서와 같은 역사에 관한 기술과 그런 기술을 바탕으로 만들어진 다양한 허구를 다시 쓰는 작업이다. 즉, 역사를 이해 가능한 것으로 경험하게 하는 영역인 것이다. 그런 의미에서 역사극이라는 용어는 형용모순이라고 볼 수 없다. 양립 가능하고 상호 보충적인 언어의 결합으로 볼 수도 있을 것이다. 물론 역사극은 결코 역사 자체가 아니고 심지어 허구의 재현이기에 원본이 결여된 번역에 해당할 수도 있다. 그러나 극이라는 번역은 결코 알 수 없고 가시화되지 않는 역사라는 원본의 존재를 드러나게 하는 가장 효과적인 수단일 수 있다.

대중 극장에서 상연되는 극은 어떤 내용을 다루더라도 기본적으로 엔터테인먼트라고 할 수 있다. 반면 역사를 다루는 목적은 아무래도 과거로부터 교훈과 지혜를 얻고자 하는 것, 즉 가르침을 얻고자 것일 것이다. 셰익스피어 시대 최고의 시인이자 비평가였던 시드니 경(Sir Philip Sidney)은 당시 청교도들의 공격에 맞서, 연극을 포함한 문학적 창작물인 시가 즐거움을 주면서(to delight) 가르치는(to teach) 효용을 옹호했다. 시드니가 옹호한 시의 효용은 특히 역사극에 적용할 수 있다. 역사극은 서사화와 무대를 통한 시각적 재현으로 역사를 이해 가능한 것으로 만든다. 다시 말해 서사화와 시각적 재현의 즐거움을 통해 독자나 관객들은 자연스럽게 역사를 이해하게 된다. 그래서 과거나 지금이나 사람들은 역사적 소재를 재현한 극이나 소설, 영화 등의 다양한 엔터테인먼트를 통해서 역사를 접하고 이해하고 있기도 하다. 가령 셰익스피어의 역사극은 과거에도 지금도 당시 영국의 역사를 알게 해주는 가장 영향력 있고 효과적인 콘텐츠로 기능하고 있다. 셰익스피어 극을 원전으로 한 소설이나 드라마 그리고 영화가 다시 쓰이고 제작되는 만큼 셰익스피어의 역사극은 역사의 번역임에도 불구하고 마치 역사의 원전으로서 기능하는 듯한 느낌을 준다. 그렇게 셰익스피어의 역사극이 역사의 대중화에 기여하는 것은 사실이지만 역사의 대중화가 역사에 대한 올바른 인식이 아닌 왜곡된 상을 갖게 할 위험이 있다고 비판할 수도 있다. 물론 역사적 진실과 극적 진실은 다를 수 있다. 그러나 역사란 텍스트화되고, 서사화될 때 이해 가능해질 수 있는 것이고, 역사가 추구하는 진실도 과거의 역사적 소재들에 대한 해석의 산물이라고 한다면 역사극 또한 역사의 한 번역이자 해석으로서 역사적 진실을 파악할 수 있는 또 다른 맥락을 제공한다고 볼 수 있다. 역사극이 제공하는 그 맥락은 무엇보다도 휴먼드라마의 맥락이기에, 역사를 더욱 생생하게 구체적으로 이해할 수 있게 해준다. 역사적 인물들의 의식을 재현하고 역사적 사건들을 휴먼드라마의 관점에서 서사화하는 역사극은 공식적인 역사 기록이나 편집에서 배제 혹은 탈락하였던 내용이 무엇인지 유추할 수 있게 하고 과거 역사의 현장에 있는 듯한 느낌이 들게 할 수 있다. 나아가 역사적 진실이 어떻게 중층 결정되는가에 대한 이해를 증진할 수 있다.

셰익스피어의 역사극은 기존의 역사서나 연대기를 참고하고 있으나 결코 역사적 기록에 의존하지는 않는다. 그보다는 기존의 역사적 소재들에 관한 대중적 상상력을 바탕으로 하고 있다고 할 수 있다. 즉, 역사를 다시 쓰는 것이 아니라 역사를 다룬 극, 혹은 역사적 소재에 대한 대중적 상상을 다시 쓰는 것이다. 역사서에 기록되어 있고, 역사적으로 알려진 순간들 역시 가정이고 가상일 뿐이다. 다양한 비역사적 순간의 연속되는 서사를 통해서 역사적 순간들이 암시되는 것이다. 그러기 위해서 셰익스피어는 역사적 순간, 역사적 인물들의 의식과 인식을 재현한다. 역사서와는 달리 역사극이 극적 진실로 역사적 진실을 더 잘 드러낼 수 있는 것은 바로 역사적 인물들의 의식을 재현할 수 있기 때문이다. 그렇게 역사극은 때로는 역사적 기록에서는 찾아볼 수 없는 역사적 순간을 재현할 수 있다. 역사적 인물과 그 시대를 살았을 법한 가상 인물들의 성격 창조, 그리고 그들의 상호 작용이라는 형식으로 역사와 역사적 순간을 이해 가능하고, 상상 가능하게 하는 것이 역사극인 것이다. 그 결과 역사극은 관객이나 독자들로 하여금 역사적 사건들을 마치 직접 경험하는 듯한 느낌이나 감각, 즉 역사적 순간과 상황에 있는 듯한 착각 혹은 상상에 빠지도록 할 수 있다.

역사극은 휴먼드라마를 통해서 역사적 변화의 성격이나 전환의 메커니즘을 포착하려 하지만, 작가의 관점이 당대의 관점이나 사고에 입각하는 한, 본질적으로 시대착오적일 수밖에 없다. 작가들은 관객이나 독자들이 마치 과거 사건들의 현장에 있는 듯한 느낌이 들도록 과거 사건들을 재현하려 하지만 그런 재현의 관점 자체가 당대의 관점이나 사고에 입각한 것이기에 동시대인들에게 현장감을 줄 수 있는 것이다. 이는 역사극이 당대의 문제의식으로 과거를 해석한 것인 만큼 거기에는 당대의 지향이나 관심사가 자연스럽게 투영된다는 것을 의미한다. 과거 역사의 순간을 복원하는 것은 뒤늦은 시대착오적인 성찰을 바탕으로 이루어지는 것이기에 역사의 이행에 있어서 또 다른 선택이나 잃어버린 대안들이 있었음을 암시함으로써 현재와의 연속성을 확인하는 것이기도 하다.

셰익스피어 역사극 전체를 통해 어떤 일관된 주제나 지향을 읽어내려는 시도는 셰익스피어의 역사극을 목적론적 역사관의 산물로 간주하는 것에 불과할 수도 있다. 흔히 셰익스피어의 극들은 이질적인 요소들로 이루어진 다성적인 텍스트로 여겨진다. 역사극도 예외는 아니다. 과거 역사의 현장임을 무색하게 하는 수많은 시대착오적 세부 요소는 물론, 여러 이질적인 요소의 다층적 세계가 전개되기도 한다. 그래서 어떤 해석의 프레임도 이런 다층적이고 다성적인 세계를 모두 포괄할 수 없기에 읽는 사람 나름의 시각과 문제의식에 합당한 프레임을 적용할 수밖에 없을 것이다. 이에 이 글은 셰익스피어의 역사극들이 영국이라는 나라의 근대화 과정, 즉 중세 왕조로부터 근대 국민국가를 거쳐 제국을 지향하는 이행 과정을 반영하고 있다는 전제하에 그런 이행의 역사적 변화의 성격이 각 역사극에 어떻게 구체적으로 그려져 있는지 파악하고자 한다. 이는 21세기를 사는 한국의 독자가 셰익스피어의 역사극을 읽을 때 가질 수 있는 적절한 문제의식이 아닐까 싶다.

셰익스피어는 연대기적으로 영국 역사를 극화하지 않았다. 셰익스피어는 영국 역사에 대한 자신의 인식과 전망이 확장됨에 따라 처음 역사극에서 다루었던 시대를 거슬러 올라가기도 하고 아득한 과거에 영국의 미래를 투영하기도 한다. 그래서 그의 역사극을 연대기 순서대로 재배치하여 읽을 필요가 없다. 반대로 그의 역사극이 쓰인 순서대로 읽으면서 역사극 형식의 발전과 역사적 인물의 성격 창조의 발전을 확인할 필요가 있다. 셰익스피어는 첫 역사극 4부작에서 장미전쟁의 종식 끝에 튜더 왕조가 성립되는 역사를 다루었지만, 이후 두 번째 4부작에서는 시대를 거슬러 올라가 영국 역사상 최초의 왕위 찬탈을 다룸으로써 장미전쟁의 기원을 추적하는 한편, 마지막 작품에서는 장차 도래할 대영제국의 비전을 투영하기도 한다.

셰익스피어가 처음 시도한 첫 4부작(1591~1593)은 골육상쟁의 장미전쟁이 사필귀정으로 튜더 왕조를 탄생시키는 과정을 다루고 있기에 목적론적 서사에 가깝다고 볼 수 있다. 첫 4부작은 튜더 신화의 프레임 내에서 낡은 세계가 자포자기적으로 종식되는 과정을 극화하는 것이었다. 첫 4부작은 그의 희극이나 비극의 경우와 마찬가지로 초심 작의 특성을 잘 보여주기도 하는데, 가령 셰익스피어의 첫 번째 비극인 『타이

터스 앤드러니커스』가 유혈이 낭자한 비극을 즐기는 당대 관객들의 선정적 취향을 따른 것처럼, 첫 번째 4부작도 선정적 요소들이 과하다고 느끼게 한다. 첫 번째 4부작은 무엇보다도 사건 자체의 전개에 치중함으로써 역사적 인물들의 의식을 깊이 있게 재현하지 못하고 있다.

첫 번째 4부작은 『헨리 6세 1, 2, 3부』와 『리처드 3세』로 구성되어 있는데, 헨리 6세 시대를 다룬 3부작은 각기 다른 양상으로 그 시대를 그리고 있지만 전체적으로 사건 전개 자체에 충실한 편이다. 헨리 6세는 세 작품에 걸쳐 타이틀의 주인공으로 설정되어 있지만, 그는 역사와 정치를 적극적으로 대면하지 못하고 역사와 정치의 현장에서 소외되는 왕으로 그려져 있다. 셰익스피어는 그런 헨리 6세를 종식될 수밖에 없는 낡은 왕조와 동일시하는 서사를 전개한다. 그 과정에서 두드러진 것은 유약한 왕의 권력의 공백을 채우려는 여성들의 역할을 과장한 것인데, 셰익스피어는 그런 여성들을 악마적으로 타자화한다. 셰익스피어가 마녀 서사에 가깝게 여성들의 역할을 과장한 것은 역사의 비정상성과 기형성을 강조하려는 의도에서 비롯된 것이라고 볼 수 있다.

여성들의 악마적 타자화는 이후 『리처드 3세』의 폭군 서사로 이어져, 장미전쟁의 부정적 잔재들이 마녀 같은 여성들보다 더 끔찍한 폭군의 악으로 응축된 끝에 사필귀정으로 파멸하는 이야기를 전개한다. 그리고 최악의 폭군이 조성하는 말세로부터 나라를 구하는 지도자를 준비하는 것이 역사의 이치임을 강조한다. 셰익스피어는 튜더 왕조 탄생이 역사의 필연임을 강조하기 위해 그렇게 낡은 왕조가 몰락하는 말세적 국면, 즉 악마적 국면을 재현하였다.

이렇듯 첫 번째 4부작은 두 번째 4부작과 비교하여 역사적 소재를 다소 선정적으로 다루면서 역사적 인물의 입체적 성격 창조에 이르지 못하였으며, 첫 번째 작품에서 마지막 작품에 이르기까지 대체로 연대기적 서사를 취하고 있기에, 첫 4부작에서는 마지막 작품인『리처드 3세』(1592~1593)를 다룸으로써 전체를 개괄할 수 있으리라 판단한다. 그래서 첫 번째 장에서는『리처드 3세』에서 첫 4부작 전체에 걸친 장미전쟁의 처참한 골육상쟁이 그 말기적 증상을 드러내면서 자포자기적으로 종식되고 튜더 왕조가 탄생하는 다분히 목적론적 서사를 분석한다. 셰익스피어 역사극의 두드러진 점 중 하나는 역사적으로 패배했거나 역사에 치인 왕들을 왕인 동시에 한 사람의 인간으로 파악하면서 역사적 기록에 없는 인간 드라마를 전개하는 것이다. 리처드 3세의 경우도 마찬가지인데, 그의 성격 창조가 이후 역사극의 왕들에 비해 입체감이 덜하기는 하지만, 그는 악의 화신으로서 악의 본질을 추상할 수 있게 하는 인간 드라마를 전개하기도 한다. 그래서 제1장에서는 리처드 3세가 구현하는 악의 파멸 서사를 통해 낡은 플랜태지넷(Plantagenet) 왕조가 몰락하고 근대적인 튜더 왕조가 성립하는 역사의 필연이 제시되지만, 셰익스피어는 또한 역사의 필연으로 제시된 튜더 왕조의 탄생 신화가 이데올로기일 수 있음을 암시한다는 것을 분석한다.

제2장에서는 두 번째 4부작의 첫 작품인『리처드 2세』(1595~1596)와 거의 같은 시기에 쓴 것으로 추정되는『존 왕』(1595~1596)을 분석한다.『존 왕』의 역사적 배경이 13세기 초이기에 이 극은 첫 번째나 두 번째 4부작에 포함될 수 없는 독립된 역사극일 수밖에 없다. 그렇지만 같은 시기에 쓰인『리처드 2세』와 동일한 모티브가 다루어져 있고, 두 번째 4부작의 마지막 작품인『헨리 5세』로 이어지는 모티브도 다루어

져 있어, 이 극을 통해서 두 번째 4부작을 기획할 무렵의 셰익스피어의 관심사를 짐작해볼 수 있다. 존 왕은 통치 기간 내내 왕위의 정통성 시비에 시달린, 여러모로 실패한 왕으로 평가받아 왔다. 그는 통치 기간 무능과 실책으로 인해 귀족들과 알력을 빚은 끝에 서구 민주주의 발전에 한 획을 그은 사건으로 간주하는 마그나 카르타(Magna Carta, 1215)의 수용을 초래했다. 셰익스피어는 극에서 마그나 카르타 수용의 역사를 배제하고 있지만, 귀족들의 반란 문제를 다루면서 마그나 카르타 수용의 필연을 유추할 수 있게 한다. 존 왕은 리처드 2세나 리처드 3세와 마찬가지로 역사적으로 패배했거나 실패한 왕에 해당하는데, 리처드 2세가 신하의 반란으로 왕위를 찬탈당하는 반면, 존 왕은 신하들이 요구한 마그나 카르타를 수용하고 나아가 그들의 반란을 사면할 수밖에 없는 무능한 왕으로 남는다. 그러나 셰익스피어는 존 왕이 반외세, 반가톨릭 노선을 표방한 것에 주목하여 중세 유럽 범 가톨릭의 지배에서 벗어나 독립 국가를 이루려는 움직임의 시작이라는 의의를 부여한다. 극에서 그의 반외세, 반가톨릭 노선은 왕위의 정통성에 대한 시비를 해결하려는 동기와 얽혀있어, 독립 국가에 대한 역사적 전망을 담고 있지는 못하다. 그 결과 존 왕의 노선은 고비 때마다 타협과 굴종으로 흘러 용두사미가 되고 만다. 그런 실패에도 불구하고 셰익스피어는 허구의 인물인 리처드 1세의 서자를 존 왕의 최측근으로 배치하여 그의 활약을 통해 존 왕의 반외세, 반가톨릭 노선이 미래 역사로 이어질 것임을 암시한다. 그는 적과 내통하여 반란을 도모하는 귀족들과 대조적으로 존 왕을 도와 외적의 침입에 맞선 끝에, 소기의 성과 없이 죽음을 맞이한 존 왕을 대신하여 영국이 나아갈 바를 선언한다. 튜더 시대의 애국주의를 대변하는 그의 선언은 장차 영국민이 하나가 되어 프랑스와의 전쟁에서 승리하는 헨리 5세의 대영제국의 꿈으로 이어진다. 이 장에서는 이렇듯 실패한 왕의 서사를 통해 독립 국가의 당위를 제시하려는 셰익스피어의 전망을 분석한다.

제3장에서는 두 번째 4부작의 첫 작품인 『리처드 2세』를 통해서 첫 번째 4부작에 이어 봉건 왕조의 전형적 왕의 몰락으로부터 새로운 왕조가 탄생하는 역사의 이치가 어떻게 극화되고 있는지를 분석한다. 리처드 2세는 존 왕과 달리 왕위의 정통성을 인정받는 왕이지만 신하로부터 왕위를 찬탈당하는 최초의 영국 왕이 된다. 볼링브로크가 리처드 2세의 왕위를 찬탈하고 헨리 4세로 등극한 사건은 장미전쟁의 기원이 되는 셈인데, 이미 장미전쟁의 골육상쟁 끝에 근대적 왕조가 탄생하는 역사를 다룬 바 있는 셰익스피어는 이 극에서 봉건 왕조에서 왕이란 어떤 존재인가라는 문제를 파고든다. 그러면서 봉건 왕조로부터 근대적 왕조로의 이행의 시작을 극화하고 있다. 셰익스피어는 리처드 2세를 리처드 3세와는 다른 의미로 봉건 왕조 최후의 왕처럼 그리면서, 그의 왕위 찬탈을 봉건 체제의 모순과 한계를 드러내는 역사적 사건으로 전망한다. 리처드 2세는 왕권은 신성불가침이라는 봉건적 이념에 도취해 있으면서도 그런 이념의 토대를 스스로 무너뜨리는 정치적 언행을 함으로써 봉건 귀족들의 반발을 초래하고 결국 왕위를 찬탈당하게 된다. 반면 리처드 2세를 폐위시키는 볼링브로크와 그의 추종 세력은 비록 자신들의 기득권을 지키기 위해 반란을 꾀했지만, 봉건 왕조의 위계적 군신 관계와 다른 이해관계나 계약관계에 입각한 근대적 군신 관계가 대두하리라는 것을 암시한다. 셰익스피어는 그렇게 왕위를

찬탈당하고 역사와 정치로부터 소외당하는 리처드 2세의 내면세계를 탐구하여 봉건 왕조에서 도대체 왕이란 어떤 존재인가라는 물음을 제기한다. 이를 위해 셰익스피어는 리처드 2세를 자신의 삶에 대해 미학적 태도를 보이는 시적인 인물로 창조한다. 그리하여 리처드 2세는 왕위를 찬탈당하고 난 뒤에 자신의 자질을 십분 발휘하여 자신이 왕이 아니면 무엇이란 말인가라는 화두를 붙잡고 씨름하지만 그럴수록 말의 왕으로만 남게 된다. 셰익스피어는 이렇게 왕도 인간이라는 관점에서 봉건 군주의 몰락을 극화하면서 장차 낡은 왕조를 대신할 새로운 왕조의 왕들도 동일한 물음에 직면할 것이라는 점을 암시한다. 이렇듯 이 작품에 이르러 셰익스피어는 평민 작가로서 왕의 내면을 들여다보고 인간으로 파악한 왕을 본격적으로 재현하기 시작한다.

제4장에서는 『헨리 4세 1, 2부』(1596~1599)를 이은 첫 번째 4부작의 마지막 작품인 『헨리 5세』(1599)를 분석한다. 헨리 5세는 그의 왕자 시절이 『헨리 4세 1부』와 『헨리 4세 2부』에 그려져 있을 뿐 아니라 극에서의 비중이 헨리 4세 못지않기에 3편의 역사극 모두 헨리 5세의 역사극으로 볼 수도 있다. 셰익스피어는 헨리 4세가 왕위 찬탈의 후유증으로 재위 기간 내내 크고 작은 각지의 반란에 시달리는 것으로 그리고 있다. 한편 장차 헨리 5세로 등극하게 될 할(Hal) 왕자는 폴스타프(Falstaff) 일행과 함께 시끌벅적한 런던 선술집에서 젊은 나날을 보내는데, 이는 나중에 그가 영국의 이상적인 군왕이 될 통과 의례였음이 밝혀진다. 할 왕자는 가장 큰 정치적 위협이었던 핫스퍼(Hotspur)의 반란을 진압하고 왕위에 오르자마자 공식적 세계에 저항하는 대안적 문화를 대변했던 폴스타프를 배척함으로써 영국의 지역적, 사회적 통합의

기틀을 마련한다. 셰익스피어는 『헨리 5세』에서 그렇게 왕위에 오른 헨리 5세를 영국의 과거와 현재, 그리고 미래를 아우르는 대영제국의 기틀을 닦을 소명을 받은 군왕으로 묘사한다. 헨리 5세의 영웅 서사는 백년전쟁 기간 중 영국이 프랑스와의 전투에서 거둔 가장 위대한 승리인 애진코트(Agincourt) 전투를 중심으로 전개된다. 탁월한 리더십과 행운의 도움으로 전투에서 승리한 헨리 5세는 정복자로서 프랑스 왕궁에 입성해 프랑스 공주를 왕비로 맞이한다. 그런 헨리 5세에게 당연히 이상적인 영국 남성상이 새겨지기도 한다. 그러나 셰익스피어는 리처드 2세의 경우와는 달리 이미 신격화된 군주의 인간적인 측면을 파헤치지 않고, 철저히 정치적 업적의 관점에서 그의 인간적인 측면을 그린다. 셰익스피어는 대신 튜더 시대 애국주의의 산물인 대영제국의 이념이 하부 이데올로기의 정교한 조작의 산물일 수 있음을 파헤친다. 이를 위해 셰익스피어는 중요한 대목에서 반어적 논평을 하는 코러스라는 장치를 적절히 활용한다. 무엇보다도 셰익스피어는 헨리 5세의 탁월한 리더십에 의해 영국의 변방이나 적지에 해당하는 지역 출신 병사들이 하나로 뭉칠 수 있었기에 전쟁에서 승리할 수 있었다고 전망한다. 그럼으로써 극은 영국과 스코틀랜드, 그리고 아일랜드가 통합된 대영제국의 비전을 제시하는 한편, 그것이 맹목적 애국주의로 떨어질 위험을 경계하는 비판적 전망을 또한 영웅 서사에 내장하고 있다.

제5장에서는 두 번째 4부작의 마지막 작품인 『헨리 5세』의 대영제국의 기획이 『심벨린』(1609~1610)으로 확장되었음을 분석한다. 『심벨린』은 고대 브리튼 왕국을 배경으로 하고 있지만 통상 역사극으로 분류되지 않는다. 엘리자베스 여왕 사후에 스코틀랜드 왕인 제임스 1세

가 영국 왕으로 즉위함으로써 잉글랜드와 스코틀랜드 두 왕조가 통합하였다. 이를 계기로 제임스 1세는 스코틀랜드는 물론 웨일즈와 아일랜드까지 아우르는 대영제국을 구상하고 있었다. 이런 상황에서 셰익스피어는 잉글랜드의 헤게모니를 암암리에 주장하는 종래의 튜더 왕조를 위한 역사극 대신 대영제국의 정체성을 확립하는 역사극을 시도하려 했을 법하다. 또한 스코틀랜드 왕의 즉위가 역사적 당위가 되기 위해서는 오랫동안 외래 침략자들에 의해 억압되었던 선험적 브리튼 정체성의 재림이라는 신화가 필요했을 것이다. 『심벨린』은 그런 시대적 요구를 반영해서 쓰인 일종의 역사극으로 볼 수도 있다. 극의 배경은 고대 브리튼 왕국이 로마 제국과 전쟁을 하는, 역사적 근거가 없는 아득한 과거이다. 브리튼 출신의 남녀 주인공은 전쟁 중에 양 진영을 넘나들 수밖에 없는 기구한 운명의 소유자들인데, 그들의 운명은 전쟁을 종식하고 평화를 가져오게 하는 것이었다. 하지만 두 주인공은 최종적으로 브리튼 왕국에 귀속되지 않는 길을 택함으로써 브리튼 정체성의 재림을 넘어 세계주의(cosmopolitan) 정체성의 도래를 선구한다. 극은 장차 팍스 로마나(Pax Romana)를 대체할 팍스 브리타니카(Pax Britanica)의 도래를 암시하는 신화에 해당한다고 볼 수도 있지만, 다른 한편으로 그에 합당한 새로운 정체성은 브리튼 정체성이 아닌 세계주의 정체성이라는 것을 암시하는 신화로 볼 수도 있다. 셰익스피어는 대영제국의 정체성을 모색하기 위해서 비역사적 신화를 추적하고 위대한 조상을 찾아내어 동일시하는 것이 아니라, 추적을 통해 그런 조상은 없음을 확인하고 새로운 동일시의 원칙을 모색해야 한다는 것을 암시한다. 아울러 그렇게 하면 영국이 장차 자연스럽게 세계주의, 보편주의를 지향하리라고 암시한다.

제6장에서는 셰익스피어가 말년에 쓴 것으로 추정되는 『헨리 8세』(1613)를 분석한다. 일부 평자는 이 극을 역사극으로 분류하는 데 동의하지 않지만 대체로는 역사극으로 간주한다. 셰익스피어는 이 역사극에 이르러 자신의 시대와 가장 가까운 시대의 왕을 다루게 된다. 헨리 8세는 지금도 빈번하게 드라마나 영화에 등장할 만큼, 당대나 지금이나 풍성한 이야깃거리를 제공하는 왕이다. 셰익스피어가 그렇게 화젯거리 풍성한 헨리 8세를 그동안 다루지 않았던 것은 짐작건대, 그가 엘리자베스 여왕의 아버지이고, 그 시대의 문제가 엘리자베스 시대에도 계속되는 면이 있기에 다루기 조심스러웠을 수밖에 없었을 것이다. 그러다 셰익스피어는 엘리자베스 여왕이 서거하고 10년이 지난 말년에 이르러, 헨리 8세로부터 엘리자베스 시대로 이어지는 시대를 극화한다. 셰익스피어는 그의 역사극을 관류하는 중세 가톨릭 국가로부터 근대 국민국가로 이행되는 도저한 흐름을 마지막 역사극인 이 극에서는 헨리 8세가 주도한 종교개혁의 향방에 투영시킨다. 그리고 그 핵심은 구교의 성모 마리아 숭배가 장차 여왕 폐하에 대한 찬양으로 바뀌는 역사를 확인하는 것이다. 그리하여 종교개혁이 위대한 여왕 탄생의 신화로 귀결되는 서사를 전개한다. 그러나 셰익스피어는 구교에서 신교로의 직접적인 이행이 불가능했기에 발생하는 혼란을 과도기를 살았던 역사적 인물들의 삶에 투영한다. 구체적으로 영국의 종교개혁이 루터의 종교개혁과는 다른 방향으로 진행되어 세속 권력의 절대화로 귀결되는 과정에서 절대 군주의 영혼에 매여 있는 신하들의 자아 형성(self-fashioning)의 문제가 다루어진다. 아울러 극은 "모두가 사실"이라는

부제를 통해서 역설적으로 과연 무엇이 역사적 진실인가라는 근본적 물음을 제기한다. 즉, 마지막으로 역사극을 시도하면서 셰익스피어는 이전 역사극에서 자신이 과연 역사적 진실이나 객관성을 추구하고 있었는지를 자문하고 있는 듯하다. 그러나 다른 한편, "모두가 사실"이라는 부제가 종교개혁의 시대를 거쳐 위대한 여왕의 시대가 도래한 것은 누구도 부정할 수 없는 사실이 아니냐고 반문하는 듯하다.

셰익스피어는 그렇게 마지막 역사극에서 영국 역사상 가장 위대한 군주이지만, 객관적 평가가 불가능하기에 역사극의 주인공으로 다룰 수 없었던 엘리자베스 여왕의 탄생을 기림으로써 그의 열왕기를 마무리한다. 아울러 왕들의 역사를 함께했던 많은 역사적, 비역사적 인물의 삶에 대해서는 좋으실 대로 해석하기를 권하는 듯하다.

제1장

『리처드 3세』에 나타난 악의 비전
반복과 고착, 그리고 무와 무능

나에게는 에드워드란 아들이 있었으나 리처드가 죽였다.
나에게는 해리란 남편이 있었으나 리처드가 죽였다.
너에게도 에드워드란 아들이 있었으나 리처드가 죽였다.
그리고 리처드란 아들이 있었으나 리처드가 죽였다.

(4.4.37-40)

1

『리처드 3세』는 셰익스피어의 첫 번째 역사극 4부작의 마지막 작품으로, 앞서 쓰인 『헨리 6세 1부』, 『헨리 6세 2부』, 그리고 『헨리 6세 3부』에 그려진 장미전쟁의 처절한 양상이 마지막 종말론적 국면에 이른 끝에 종식되고 새로운 튜더 시대가 시작하는 서사를 전개한다. 앞서 쓰인 『헨리 6세』 3부작이 랭커스터(Lancaster) 가와 요크(York) 가의 골육상쟁이 요크 가의 왕위 찬탈과 백년전쟁의 패배로 귀결되면서 낡은 왕조가 몰락하는 양상을 그렸다면, 『리처드 3세』는 왕위를 찬탈한 요크 가의 끔찍한 골육상쟁이 급기야 말세적 국면에 이르러 사필귀정으로 낡은 왕조가 종식되고, 새로운 왕조가 탄생하는 서사를 전개하고 있다. 낡은 왕조의 부정적 잔재를 상징하는 악의 화신으로 그려진 리처드 3세는 그의 무자비한 살육에 희생된 원혼들의 저주와 희구대로 랭커스터 가의 일원인 리치먼드(Richmond)에게 패배당한다. 그리고 승리한 리치먼드는 두 가문의 통합을 바탕으로 새로운 튜더 왕조의 출발을 선언한다. 그러나 사필귀정의 패배에도 불구하고 리처드 3세가 구현했던 종말론적 악의 여운은 좀처럼 가시지 않는다. 이는 이 극의 선의 대변자로서 역사적으로 승리한 리치먼드, 즉 헨리 7세의 극이 아니라는 것을 의미한다. 리처드 3세는 이 극에 앞서 쓰인 헨리 6세 3부작의 경우와는 달리 타이틀에 부합하는 역할과 그에 합당한 성격을 부여받았다. 셰익스피어의 의도는 리처드 3세를 영국 역사상 최악의 폭군으로, 즉 악의 화신으로 묘사하는 것이었다. 이는 낡은 왕조의 역사가 그 부정적 잔재들을 고스란히 물려받은 끔찍한 폭군을 낳는 말기적 양상을 거쳐 마침내 종식되는 역사의 이치를 효과적으로 재현하기 위해서이다. 낡은 왕조가 새로운 근대적 왕조로 대체되는 역사의 이치를 셰익스피어는 리처드 3세가 구현하는 악의 본질과 이치에 대한 탐구를 통해서 제시한다.

악이란 개념은 인간의 구체적 행위와 현상들을 통해 추상하기 쉽다고 할 때, 말세적 현상들로 가득 찬 악명 높은 폭군 이야기들은 악이란 개념을 추상할 수 있도록 해주는 최고의 문학적 소재가 아닐 수 없다. 리처드 3세는 튜더 시대의 사가들에 의해 소위 영국 역사상 최악의 폭군이라는 악명 높은 정체성이 부여된 왕이었던바, 셰익스피어는 리처드 3세를 이아고(Iago)나 맥베스(Macbeth)로 발전하는 악한 성격의 탐구 출발점으로 삼았다. 그런데 셰익스피어는 악한 성격에도 불구하고 리처드 3세를 당시 무대 위에서 최고의 인기를 누린 인물로 창조하였다. 이는 물론 당대의 최고 배우였던 버비지(Richard Burbage)의 탁월한 연기에 힘입은 바가 크다. 셰익스피어는 버비지 같은 최고 배우의 연기력을 최대한 끌어낼 수 있도록 배우가 무대 위에서 끊임없이 '연기에 연기'를 더하며 관객들을 끌어들이도록 하였다(방승희 86-87). 그러나 『리처드 3세』가 관객의 인기를 끌 수 있었던 것은 아무래도 그런 두드러진 연극성을 통해 가령, 토머스 모어(Thomas More)의 『리처드 3세의 역사』(*The History of Richard III*)와 같은 원전들을 뛰어넘는 실감 나는 폭군 상을 구현하였기 때문일 것이다.

악한 폭군들을 다룬 이야기들에서 우리는 인간을 악하게 만드는 것이 즉, 악의를 끌어내는 것이 권력의 속성임을 깨닫게 된다. 셰익스피어는 악에 대한 이해에 있어서 한 걸음 더 나아가, 인간이 악 자체를 향유하기 위해 권력을 수단으로 부리는, 한마디로 지배하고 파괴하려는 추상적 의지로만 남은 경지를 제시한다. 셰익스피어의 리처드 3세는 처음부터 공개적으로 악한 역을 예고하는, 즉 자신의 의지로 악을 선택했음을 선언하는 악한이며, 악의의 실현을 위해 등장인물들을 기만하는 역할 연기를 즐기려는 악한이다. 셰익스피어가 이처럼 악한의 연극성을 부각한 것은 악의 본질에 대한 이해에서 비롯된 것으로 볼 수 있다. 왜냐하면 역할 연기를 제외하고는 어떤 존재도 없는 완벽한 배우의 형상은 중심 없는 텅 빈 자아, 인격 없는 주체성으로서 악의 전형적 형상에 해당하기 때문이다.

하지만 『리처드 3세』는 장미전쟁의 종식을 다룬 역사극인 만큼 극에 구현된 악의 본질은 장미전쟁의 종식과 튜더 왕조의 성립에 대한 역사적 전망과 무관할 수 없다. 『리처드 3세』는 "낡은 세계의 악마적 국면에 있는 역사적 찌꺼기들이 튜더 신화의 프레임 내에서 자포자기적으로 종식되는 방식을 극화하고 있다"는 엔델(Peggy Endel)의 지적처럼 (121), 극은 튜더 왕조 같은 새로운 왕조가 탄생하기 위해서는 필연적으로 꼼짝 못 하게 되어서도 사라지기를 거부하는 낡은 것들이 스스로 자멸하는, 소위 악마적 국면을 거치게 마련인 역사의 이치를 말하고 있다.

악의 속성에 대해서 지젝(Slavoj Zizek)은, "영원히 회귀하려고 위협하는 무엇이며, 육체의 소멸에도 마법적으로 살아남아 우리를 사로잡는 환영적 차원이다"(65-66)라고 규정한다. 이글턴(Terry Eagleton) 역시 "순환적 시간은 곧 악의 비전에 속하며, 죽을 능력을 상실하고, 끝을 맺지 못하기에 영원한 반복으로 운명 지어진 저주받은 자들의 세상이 거기에 속한다"(50)라고 정의한다. 최후의 골육상쟁으로 치닫는 리처드 3세의 끊임없는 살인, 그렇게 리처드 3세에게 살해당한 자들이 외치는 복수의 저주, 가족을 잃고 살아남은 여인들이 외치는 원한의 저주, 그리고 상징적 죽음에 이르지 못한 그들이 유령이 되어 집단으로 출몰하는 서사에서 우리는 바로 그러한 악의 전망을 확인할 수 있을 것이다.

그런 악이 정의와 선에 패배당하는 것은 사필귀정인바, 당위론적으로 악이 선보다 약하기 때문에, 즉 무능하기 때문이다. 극은 리처드 3세의 악한으로서의 전능함이 본질적으로는 '무'(nothingness)와 무능함이나 다르지 않다는 것을 입증하는 서사를 통해 사필귀정의 결론에 이른다. 꼼짝 못 하게 되어서도 사라지기를 거부하는 악이 자포자기적으로 자멸하는 것은 반복과 고착으로서 악의 전망일 뿐 아니라 무와 무능의 전망이기도 한 것이다.

지금까지의 문제 제기를 바탕으로 이 글은 구체적으로 리처드 3세가 악한 역을 공개적으로 선언한 후 앤(Anne)을 유혹하는 데 성공하는 대목을 중심으로 그가 최상의 연기를 통해 악의 전능함을 과시하는 것을 살펴볼 것이다. 그러나 이후 리처드가 왕위 찬탈에 성공하자 그의 악의는 단지 아무런 선택적 기준 없이 무차별적 살인을 일삼는 죽음 충동에 다름 아닌 것으로 드러나며, 그리하여 그의 악행들은 본질적으로 구악을 반복, 고착하는 무와 무능의 행위일 뿐이라는 것을 다룰 것이다. 마지막으로 최후의 전투를 앞두고 리처드 3세가 악한으로서의 정체성을 재수습한 뒤, 리치먼드에게 패배하는 결말은 튜더 왕조 탄생의 신화를 따르는 것이지만 셰익스피어는 아울러 그런 신화의 이데올로기적 측면을 제시하고 있음을 밝힐 것이다.

2

셰익스피어 극에서 악한들은 공통적으로 오로지 자기 자신만을 믿거나 자신만을 의존하며 자신의 악행이 자유 의지에 의한 것이라고 공언한다(Eagleton 12). 그런 악한 성격의 첫 번째에 해당하는 리처드 3세는 자신의 의지로 악한 역을 선택했음을 공개적으로 밝힌다. 그는 관객을 향한 자신의 첫 독백에서, 자신이 속한 요크 가의 승리로 일시적으로 장미전쟁이 종식되어 작금 평화의 시대가 도래한듯하지만, 이는 퇴폐와 향락의 시대일 뿐이라고 질타한다.

> 이제야 우리를 짓누르던 불만의 겨울이 가고,
> 태양도 요크 가문의 편이 되어 영광스러운 여름이 찾아왔구나.
>
> ・ ・ ・ ・ ・ ・
>
> 성난 군신도 찌푸렸던 이마에 부드러운 표정을 짓고
> 이제는 어제까지 무장한 군마를 타고
> 겁쟁이 적군들의 간담을 서늘하게 했던 용사들이
> 여인네 내실에서 음탕한 류트 가락에 맞추어
> 민첩하기 이를 데 없이 춤판을 벌이지 않는가. (1.1.1-13)

그는 요크 가의 영광을 위해 언제나 전장의 선봉에 섰을 만큼 거의 전쟁 기계로 양성되어왔다. 그러나 골육상쟁의 전쟁이 일시적으로 종식된 지금, 그는 왕의 측근으로서 요크 가의 영광을 어느 정도 공유하고 있지만, 전쟁 기계로서 살아온 자신이 이제는 마치 제거되어야 할 과잉으로 전락했다는 위기감을 느낄 수도 있다. 그는 또 "기만하는 자연에 속아서 사지 육신의 아름다운 균형은커녕 밉상스럽게 비틀린 병신에다가 때 이른 조산으로 이놈의 세상에 태어났다"(1.1.19-22)라고 자신의 흉측한 몰골을 개탄하면서 연인이 아닌 악당이 되어, 헛된 쾌락을 증오해주겠노라고 다짐한다.

그러므로 달콤하고 분칠한 말이 기승을 부리는 화려한

사교계를 주름잡는 연인으로 군림하지 못할 바에야

차라리 악당이 되기로 작정하여

작금의 세상의 그 헛된 쾌락을 증오해주고 말겠다. (1.1.28-31)

악한은 자신의 악의에 그럴 수밖에 없다는 그럴듯한 이유를 대는 속성
이 있기 마련인데, 리처드는 자신을 기형으로 태어나게 한 대자연의
기만에 대해 복수하는 것은 정당하다는 그럴듯한 주장을 한다. 그렇기
에 리처드의 독백은 철저히 자기중심적으로 선택된 진실과 그에 대한
허구적 해석의 교묘한 조합으로 구성되어 있다(Garber 110-113). 이런 식
으로 악한들은 자신의 악의를 그럴듯하게 합리화함으로써 결코 죄책감
을 느끼지 않는다.

　악한들은 또한 결코 자신이 경멸하는 가치를 벗어나지 못하기 때
문에 그럴듯한 변명을 늘어놓는다. 리처드는 세상의 헛된 쾌락을 경멸
한다고 주장하지만, 그는 단지 그것들을 증오하고 파괴할 뿐이다. 아
무런 대안이 없는 파괴 자체는 결국 경멸하는 가치로부터 결코 자유롭
지 못하다는 것을 의미할 뿐이다. 그가 저지르는 끊임없는 살인은 그
동안 수많은 왕족과 귀족이 목숨을 걸고 싸운 장미전쟁의 진정한 의의
가 잃어버린 영토의 회복이나 태평성대의 도래, 심지어 가문의 영예
따위가 아니라, 죽음과 광기와 무와 무의미에 불과하였음을 입증한다.
그리고 이제 그러한 시대의 억압된 진실이 악의 형상으로 회귀하는 종
말의 국면이 도래했음을 알린다.

　공개적으로 악한 역을 자처하는 리처드는, 왕위 찬탈을 위해 끊임

없이 살인을 자행하면서도 세상에 대한 복수 이외에는 자신이 왜 왕이 되어야 하는지 자신도 답을 갖고 있지 않다. 그래서 그는 왕위에 집착하기보다는 악한 역의 수행 자체를 더 즐기는, 그래서 더 끔찍한 폭군의 모습을 연출한다. 그런 그가 착수한 첫 번째 악행, 즉 음모는 바로 자신이 왕이 되는 데 필요한 형제 살해이다. 그는 우선 친형 클라렌스(Clarence)를 제거하기 위해 터무니없는 예언을 날조한다.

> 클라렌스는 오늘로 틀림없이 투옥될 것이다.
> 이름 첫 자가 G자인 인간이 왕위 계승자를 죽여
> 마침내 왕위를 찬탈할 것이라는 예언을 해놨으니 (1.1.38-40)

이처럼 리처드는 장미전쟁 시대로부터 이어져 온 비이성과 몽매에 사로잡힌 인간들의 어리석음을 이용하여 그들을 파괴하려 한다.

클라렌스를 과감하게 제거한 리처드는 두 번째로 그가 이전에 살해한 헨리 6세의 장남인, 세자 에드워드(Edward)의 비이며 워릭(Warwick)의 딸인 앤(Anne)을 유혹하여 결혼할 계획을 관객들에게 알린다. 흉측한 몰골의 소유자인 그가 자신을 시아버지와 남편을 살해한 악마로 여기는 앤을 유혹한다는 것은 거의 불가능한 일처럼 여겨진다. 그렇기에 그 일에 성공할 경우, 그의 악한 역할은 그 전능함을 입증하게 된다. 그리고 그는 더욱더 득의만만하게 세상 사람들, 그중에서도 특히 여성들을 경멸하면서 거침없이 악행을 일삼게 된다.

그의 철저한 여성 혐오는 일견 심리적 투사로 읽힐 수도 있다. 그는 사회로부터 정상으로 인정받지 못하는, 그래서 화해할 수 없는 자신의 일부인 기형의 육체를 자신과 마찬가지로 사회적으로 열등한 존재로 여겨지는 여성이라는 타자에게 투사한 것이다. 그리하여 여성에게 고통을 가함으로써 위안을 얻기에 정신분석의 견지에서 악은 심리적 투사로 출현하기도 한다(Eagleton 107). 그가 여성의 나약함을 증오하는 것은 또한 그것이 본질적으로 자신의 비밀스러운 취약함을 상기시키기 때문으로 볼 수 있다. 이처럼 악은 약함을 증오하기에 세상의 모든 약한 존재를 끝없이 파괴하려는지도 모른다. 그리고 그렇게 한계를 모르는 악의 폭력은 궁극적으로 무의미와 무능을 입증할 뿐이다.

그러나 리처드가 앤을 유혹하는 대목은 일시적으로 악이 능수능란한 연기로 나약하고 어리석은 인간들의 상상을 초월하는 전능함을 과시할 수 있음을 보여준다. 리처드가 앤을 유혹해서 결혼하려는 행위가 악의에서 비롯된 것임에도, 악의 속성이 그렇듯이 궤변으로 합리화한다.

> 그녀의 남편과 아버지를 내 손으로 죽이기는 했다만 그게 무슨
> 상관인가?
> 내가 그녀의 남편 겸 아버지가 돼주는 게
> 차라리 귀중한 보상책이 될 것이다.
> 그런데 이건 절대로 사랑 때문이 아니다. (1.1.153-156)

이렇게 리처드가 악의에 찬 계획을 밝힌 직후 앤이 바로 등장함으로써 그녀는 피할 수 없는 운명의 덫에 빠진다고 느끼게 한다.

자신이 계획한 대로 앤을 마주하게 된 리처드는 최상의 궁정 풍 연인의 연기를 통해 악한으로서 그의 전능함을 입증한다. 앤은 망자를

살해한 악마라고 리처드를 거듭 비난하지만, 그는 아랑곳하지 않고 처음에 자신은 그들을 살해하지 않았다고 엄연한 사실조차 부정함으로써 앤을 더욱 격분케 한다. 그래서 분에 못이긴 앤이 "너에게는 지옥보다 더 어울리는 곳이 없다"(1.2.106)라고 비난하자, 리처드는 "아니, 꼭 한 군데 있소. 들어보시겠소?"(1.2.107)라고 그녀의 호기심을 자극한 뒤, 그녀가 "토굴의 감옥이겠지"(1.2.108)라고 대꾸하자, 그는 너무도 태연하게 "바로 당신의 침실이요"(1.2.109)라고 답한다. 그러고는 처음의 태도를 바꿔, 자신이 헨리 6세와 에드워드 세자를 죽인 사실은 인정하면서도 살인의 장본인은 앤 당신의 미모라는 뻔뻔한 궤변을 늘어놓는다. 그의 억지는 먼저 여성의 미를 칭찬하고는 자신이 행한 모든 것을 그 미의 탓으로 돌리는, 관습적인 궁정 풍 연인의 논리나 다름이 없다(Oestreich-Hart J. 242-249). 그러나 앤은 그가 수행하는 발화 행위를 따라 그와 경쟁하듯 대화를 계속함으로써 그가 유도하는 대로 끌려간다. 그 과정에서 그녀는 그의 부도덕한 궤변을 일축할 도덕적 힘을 잃고 있음을 보여준다. 그렇다고 그녀의 억압된 성적 욕망이 솟아오른 것으로 보기는 힘들지만, 도대체 이런 악한 인간의 마음에는 무엇이 들어있는지 알고 싶은 욕망이 솟아오르기 시작한다. 이후 앤은 완전히 리처드의 어법을 따르며 그의 궤변에 무너지는 모습을 보여준다.

> 리처드.　앤 부인, 당신 남편을 죽인 건 당신에게
> 　　　　　더 나은 남편을 맞게 해주기 위해서였소.
> 앤.　　　나에게 더 좋은 남편은 이 세상에 없다.
> 리처드.　있소. 죽은 남편보다 당신을 더 사랑하는 사람이.

앤.	이름을 말해보시지.
리처드.	플랜테지넷.
앤.	그건 죽은 내 남편의 이름이군.
리처드.	이름은 같으나 보다 더 훌륭한 사람이오.
앤.	어디 있지?
리처드.	여기요. (1.2.136-143)

리처드가 주도하는 수수께끼 문답이 리처드라는 답에 이르는 순간 앤은 즉각 그에게 침을 뱉는다. 그녀의 행위는 그러나 도덕적 분노와 저항의 행위라기보다는 궁지에 몰려 더는 반박할 논리와 의미를 상실한, 자신의 도덕적 무력감에 대한 자조와 자포자기의 행위처럼 느껴진다. 그 점을 이미 파악한 듯, 리처드는 그녀에게 칼을 주면서 그래도 자신을 증오한다면 찌르라고 가슴을 풀어헤친다. 나아가 찌르지 않고 자결하라고 말씀해주신다면 자결해 보이겠다고 그녀를 윽박지른다. 그리고 내친김에 진정 당신을 사랑하는 자신을 죽이는 것은 "결국 당신이 공범자로서 두 사람을 다 죽였다는 것을 알아야 한다"(1.2.177)라는 억지 논리로 그녀를 압박하면서 선택의 여지가 없는 궁지로 내몬다. 앤으로서는 리처드와 같은 살인자가 되지 못하는 한, 다른 선택의 여지가 없다. 반면 리처드는 앤이 결코 자신과 같은 살인자가 될 수 없다는 것을 잘 간파하고 있다. 이렇듯 악은 바로 약한 인간들의 무기력한 일말의 도덕심을 이용하여 그 목적을 성취한다. 리처드는 오로지 철저한 궁정풍 연인의 연기를 통해 앤으로 하여금 악을 보고 알면서도 어찌할 수 없게 만드는 악의 능력을 입증한 것이다.

그렇게 속절없이 악의 논리에 기만당한 그녀는 "당신의 진의를 알고 싶다"(1.2.178)라는 애매하면서도 불확실한 언사로 시작하여 결국에는 자신의 부도덕한 굴복에 대한 합리화를 시도한다. 그녀가 여전히 유보하는 태도를 보이자 리처드는 반지를 그녀의 손에 끼워주면서 마치 자신의 모든 것을 바치는 듯이 연기를 한다. 이미 그를 거부할 의지도 논리도 상실한 그녀는 반지를 거부하지 못한다. 나아가 "좋아요, 당신이 이렇게 뉘우치는 것을 보니 정말 마음이 기쁘군요"(1.2.205-206)라고 마치 스스로 나쁜 인간을 사랑에 의해 개심하게 만든 구원자가 된 것처럼 믿으려 한다(Garber 137). 그런 후 그녀가 퇴장하자 리처드는 "대체 이런 식으로 구혼을 받아들인 여자가 있을까?"(1.2.213)라고 그녀의 어리석음과 나약함을 조롱하면서, 그것이 악의의 승리임을 의기양양하게 말한다.

> 그쪽은 신이니, 양심이니, 나에게 맞설 그런 방패가 있고,
> 나야 도와줄 사람은 하나도 없고,
> 고작 악마와 위선의 가면뿐,
> 아무것도 없는데 그 여잘 얻다니? 하?　　　(1.2.220-223)

자신은 연인이 될 수 없기에 그는 악한 역을 하겠노라고 했지만 결국 그 반대로 최상의 연인이 될 수 있는 동시에 여성이라는 적을 패배시키는 최고의 전사임을 입증했다(Oestrich-Hart J. 257). 그럼으로써 그의 악한으로서의 전능함은 절정에 이른다.

연인으로서 리처드가 앤과 결혼하려는 목적 중 하나는 그가 장차

왕위에 올랐을 때 왕위의 정통성을 주장하기 위해서다. 그리고 그는 그런 정치적 목적을 숨기지도 않는다. 그러나 앤을 굴복시킨 후 그가 보여주는 태도는 그런 정치적 목적에 우선하는 약한 자에 대한 상징적 모욕과 약한 자들을 굴복시키는 악의의 희열이다. 리처드의 그런 악의의 본질에 대해 트로터(Jack E. Trotter) 같은 평자는 리처드의 가장 깊은 욕망은 자신의 전지전능을 알고 싶어 하는 것이며, 리처드가 왕위를 찬탈하려는 것은 세속적 의미의 절대 권력이 그의 가장 깊은 목적인 급진적 자율성을 보장해줄 것으로 확신하기 때문이라고 분석한다(42-44).

그러나 리처드가 구현하는 악의 형상은 골육상쟁으로 점철된 장미전쟁이 이제 마지막 악마적 국면에 도달했다는 맥락에서 파악할 필요가 있다. 그런 맥락에서 코트(Jan Kott)는 "리처드에게는 심리학이 적용되지 않는다. 그는 그저 역사이며, 이제껏 반복되어온 역사의 장 중하나이다"(45)라고 정의한다. 그리고 그런 역사가 거대한 학살에 불과하다면 앤에게는 어둠 속으로의 도약, 즉 죽음과 쾌락 사이의 선택밖에 없다. 그래서 그녀는 세상의 모든 법이 존재하기를 중지한다는 것을 입증하기 위해 그에게 파괴당한다고 주장한다(30). 그럴 경우, 앤의 굴복은 그런 악의 역사에 맞서 자신을 내던지는 일종의 영웅적 행위로 해석될 위험이 있다. 그러나 앤이 리처드의 유혹에 굴복하는 것은 그녀 자신의 약한 의지와 부도덕성에 기인한 것이 분명하다. 앤의 경우에서 알 수 있듯, 인간들의 부도덕과 박약한 의지야말로 악의 온상인 것이다. 리처드는 그런 인간들의 약함을 정확히 파악하여 그들이 자신을 스스로 기만하도록 유도함으로써 일시적으로 악의 전능함을 과시하는 데 성공한 것이다.

3

리처드가 앤의 유혹에 성공하고 득의만만한 것에서 알 수 있듯, 악한은 이 세상에서 인간들의 나약함·어리석음·무능함을 꿰뚫어 보는 시선을 가졌기에, 즉 그들에게서 어떤 가치도 발견할 수 없기에 인간들을 경멸하고 파괴하려 한다. 그러나 그런 악인은 세계를 자신의 의지에 복종시킬수록, 결국 자신의 존재를 확인시켜줄 그 무엇도 남아 있지 않은 세계만을 직면하게 된다. 앤의 유혹에 성공한 후 무자비한 살인을 저지르며 왕위에 오르게 되자 리처드는 악의의 본질이 지배하고 파괴하려는 추상적 의지일 뿐임을, 한마디로 죽음 충동에 불과함을 드러내기 시작한다. 그에 상응하여 죽은 헨리 6세의 왕비인 마가렛(Margaret)이 등장하고 그녀가 주도하는 죽은 자들의 복수와 응징, 그리고 죽음의 저주 역시 본격적으로 시작된다. 그리하여 리처드를 비롯해서 그 누구도 벗어나지 못하는 구악이 끊임없이 되풀이되고 고착하는 거악의 세계가 펼쳐진다.

셰익스피어가 참조한 원전들에 따르면 마가렛은 그 당시에 이미 프랑스에서 사망했다(Jowett 44-47). 셰익스피어는 상상력을 발휘하여 이전 헨리 6세 시절 장미전쟁에서 활약했던 그녀를 마치 유령인 것처럼 이 극에 소환하여 일종의 코러스 임무를 수행하게 한다. 그럼으로써 그녀는 극 중 인물 누구도 과거로부터의 죄악의 반복과 고착의 수렁에서 벗어날 수 없음을 환기한다. 리처드가 거의 기계적으로 살인을 하는 것과 마찬가지로 그녀 역시 거의 기계적으로 복수를 요구하는 저주를 한다. 가령 에드워드 왕이 사망하자 재빨리 권력을 장악한 리처드는 왕비의 측근인 그레이(Gray)와 리버스(Rivers)부터 처형하는데, 그들은 최후의 순간 각기 "마가렛의 저주가 우리 머리 위에 떨어졌구나"(3.3.13), "오, 하느님, 이제 우리를 위해서도 마가렛의 저주를 다 들어주소서"(3.3.16-17)라고 마가렛의 저주에 사로잡힌다. 이는 표면적으로는 리처드와 마가렛이 극단적인 정치적 대립 관계에 놓인 것처럼 보일지라도 본질적으로 그 둘은 장미전쟁의 부정적 찌꺼기의 쌍생아로서 상호 보충적 관계를 형성하고 있음을 말해준다.

리처드 3세는 왕위에 오른 뒤 화근을 없애기 위해, 세자와 어린 조카들마저도 잔인하게 살해하면서, "이왕에 피를 묻힌 몸, 죄악이 죄악의 꼬리를 무는 대로 맡길 수밖에 없으나, 연민의 눈물 따위는 이 눈에 괴어 있지 않다"(4.2.64-66)라고 고백한다. 이 대목에 이르면 그가 처음 등장했을 때 보여주었던 희극적 연기의 여유는 전혀 찾아볼 수 없다. 그래서 블룸(Harold Bloom) 같은 평자는 그의 장난기가 악의로, 활력이 죽음 충동으로 전환한다고 지적한다(71).

리처드 3세는 수단과 방법을 가리지 않고 왕위 찬탈에 성공하지만 이후 그가 구현하는 악은 무능함을 드러내기 시작한다. 그는 자신이 에드워드 선왕의 세자 대신 왕위에 오르는 것에 대해 시민들이 지지를 보내지 않는다는 것을 알면서도 측근 버킹엄(Buckingham)과 공모하여 왕위 등극을 위한 절차를 강행한다. 그는 먼저 신실한 기독교 군주의 연기를 통해 새로운 왕으로 추대될만한 자격이 있음을 과시한다. 기도를 위해 좌우에 신부를 거느리고 나타난 그의 모습에 대해 버킹엄은 짐짓 감탄해 마지않는다.

기독교 군주이신 공작님을 허영의 나락에

빠지지 않게 수호하는 훌륭한 두 기둥이에요.

보시오, 저렇게 손에는 기도서까지 들고 계시지 않소.

독실한 신자임을 나타내는 좋은 증거올시다. (3.7.91-94)

리처드 3세가 성스러운 기독교 군주 상을 연출하는 자리에 있는 것은 한마디로 옳은 자리에 옳지 않은 것이 있는 도덕적 전도라고 볼 수 있는데, 이는 악의 전형적인 양상에 해당한다. 그런 도덕적 전도의 연기를 바탕으로 왕위 등극이라는 목적을 성취하자 희극 연기에 대한 리처드 3세의 관심은 거의 사라진다. 이제 권력의 힘으로 사람들을 마음껏 이용하고 파괴할 수 있기 때문이다. 그리하여 리처드 3세가 그의 왕위 등극에 협조적이지 않은 헤이스팅스(Hastings)를 터무니없는 구실로 처형하려 하자 그의 기소장을 작성했던 대서인(Scrivener)은 말세가 도래했다고 개탄한다.

글쎄 아무리 아둔해도

이렇게 뻔한 술책을 알아차리지 못할까?

그렇다고 알았어도 감히 말할 사람이 있기나 할까 만은.

정말 말세다. 이런 음모를 보고 있으면서도 아무 말 못 하고

있어야만 하다니, 모든 게 끝장이야. (3.6.10-14)

리처드 3세의 공포 정치의 광기와 그런 공포 정치에 희생되는 귀족들의 나약함과 어리석음에 대한 그의 개탄에는 또한 장미전쟁 자체가 귀

족들만의 골육상쟁이라는 암시가 담겨있다.

리처드 3세가 이처럼 왕위의 정통성에 집착하고 왕위를 공고히 하기 위해 살인을 일삼는 것은 그 자신은 경멸한다고 하지만, 실제로는 결코 벗어날 수 없는 이전 시대의 낡은 질서를 답습하고 있다는 것을 의미한다. 즉, 그의 인식의 지평은 장미전쟁 시대를 결코 벗어날 수 없는, 장미전쟁의 부정적 산물에 불과하다는 것을 입증한다. 그런 그는 필연적으로 자신의 안전을 도모하기 위해 세자는 물론 어린 조카들, 즉 요크가의 마지막 자손들을 살해하는 최후의 골육상쟁을 벌이게 마련이다.

순진한 어린이들이 악한에 의해, 그것도 혈육에 의해 무참히 살해당하는 이야기는 진한 연민과 함께 신의 섭리나 정의에 대한 회의를 느끼게 해주기도 한다. 그리고 흔히 그들의 죽음은 종국에는 정의의 승리를 위한 희생으로 판명되기도 한다. 일견 이 극도 예외가 아닌 듯이 보인다. 가령 리처드 3세의 명을 받고 어린 요크 왕자들을 살해한 뒤, 자객 티렐(Tyrrell)은 "'그야말로 조물주가 창세 이래 만든 최고의 걸작이자 세상에서 가장 아름다운 작품을 이 손으로 눌러 죽여버렸죠.' 여기까지 말하고는 둘 다 양심의 가책과 회한에 시달려 말문이 막혔지"(4.3.17-20)라고 그의 동료가 한 말을 되뇌면서 자신이 행한 끔찍한 살인에 대해 몸서리친다. 그러나 극에서는 이처럼 순진무구한 아름다운 생명의 죽음이 반드시 희생양으로 기능하지는 않는다. 그들 모두 주관적으로는 죄가 없을지라도 장미전쟁의 승리자인 요크 가문의 일원이라는 원죄로부터 자유로울 수는 없는 만큼, 객관적으로는 시대의 악에 오염된 존재들에 해당하기 때문에 희생양으로 기능하기 어려운 것이다.

정상적인 세상에서는 모든 상처를 치유하는 연대로 인해 가족은 가장 끔찍한 외상으로부터도 살아남을 수 있게 도와주는 안식처가 될 수 있다. 그러나 말세적 세상에서는 가족이야말로 가장 끔찍한 범죄를 보게 하는 곳이 된다. 리처드 3세는 그렇게 인간성의 근본을 파괴하면서까지 왕위를 지키려 하지만, 그 무렵 프랑스로 피신한 리치먼드(Richmond)가 새로운 위협으로 떠오르는 소식을 접하게 된다. 그 와중에 측근인 버킹엄이 약속대로 충성에 대한 반대급부를 이행해줄 것을 요구하지만 리처드 3세는 이를 묵살한다. 그렇게 자신의 요구를 묵살하는 리처드 3세를 보고 버킹엄은 "이런 수모를 당하려고 내가 이 자를 왕으로 만들어주었단 말인가? 아, 헤이스팅스 생각이 나는구나, 어서 브레큰으로 피해야겠다. 늑장을 부렸다가는 이 목이 달아날 판이다"(4.2.121-124)라고 리처드 3세를 배신하고 도피하려 한다.

그렇게 리처드 3세의 공포 정치가 그 한계를 드러내기 시작하고 악의 지배에 저항할 수 있는 최소한의 양심이 작동하기 시작할 무렵, 리처드 3세의 악에 맞서 목소리를 내는 역할은 그에게 가족을 잃은 여성들의 몫으로 주어진다. 그들은 리치먼드를 제압하기 위해 출정하는 리처드 3세를 가로막고 한목소리로 그의 악행을 규탄하며 그의 패배를 저주한다. 그들이 물론 처음부터 연대를 결성했던 것은 아니다. 애초에 마가렛이 다른 여성들 모두 그녀가 누려야 할 것들을 빼앗아 간 가해자라고 비난하자, 다른 여성들 모두 그녀의 상투적인 저주에 감염된 듯, 서로의 원한과 저주를 교환된다. 마가렛은 그렇게 대상을 가리지 않고 사랑 없는 증오의 저주를 퍼붓기에 "나쁜 양심의 페르소나"(Bonetto 521)라고 볼 수 있는데, 마가렛은 요크 공작부인에게 가해자나 피해자나 모두 플랜테지넷(Plantagenet) 가문의 에드워드요 리처드라는

이름이었다는 것을 강조함으로써 누구도 벗어나지 못하는 골육상쟁의
역사를 환기한다.

> 나에게는 에드워드란 아들이 있었으나 리처드가 죽였다.
> 나에게는 해리란 남편이 있었으나 리처드가 죽였다.
> 너에게도 에드워드란 아들이 있었으나 리처드가 죽였다.
> 그리고 리처드란 아들이 있었으나 리처드가 죽였다. (4.4.37-40)

리처드를 반복하는 그녀의 언어는 모든 살인의 주범인 리처드 3세에게
저주를 집중하기 위한 것이지만, 리처드 3세에게 살해당한 에드워드라
는 이름의 반복은 마가렛이나 요크 공작부인 모두 에드워드라는 이름
을 상실의 기표로 공유한다는 것을 일깨워주는 효과가 있다. 그리고
무엇보다도 가해자나 피해자가 같은 이름으로 뒤섞여 있음으로써 형제
살해의 반복과 고착의 역사가 환기된다. 그러나 결국 그들은 점차 리
처드 3세의 악의에 의해 가족을 잃은 공동 운명체임을 깨닫고 리처드
3세에 맞서 집단적인 목소리를 낼 수 있게 된다.

하지만 그들의 저주는 리처드 3세의 미래에 일어날 일에 관한 것
임에도 불구하고 과거의 결과에 바탕을 둔 반복의 행위이기도 하다.
즉, 그들은 "축적과 반복으로서 장미전쟁의 역사를 다시 말하고 있다"
(Goodland 60-61). 이렇게 현재의 순간에 과거와 미래가, 그리고 현실과
환상이, 그리고 생중사와 사중생이 뒤섞이는 저주가 극을 지배함으로
써 극 중 인물 모두 장미전쟁의 죄악의 트라우마에 고착되어 결코 해
방될 수 없는 운명 공동체라는 것이 암시된다.

이 대목에서 리처드 3세는 악의에 의해 감정을 말살할 수 있는, 인격이 제거된 주체로서 특히 여성들을 경멸하기에 그들의 집단적 저주에 대해 아랑곳하지 않는다. 그러나 이후 리처드 3세는 보스워스(Bosworth) 전투 전날 밤 악의 화신답지 않게 자신이 살해한 유령들이 출몰하는 악몽에 시달리게 된다. 이는 여성들의 집단적인 저주가 불러낸 효과처럼 느껴지기에 리처드 3세는 결코 그녀들의 저주의 힘으로부터 자유로운 것이 아니라고 볼 수 있다. 하지만 그렇게 되기까지 리처드 3세는 목전의 위기에 함몰되어 자신의 왕위를 지키기에 급급한 무능한 모습을 보여준다.

그는 왕자들을 무참히 살해해놓고도 자신의 왕위 정통성을 강화하기 위해 그들의 생모이자 선왕의 왕비인 엘리자베스(Elizabeth)에게 그녀의 딸과 결혼하겠다는 의사를 표시한다. 그는 왕의 권력으로 엘리자베스를 굴복시키려 하지만 이전 앤을 유혹했을 때와는 달리 실패하고 만다. 리처드 3세는 앤의 경우에서와 마찬가지로 엘리자베스의 아들들을 살해한 것이 결국은 엘리자베스와 그녀의 딸의 미래를 위한 것이었다는 억지 논리를 펴지만, 엘리자베스는 그런 궤변에 흔들리지 않는다. 그녀는 이미 여성들 간 저주의 연대로 인해 리처드 3세에게 맞설 힘을 얻은 듯 자신의 자식들을 살해한 리처드 3세를 강력하게 비난한다. 이에 리처드 3세는 과거는 과거고 미래가 중요하다는 명분을 내세우지만, 엘리자베스는 "장래를 두고 맹세하다니 어림없는 일, 아직 미래가 오기 전이지만 얼룩진 과거로 이미 미래는 못쓰게 되었소"(4.4.315-316)라고 반박한다. 그런 비난에 대해 리처드 3세는 기이한 논리로 자신의 범죄를 합리화한다.

그러나 그 유해를 따님의 태 속에다 묻어드리려는 거요.

불사조의 향기로운 보금자리에서 다시 태어나게 해서

당신에게 위안을 주려고 하오.   (4.4.343-345)

엘리자베스 딸의 자궁에서 자신이 살해한 왕자들이 부활할 것이라는 그의 궤변은 기독교적 부활의 신성함을 모독하는 것이다. 그렇게 그는 다시 한번 옳은 자리에 옳지 않은 것이 있는 도덕적 전도를 시도한다. 또한 자신이 살해한 형제들의 시체와 자신의 정자를 동일시하는 것은 또한 그야말로 성적 도착이다(Slotkin 22-23). 무엇보다도 여성을 도구화하는 그의 여성 혐오와 경멸이 다시 한번 확인되는데, 여성의 자궁에서 죽음과 에로스를 결합하는 그의 그로테스크한 인식은 광기 어린 욕망으로서의 죽음 충동을 증거한다. 그러나 그가 끝내 엘리자베스를 굴복시키는 데 실패함으로써 악의 절대 권력은 확연히 무능함을 드러내기 시작한다.

4

보스워스 전투 전날 밤 리처드 3세가 악몽을 꾸는 장면은 그가 악한으로서의 정체성 위기를 겪는 문제적 장면인 동시에, 장미전쟁 역사의 반복과 고착을 가장 스펙터클하게 보여주는 장면이기도 하다. 전투 전날 밤 전장을 재현하는 무대가 리처드의 군막과 리치먼드의 군막으로 분할된 상황에서 리처드 3세에게 살해당한 유령들이 출현하여 번갈아 두 사람에게 말을 걸며 저주와 기원을 하는 것은 공간적 정합성에 대한 기본 전제들을 무시하는 것이다. 그렇지만 그런 공간적 비 정합성은 곧 죽은 유령들 모두 떠나지 못하고 사로잡혀있는 수렁으로서의 전장의 의미를 일깨워주며, 리처드 3세뿐만 아니라 관객들 누구도 벗어날 수 없는 트라우마적 과거의 회귀와 대면케 한다(Cahill 211-213). 리처드 3세에게 살해당한 유령들이 그를 저주하고 리치먼드의 승리를 기원하는 것은 그들 스스로 꼼짝 못 하게 되어서도 사라지지 못하는, 구악의 반복과 회귀에 해당하지만 그렇게 사라지기를 거부하는 구악의 마지막 부정적 산물인 리처드 3세의 패배, 즉 죽음을 통해 동시에 사라질 수 있기를 희구하는 것이라고 해석할 수 있다. 그들이 리치먼드의 승리를 기원하는 것은 또한 자신들의 원한을 풀어서 자신들을 사라지게 할 수 있는 신령한 자의 지위가 리치먼드에게 부여되었음을 알리는 것이다.

리처드 3세는 살아남은 여인들의 집단적 저주에 결코 흔들리지 않았던 냉혈한이지만 명운을 건 전투를 앞두고 그가 살해한 유령들이 출몰하는 악몽에 시달리는 모습을 보여준다. 리처드 3세는 그가 살해한 수많은 유령의 끔찍한 저주에 놀라 잠이 깨어서는 그런 자신의 모습에 대한 분석과 이해를 시도한다. 그리고 자신의 내적 분열을 드러내는 그의 대사는 그 스스로 선택한 악한 역이 실존적 위기에 처했음을 나타낸다. 즉, 악몽을 통해 소위 양심의 가책에 사로잡힘으로써 악한으로서 그가 추구해온 독립적이고 자율적인 존재가 허구일 수 있음을 입증한다.

아, 겁 많은 양심아, 어찌 이렇게 날 괴롭힐 수 있느냐?

．　．　．　．　．　．

무엇이 무서워 이러지? 나 자신인가? 나밖엔 아무도 없지 않은가.

리처드는 리처드를 사랑한다. 그러니 곧 나는 나란 말이다.

．　．　．　．　．　．

아, 아냐. 나는 날 미워한다. 난 가증스러운 짓들을 했어.

난 악당이다. 그런데 아냐, 거짓이야. 나는 악당이 아냐.

에이 바보 같으니, 누가 자기 자신을 헐뜯을 수 있나. 바보야, 아

첨은 관두자.

내 양심은 천 개의 혀를 갖고 있지.

그런데 그 혓바닥 하나하나가 제멋대로 말할 이야깃거리가 있지.

그리고 나에게 악당, 악당, 하고 욕을 한단 말이다. (5.4.158-174)

리처드의 갑작스러운 변모가 설득력이 없다고 보는 블룸 같은 평자는 "내면이 없는 리처드에게 불안해하는 내적 자아를 불어넣은 것은 극적 재앙"(65)이라고까지 비판한다. 그러나 셰익스피어가 이 대목에서 내적 분열을 겪는 듯한 리처드 3세를 그린 것은, 그가 어떤 논리로 악을 선택하는지를 제시함으로써 악한으로서의 정체성에 입체감을 부여하기 위한 것으로 여겨진다. 즉 이 극은 리치먼드의 극이 아니라 리처드 3세의 극임을 분명히 하려는 의도의 일환이라고 볼 수 있다.

악몽을 꾼다는 것은 그에게 남은 인간성의 찌꺼기가 억압되었다가 분출한 것이라고 볼 수도 있다. 그래서 이어지는 자기 분열의 대사는 그가 마치 양심의 가책을 느끼는 것처럼 보이게 한다. 그러나 프렌

치(Marylin French)에 따르면, 양심을 '겁 많은' 마음으로 인식하면서 자기 증오의 논리를 펴는 그의 대사는 전혀 개연성이 없다(66). 리처드는 자신을 증오한다고 하지만 다른 인간들이 아닌 과연 자기 자신이 그럴 수 있는가, 실제 그러한가를 자문한 끝에 '리처드는 리처드를 사랑한다. 그러니 곧 나는 나란 말이다'라는 결론에 도달한다. 그는 자신을 사랑하는 자아와 자신을 증오하는 자아로 분열되어 정체성의 위기를 겪지만 결국 자신을 사랑할 수밖에 없다. 그렇지 않으면 그의 정체성이 와해되기 때문이다. 달리 말해서 그 자신의 의지로 선택해온 악한 역이 실존적 위기에 봉착하자, 그는 내적 분열에도 불구하고 양심의 가책을 일축하려 한다. 그럼으로써 정체성을 유지할 수 있기 때문이다. 리처드는 악한으로서 자신을 사랑하지 않을 수 없고, 사랑해왔다. 이것이 그가 선택해온 것이다(Heller 276-277).

무엇보다도 그가 말하는 양심은 오로지 그 자신의 자아 문제일 뿐 타인의 고통에 대한 어떤 고려도 없다. 이는 그가 실제로 전혀 죄의식을 느끼지 않는다는 것을 의미한다. 그런 그이기에 전투에 임하면서는, "양심이란 겁쟁이들이 쓰는 말에 불과하다. 원래 강한 자를 위협하기 위해 꾸며낸 말이다"(5.5.38-39)라고 '겁 많은 양심'을 일축한다. 이는 그에게는 양심의 가책이 바로 악행의 실패와 패배를 의미하며, 그것은 지혜롭지 못하거나 신중하지 못했음을 뜻할 따름이다.

그는 누가 승리하는가는 죽음의 목록에 기록한 대로 될 뿐이며, 그의 패배든 리치먼드의 승리든 모두 우연일 따름이기에 그 죽음의 우연에 맡기고 싸울 뿐임을 천명한다. 그래서 그는 최후의 싸움을 하면서 오로지 말이 필요했기에 이 나라 대신 말을 달라고 했던 것이다(Heller

278). 이렇듯 리처드 3세가 양심의 가책을 일축하고 악한으로서의 정체성을 수습함으로써 그와 리치먼드의 대결은 최종적으로 악과 선의 대결이라는 상징적 의미가 부여되는데, 특히 리치먼드로서는 거악의 늪에 빠진 조국을 구출하는 성전을 선언할 수 있게 된다. 그러나 셰익스피어는 리처드 3세를 끝까지 양심의 가책을 일축하는 악한으로 그리되, 그에게 봉건 시대의 마지막 전사 상을 새김으로써 이 극이 리치먼드의 극이 아니라 리처드 3세를 위한 극임을 분명히 한다.

한편 리치먼드는 결전에 앞서, 리처드 3세에 대해 왕이 되어서는 안 될 자가 폭군이 되어 악행을 일삼아 왔다고 비난하면서 "처음부터 끝까지 하느님의 적이다. 그렇다면 여러분은 지금 하느님의 적과 싸우는 것이다. 그러니 공의로우신 하느님께선 여러분을 당신의 군사로서 보호해줄 것이다"(5.4.231-233)라고, 하느님의 대의에 의한 폭군 리처드 3세의 심판을 천명한다. 리처드 3세는 이에 맞서 리치먼드 군대에 대해 "일종의 부랑아들, 불한당, 조국을 버린 도망자, 브리턴의 찌꺼기 같은 놈"(5.5.45-46)으로 규정하면서, 우리 조상이 그들의 나라를 짓밟아 사생아들을 낳은 치욕을 준 사실이 역사상 엄연히 기록에 남아 있는데, "이런 놈들에게 이 나라를 유린당하고 아내와 딸을 겁탈당해도 좋단 말인가"(5.5.65-66)라고 자신의 병사들을 독려한다. 여성 혐오에 바탕을 두고 남성적 명예에 호소하는 그의 출정의 변에는 '징고이즘' (jingoism), 즉 맹목적 애국주의가 묻어난다(Rackin 48). 그리고 이는 프랑스와 싸웠던 이전의 왕들이 표방했던 명분을 반복하는 것이라고 할 때 그는 장미전쟁 시대의 마지막 부정적 잔재로서 마지막 전쟁에 임하는 셈이다.

리처드 3세는 리치먼드와 최후의 결전에서 전쟁 기계로 살아온 그답게 절대 물러서지 않고 용감무쌍하게 싸운다. 그는 타고 있는 말이 쓰러지자 "리치먼드란 놈이 여섯이나 있는가. 벌써 다섯이나 죽였는데, 모두 대리자였다. 말! 말! 이 나라 대신 말을 달란 말이다!" (5.6.11-13)라고 외친다. 반면 리치먼드는 다섯 명의 대리자를 내세우는 책략으로 리처드 3세를 지치게 한 다음 그를 처단하는 데 성공한다. 그동안 리처드 3세는 갖가지 술책을 동원해서 자신의 목적을 달성하는 마키아벨리적인 악한의 모습을 보여주었지만 최후의 전투에서는 오히려 전통적인 전투방식을 고집한다. 반면 악을 심판하는 성전을 표방한 리치먼드가 오히려 마키아벨리즘을 구현하는 군주의 모습을 보여준다. 그럼으로써 극은 "개인 전투의 중세적 양식의 종언과 기사도적 법도의 소진"(Donaldson 242)을 리처드의 패배에 새기고 있다. 아마도 셰익스피어는 리처드 3세가 영국 역사상 최악의 폭군이기는 하지만 또한 전장에서 전투 끝에 사망한 영국의 마지막 왕임을 염두에 두고 일말의 영웅적 면모를 그에게 부여한 듯하다.

왕으로서 현명한 연기를 하는 리치먼드가 그렇지 않은 리처드에게 승리하는 것은 최종적으로 왕의 역할에 관한 한 리처드 3세는 폭군역 이외에는 무능한 배우였기에, 왕으로서 자격이 없음을 입증하는 효과가 있다. 리치먼드는 그러나 모든 것이 신의 섭리임을 내세울 뿐이다. 그는 그동안 골육상쟁을 벌였던 두 가문의 진정한 계승자인 자신과 엘리자베스의 결합으로 새로운 왕조가 시작되는 것이 신의 뜻임을 선언한다. 하워드 진(Jean E. Howard)과 필리스 래킨(Phyllis Rackin)에 따르면 "이렇게 현대성과 전통, 실행력과 정통성 간의 성공적인 타협을 구현하는 인물이 악마가 차지했던 왕좌를 접수함으로써 극은 적절한 이데올로기적 결론에 도달한다"(116). 그러나 리치먼드가 표방하는 정의의 승리라는 대의와 그것을 구현하는 현대적 마키아벨리주의자의 승리 사이에는 어딘지 틈새가 있어 보인다. 그리고 그 틈새는 리치먼드가 두 가문을 통합한 새로운 왕조가 자자손손 영국에 평화와 번영을 가져오기를 기원했을 때, 등장인물들이 주검으로 가득 찬 전장에 사로잡힌 듯, 아멘으로 화답하지 않는 채 극이 종결되는 것에서도 느껴진다. 즉, 등장인물들은 여전히 리처드 3세가 드리운 불길함과 악함의 여운에 사로잡힌 듯하다. 그래서 슬로트킨(Joel Elliot Slotkin) 같은 평자는 "리치먼드가 리처드로부터 영국을 구출했을지라도 극의 규범적 미학의 지배를 복원하는 데는 실패했다"(24)라고 분석한다. 이는 셰익스피어가 헨리 8세와 메리 여왕을 거쳐 엘리자베스 여왕에 이르기까지 튜더 왕조 시대 동안 수많은 사람이 정치적, 종교적 이유로 희생된 역사를 염두에 두고 있기에, 극을 종결짓는 리치먼드의 기원을 튜더 왕조 신화를 위한 이데올로기의 일환으로 제시하고 있다고 해석할 수 있을 것이다.

5

지금까지 이 글은 사극 『리처드 3세』에 그려진 악한 성격과 악한 세상의 다양한 양상을 통해 악의 비전을 반복과 고착, 무와 무능으로 추상해 보았다. 극은 장미전쟁이 종식되어 튜더 왕조가 성립하는, 소위 영국의 근대가 시작되는 역사적 전환기를 다루고 있지만, 새로운 시대가 도래하기 전 낡은 시대의 부정적 잔재들이 자포자기적으로 소멸되는 처절한 양상을 주로 그리고 있다. 그린 악한 세계를 그리기 위해 셰익스피어는 리처드 3세의 성격과 역할에 장미전쟁 시대 최악의 부정적 잔재들을 응축시켰다. 끊임없이 살인을 저지르는 리처드는 권력욕에 사로잡힌, 동정의 여지가 있는 인간이 아닌, 인격이 제거된 악한 역을 수행할 뿐이다. 그리하여 극은 왕위의 쟁취, 즉 권력의 쟁취를 둘러싼 골육상쟁의 내란이 리처드 3세에 이르러 죽음과 광기와 무의미 같은 극단적인 부정성으로 출현하는 악마적 국면을 극화한다.

악한 리처드 3세가 무소불위의 힘으로 왕위를 찬탈하고 살인을 저지를 수 있었던 것은 세상 사람들이 타락했고 무능하기 때문인데, 그에게 살해당하는 인물들은 오로지 자신의 안위를 위해 권력을 좇는 도덕적 해이에 빠져있었다. 리처드 3세는 강력한 의지와 인간을 꿰뚫어 볼 수 있는 능력, 그리고 무엇보다도 어떤 역할도 능수능란하게 해내는 기만의 연기력으로 무장함으로써 그런 세상 사람들을 지배할 수 있다. 그는 그런 인간들을 경멸하기에 거리낌 없이 살해한다. 그렇게 지배하고 파괴하려는 추상적 의지로만 남은 리처드가 요크 가의 마지막 어린 생명들을 살해할 때 골육상쟁의 역사는 최후의 악마적 국면에 도달한다. 그러나 주관적으로 죄가 없는 그들의 죽음은 그들이 결코 벗어날 수 없는 시대의 객관적 죄를 정화하지 못한다. 셰익스피어는 이렇듯 구악에 사로잡혀 꼼짝 못 하게 되어서도 사라지기를 거부하는 낡은 것들이 스스로 멸망하는 역사의 말세적 국면, 즉 악마적 국면을 극화한다.

리처드 3세의 아무런 선택적 기준 없는 무차별적 살인, 즉 무차별적 폭력의 본질은 실제로는 아무것도 변하지 않게 하는 데 있는 폭력, 즉 폭력을 위한 폭력에 불과하다는 것을 의미한다. 과거로부터의 죄를 극단적으로 반복할 뿐인 그의 기계적인 살인은 그럼으로써 꼼짝할 수 없게 되어서도 사라지지 못하는 무와 무능의 행위에 해당하는 것으로 간주할 수 있다. 리처드 3세가 그럼에도 불구하고 그런 파괴와 폭력의 충동을 절대 자유로 오인하는 것 또한 악의 무능의 한 양상이라고 볼 수 있다.

셰익스피어는 그가 그렇게 악의 심연에 도달해서는 일시적으로 악한으로서의 정체성 위기를 겪는 인간의 모습을 그린다. 그러나 셰익스피어는 그가 진정 양심의 가책을 느낀다면 악한일 수 없음을, 처음부터 자유 의지로 악한 역을 선택해왔음을 다시 한번 확인시킨다. 그리하여 극은 리치먼드가 리처드 3세를 패배시키고 장미전쟁을 종식하는 것이 악에 대한 선의 승리라는 튜더 왕조의 신화를 따르는 듯하지만, 리처드 3세의 패배와 리치먼드의 승리 사이에는 이념적 간극이 있어 보인다. 이는 리치먼드의 승리의 당위와 승리의 실제 간극에 기인하는바, 리치먼드가 리처드 3세의 시신을 딛고 선의 승리와 함께 새로운 시대의 도래를 선언할지라도 관객들은 죽음의 전장에 드리워진 악한 기운에 사로잡힌다. 그럼으로써 극은 튜더 왕조 신화의 프레임을 벗어나지는 않되, 그에 대한 전망은 유보한다. 나아가 역사에 있어서 반복과 고착, 그리고 무능의 구악을 패배시키고 등장한 새로운 선 또한 구악으로 전락하여 패배당하는 차이와 반복으로서의 역사의 이치를 일깨워주는 듯하다.

제2장

『존 왕』
독립 국가의 기원과 실패한 왕의 서사

우리 영국은 스스로가

먼저 상처를 내지 않는 한

결코 정복자의 오만한 발밑에

엎드릴 일은 없었으며, 앞으로도 결코 없을 것입니다.

· · · · · ·

영국이 스스로에게 충성을 바친다면

어떤 것도 우리를 슬프게 할 수는 없을 것입니다.

(5.7.112–118)

1

영국이 유럽 연합(EU)을 탈퇴한 소위 브렉시트(Brexit)는 21세기 들어서 세계사적으로 중요한 이슈가 되었다. 브렉시트는 지정학적으로 유럽 대륙과 떨어진 섬나라인 영국이 역사적 상황에 따라 유럽의 일원이면서도 유럽과 거리를 두는 정책을 펼쳐온 연장선상에서 이루어진 것이라고 볼 수 있다. 노르만족이었던 윌리엄(William) 왕이 1066년 앵글로색슨족의 나라였던 잉국을 정복함으로써 영국은 상당 기간 유럽, 그중에서도 프랑스의 지배를 받게 되었다. 그리하여 영국은 기독교 보편주의에 입각한 중세 유럽의 한 국가로 편입되었다. 그런 영국의 역사에서 처음으로 영국이 유럽의 범 가톨릭 보편주의를 벗어나 독립된 국가로서 정체성을 모색하기 시작한 것은 언제부터일까? 셰익스피어는 존 왕의 시대로부터 그 단초를 찾으면서, 비록 실패했지만 중요한 시작이있음을 암시하는 서사를 전개한다. 그렇다면 오늘날 브렉시트의 기원을 『존 왕』에서 유추해볼 수도 있을 것이다.

존 왕은 역사가들에 의해 여러모로 실패한 왕으로 평가받아 왔다. 그의 학정이 배경이 되어 로빈 후드(Robin Hood) 전설이 탄생했고, 무엇보다도 무능과 실책으로 인해 귀족들과 알력을 빚은 끝에 서구 민주주의 발전에 한 획을 그은 사건으로 간주하는 마그나 카르타(Magna Carta)의 수용을 초래했다. 그가 귀족들의 집단적 요구에 굴복하여 마그나 카르타를 수용한 것은 그만큼 그의 왕권이 매우 취약했다는 것을 말해주는데, 형인 리처드 1세가 후사가 없이 서거한 후 동생인 그가 장조카 아서(Arthur)를 제치고 왕위에 오른 후 통치 기간 내내 왕위의 정통성 시비에 시달렸다. 이렇듯 문제가 많은 왕으로 평가받는 존 왕이지만 종교개혁을 거쳐 근대 국민국가의 기틀이 마련되기 시작하던 튜더 시대에 그는 영국 교회를 위해 교황과 프랑스에 맞서 싸운 왕으로 주목받게 된다. 가령, 셰익스피어가 참조한 것으로 알려진 당시 작자 미상의 『존 왕의 험난한 치세』(1591)는 존 왕의 새로운 선전적 가치에 주목하여, 존 왕을 교황과 프랑스에 맞서 험난한 싸움을 한 왕으로 그리고 있다. 셰익스피어 역시 존 왕을 반외세·반가톨릭의 기치를 들었던 왕으로 그리고는 있으나『존 왕의 험난한 치세』가 존 왕의 반가톨릭 노선을 과도하게 부각하는 것과 달리,『존 왕』은 존 왕의 반외세·반가톨릭 노선이 실패로 귀결될 수밖에 없는 원인을 파헤치는 서사를 전개한다. 아울러 실패에도 불구하고 존 왕의 노선이 왕조의 독립을 넘어 영국 독립의 시작이었음을, 시작이어야 함을 암시한다. 이를 위해 셰익스피어는『존 왕의 험난한 치세』에 등장하는 허구의 인물인 서자(Bastard)를 발전시켜 존 왕의 실패와 몰락을 함께 하는 역사의 참여자인 동시에, 존 왕의 실패를 평가할 수 있는 당위와 준거를 제시하는 역사의 논평자 역을 맡긴다. 그 결과 서자는 연대기의 주인공인 존 왕을 비롯한 역사적 인물들보다 입체적으로 창조됨으로써 관객들의 공감을 자아낼 수 있게 된다. 극의 서사 또한 존 왕의 반외세·반가톨릭 노선이 실패로 귀결되는 과정을 그리는 동시에 그런 역사에 참여하는 서자의 의식 발전 과정을 그린다. 그리고 역사를 벗어날 수 없는 역사극의 결말에 이르러 역사 밖에서 삽입된 서자는 퇴장하게 된다. 그렇지만 서자에게 존 왕의 실패를 교훈 삼아 영국이 지향해야 할 경지를 역설하는 마무리 연설이 맡겨진다.

극은 다른 한편 무능하고 부도덕한 왕의 치세에서 당연히 일어날 수 있는 신하들의 불복종과 반란의 문제를 심도 있게 다룬다. 극은 마그나 카르타 수용의 역사는 배제했지만 존 왕의 무능과 실정에 대한 신하들의 불복종이 반란으로 이어지는 과정을 짚어봄으로써 마그나 카르타(대헌장 1215) 수용의 당위를 유추하게 한다. 군주에 대한 절대복종,

모든 형태의 반체제와 반란에 대한 무관용을 원칙으로 삼았던 튜더 왕조의 절대주의에 비추어, 존 왕의 마그나 카르타 수용은 절대 군주들에게는 탐탁지 않은 사건일 수도 있었다. 실세 마그나 카르타 수용의 정치적 의의가 두드러지기 시작한 것은 17세기 이후 스튜어트의 계승자들이 생명을 걸고 마그나 카르타의 정치적 의의를 배우고 논쟁하면서부터였다(Braunmuller 38). 셰익스피어 역시 튜더 왕조의 독트린에 부합한다고 보기 힘든 마그나 카르타 수용의 역사적 사건을 다루지는 않지만, 왕에 대한 귀족들의 집단적 저항과 반란을 그의 다른 역사극인 『리처드 2세』에서 훨씬 더 우호적으로 다룸으로써 마그나 카르타 수용의 당위를 유추하게 한다.

그러나 셰익스피어는 실패한 군주인 존 왕에 대항하여 신하들이 적에게 투항하는 반란의 역사가 국가주의와 절대주의 이념에 균열을 일으킬 수 있음을 의식하여 서자에게 그 틈새를 통합하는 역할을 할당한다. 서자는 존 왕을 버리고 적에게 투항하는 귀족들과는 달리 존 왕을 영국 왕으로 인정함으로써 왕과 국민이 뭉쳐서 외적을 물리칠 수 있게 한다. 비록 허구이지만 셰익스피어는 튜더 국가주의와 절대주의 이념의 통합을 그렇게 당위로 제시한다.

셰익스피어는 존 왕 치세의 3분의 2가량을 다루면서 그의 문제점과 실패의 본질을 살펴볼 수 있도록 역사적 사실들을 압축, 재배열하였다. 셰익스피어는 존 왕의 왕위에 대한 정통성 시비가 프랑스와의 전쟁으로 이어진 상황을 극의 주된 배경으로 설정하면서 전쟁의 원인을 제공하는 아서가 전쟁 중에 존 왕의 포로가 되어 사망한 이후 존 왕의 몰락이 본격적으로 시작되는 것으로 그린다. 아서는 역사적으로 귀족들의 반란(1214)이 일어나기 이전(1203)에 사망했지만, 셰익스피어는 귀족들이 아서의 죽음을 목격하고 존 왕을 왕위 찬탈자로 규정하면서 반란을 도모하는 것으로 그리고 있다. 극은 그에 앞서 존 왕이 프랑스와의 전쟁에 나서기 전 서자를 발탁하는 허구의 에피소드로 시작하여, 앙지에(Angier) 성에서 프랑스군과 대치하는 상황을 그린다. 이 에피소드 역시 역사적 사실을 임의로 압축·재배치한 것인데, 존 왕이 실제로 앙지에 성을 포위했던 때는 1206년이었고, 극 중에서 앙지에 성 포위 이후에 이루어진 루이(Louis) 황태자와 블랜치(Blanche) 공주의 혼인은 실제로 1200년에 이루어졌다(Braumuller 16-18). 이렇듯 존 왕 몰락의 원인과 결과를 조망할 수 있는 역사적 사건의 압축과 재배치로 이루어진 극은 이후 마무리에 이르러서는 존 왕의 사망과 헨리 3세의 등극, 그리고 프랑스와의 전쟁의 결말을 다루면서 홀린셰드(Holinshed) 등 역사서의 기술에 수렴한다. 그럼으로써 극에서 역사의 참여자이자 논평자 기능을 했던 서자는 역사 밖으로 퇴장할 수밖에 없지만, 극은 그를 통해서 존 왕이 성취했어야만 했을 역사적 당위를 제시함으로써 존 왕의 실패 의미를 되새기게 한다.

지금까지의 문제 제기를 바탕으로 2장에서는 극의 첫 번째 에피소드에서 존 왕의 왕위 계승 합법성 문제가 서자 발탁의 의미와 어떻게 연관되는지를 다룰 것이고, 3장에서는 존 왕이 앙지에 성에서 아서를 앞세운 프랑스 진영과 대치하는 상황에서 영국 왕은 누구이며 나아가 왕이란 무엇인가라는 질문이 제기되는 맥락의 의미, 서자가 왕들이 자신의 이해관계(commodity)를 위해 신의를 배반하는 사태를 겪으면서 얻는 깨달음의 의미를 살펴본다. 4장에서는 아서의 죽음을 계기로 존 왕의 몰락이 본격적으로 시작되어 귀족들이 존 왕을 공식적으로 왕위 찬탈자로 간주하면서 반란을 도모하는 반면, 서자가 애국심에 의해 호명됨으로써 다른 대안을 제시하는 깃의 의미를 다룰 것이다. 그리고 5장에서는 존 왕의 사망과 헨리 3세의 등극, 그리고 프랑스와의 전쟁의 진행이 원전 역사서에 가깝게 그려짐으로써, 역사 밖에서 삽입된 서자가 퇴장하게 되고 그런 그에게 존 왕의 실패를 평가할 수 있는 준거인 영국의 당위, 즉 국가주의의 이념을 발언하게 하는 것의 의미를 살펴볼 것이다.

2

극은 존 왕의 왕권이 얼마나 취약했는가를 강조하면서 첫 대목을 시작한다. 프랑스 대사가 존 왕의 면전에서 프랑스 왕의 요구를 전한다고 하면서 존 왕을 "가짜 왕"(1.1.4)이라고 칭하고, 그런 외교적 결례를 넘어선 도발적인 언사에 대해 존 왕이 아닌 엘리노어 대비가 "서두가 이상하군. '가짜 왕이라니'"(1.1.5)라고 발끈한다. 이어서 프랑스 대사는 존 왕이 친형 제프리(Geoffrey)의 아들 아서 플랜테지넷이 승계해야 할 왕위를 불법으로 찬탈했으니 아서에게 왕위를 넘겨줌과 아울러 영국이 점유하고 있는 영토도 아서에게 넘겨주기를 바란다는 것이 프랑스 왕의 요구라고 외친다(1.1.7-15). 그런 도발에 맞서 존 왕은 프랑스와의 전쟁 불사를 선언함으로써 처음에는 애국적이고 용맹한 왕의 외관을 보여준다.

우리는 전쟁에는 전쟁, 피에는 피,

억지에는 억지로 맞선다고 프랑스 왕에게 전하라.   (1.1.19-20)

그러나 존 왕의 정치적 조언자 역할을 하는 대비 엘리노어는 존 왕의 전쟁 선언에 대해 아쉬움을 표한다. 대비는 작금의 사태가 야심 많은 아서의 어머니 콘스탄스(Constance)가 아들의 권리를 찾기 위해 프랑스와 그 동맹국들을 충동질한 것에서 비롯하였다고 판단하면서, 외교적으로 잘 대응했더라면 "이 일은 간단한 우호적 협상으로 막을 수 있고, 무마될 수 있었소"(1.1.35-36)라고 존 왕의 실책을 지적한다. 대비의 정치적 판단이 옳다면, 존 왕은 그간의 외교적 실책을 만회하기 위해 전쟁을 하려는 것일 수 있다. 이렇듯 첫 대목에서 보이는 존 왕의 영웅적 외관 뒤에는, 정치적 전망의 결여와 무능이 감추어져 있다. 그리고 이후 사태 전개 속에서 지금의 용맹하고 애국적인 왕의 외관 뒤에 감추어져 있는 유약한 기회주의자의 면모가 드러나기 시작한다.

존 왕은 대비의 염려에 대해 "강력한 병력과 권리가 있으니"(1.1.39), 전쟁도 무방하다고 한다. 하지만 엘리노어는 존 왕의 권리가 하자 없는 완벽한 것이 아님을 암시하면서, 그렇기에 강력한 무력을 가져야 한다고 충고한다.

권리보다는 강력한 병력이 중요하오.

그렇지 못하면 그대나 나에게 다 문제가 생길 거요.

이 얘기는 내 양심이 그대 귀에만 속삭이는 것이니

하늘과 그대 그리고 나 이외에는 누구도 들어서는 안 돼요.

(1.1.41-44)

엘리노어 대비는 현재 왕으로서 존 왕이 아서에 대해 갖는 실제적 이점이 군사력에 있음을 일깨워주면서 강한 무력이야말로 권리를 지키기 위한 최선의 방책이라고 충고한다. 이렇듯 대비 엘리노어는 존 왕의 왕위 계승에 결정적 역할을 했을 뿐 아니라, 노회하며 정치 감각이 뛰어나기에 존 왕은 그녀에게 의존하지 않을 수 없다.

　셰익스피어가 이 극을 쓰고 나서 쓴 것으로 추정되는 두 번째 4부작에서는 아버지들이 살아 있어 아들들에게 강한 영향을 미치는 것과는 달리 이 극에서는 아버지들은 모두 사망하고 어머니들이 아들들에게 압도적인 영향을 미친다. 가령 첫 대목에서 존 왕은 프랑스와의 전쟁을 불사하는 전사 왕의 면모를 보여주는 듯하지만 그는 이내 자신의 권력과 권위의 상당 부분을 어머니에게 의존하는 유약한 아들의 면모를 보여준다. 대비 엘리노어가 보여주듯, 여성들은 어머니의 역할에 충실함으로써 가부장제를 강화하기도 하지만 동시에 최고의 가부장인 왕의 권력을 좌지우지함으로써 가부장제를 전복하는 역할을 하기도 한다. 그런 전복적 기능은 이후 프랑스와의 전쟁 중 대비 엘리노어가 사망했을 때 존 왕이 대비의 영향에서 벗어나 군왕의 면모를 제대로 갖출 잠재력을 발현하기보다 오히려 상실해버리는 현상에서도 확인할 수 있다.

　존 왕은 강력한 군사력을 강조하는 대비의 충고를 들으면서 프랑스와의 전쟁에 돌입하기 전, 매우 짧게 전쟁 경비 조달에 대해 언급한다.

이번 프랑스 원정의 경비는 대수도원, 소수도원이

지불하게 해야겠군.   (1.1.47-48)

존 왕의 언급은 왕실의 재정난을 암시하는 것이기보다는 로마 교황을
섬기는 영국의 수도원들에 대한 존 왕의 적대시를 강조하기 위한 것처
럼 보인다. 그럼으로써 헨리 7세를 거쳐 헨리 8세가 수도원을 매각하
고 종교개혁을 단행한 역사를 떠올리게 하는 효과가 있다.

　　이어지는 장면에서는 존 왕의 왕위 계승 합법성 문제를 떠올리게
하는 민원이 제기되고 존 왕과 엘리노어는 그 민원에 대한 적절한 해결
책을 제시한다. 하지만 정작 존 왕 자신의 왕위 계승의 합법성 문제는
해결되지 않는 난제로 남을 수밖에 없는 현실이 오히려 부각된다.

　　왕과 대비에게 민원을 제기한 형제인 로버트(Robert)와 필립(Philip)
은 각기 자신이야말로 작고한 부친의 적법한 상속자임을 주장한다. 필
립은 자신이 사자 왕께서 전쟁터에서 기사 작위를 내리신, 군인이 되
시는 로버트 포큰브리지(Robert Faulconbridge)의 장남일 것으로 생각하
고 있다고 주장하고, 로버트는 자신이 바로 그 포큰브리지의 "아들이
자 상속자"(1.1.56)라고 주장한다. 로버트는 "임종 시 유언으로 아버님
은 제게 자신의 영토를 물려주셨습니다"(1.1.109-110)라며 부친이 장자가
아닌 자신에게 재산을 상속했다고 주장하면서, 부친이 그렇게 유언으
로 장자 상속의 관례를 뒤집은 것은 장자인 필립이 어머니가 부친과의
혼인 생활 중 불륜으로 얻은 자식임을 알았기 때문이라고 주장한다.
그리고 어머니가 필립을 낳게 한 당사자가 바로 선왕인 사자 왕 리처
드로 알고 있다고 말한다. 로버트의 주장에 대해 존 왕은 암소가 송아

지를 낳았을 경우 그 송아지의 소유권은 주인에게 있다는 비유를 들어 로버트의 부친이 친자는 아니지만 거부하지 않고 키웠기에 어머니의 아들이 곧 아버지의 상속자가 될 수 있다고 반박한다(1.1.116-129). 그러자 로버트는 "그렇다면 아버지의 유언장은 자기 자식이 아닌 자의 상속을 박탈하는 데 아무 효력도 없습니까?(1.1.130-131)라고 묻는다. 로버트의 질문은 존 왕의 왕위 계승의 합법성을 환기하는 효과가 있는데, 장자 상속의 관례를 뒤집은 리처드 1세의 유언으로 왕위를 계승한 존 왕은 로버트의 질문에 대해서는 자신의 경우와는 반대로 임종 시 유언이 절대적이지는 않다고 판결한다. 이런 상황은 존 왕 지세 동안 시비가 끊이지 않았던 왕위 계승의 합법성 문제가 해결되기 어려운 난제임을 함축하는 듯하다.

대비 엘리노어는 이처럼 해결하기 어려운 법적 민원을 현실적으로 해결하는 데 주도적인 역할을 한다. 그녀는 필립의 말투나 체격에서 사자 왕을 닮은 모습을 발견하면서 포큰브리지 가문으로서 동생 로버트처럼 영토를 가질 것인지 아니면 사자 왕의 명망 있는 아들로서 영토는 없더라도 진정한 아들로 살 것인지 선택하라고 한다(1.1.134-137). 이에 필립은 토지에 집착하는 유약한 봉건 귀족으로 남기보다 사자 왕의 명망 높은 아들로서 기꺼이 프랑스로 진군하겠노라고 화답한다. 그러자 존 왕은 즉각 필립의 무릎을 꿇게 한 뒤 그를 리처드 플랜태지넷 경 (Sir Richard Plantagenet)으로 봉한다. 그렇게 새로운 신분을 갖게 된 필립은 처음에는 서자 출신이라는 자의식에서 벗어나지 못하고 귀족들의 행태를 조롱하는 한편, 출세를 위해 좌충우돌한다. 하지만 종국에는 존 왕을 보필하고 나아가 영국을 지키는 이상적 기사로서 자신의 정체성을 확립한다.

그가 그렇게 존 왕과 대비 엘리노어로부터 새로운 기사의 신분을 부여받고 야심 찬 포부를 밝히는 순간, 그의 어머니가 당도하여 그의 탄생을 사자 왕의 정복 신화로 만드는 데 일조한다. 그가 이제 로버트 가문과 절연했으니 자신의 진짜 아버지가 누구냐고 밝혀달라고 하자 그의 어머니는 사자 왕 리처드가 그의 부친이며, 그분의 너무나 강한 유혹에 넘어갈 수밖에 없었다고 말한다(1.1.253-258). 그러자 서자는 영웅적인 군주의 성적 권력을 당연시하면서 어머니로서는 해야 할 도리를 다한 것이라고 두둔한다. 레빈(Nina S. Levine)에 의하면 서자는 "전사 왕과 신하 사이에 성적으로 수행한 타당한 관계"(132)였다고 어머니를 옹호한 것이다. 서자가 제시하는 영웅 담론은 로버트가 제기했던 민원에 함축된, 여성들이 부계 상속의 사회적 토대를 뒤흔들 위험에 대한 불안을 상쇄하는 면이 있다. 그러나 영웅적 군주의 형상 가운데서 예외적 위반을 발견하는 것은 다른 한편, 로버트가 제기한 애초의 민원이 결코 해결될 수 없는 난제임을 암시하기도 한다. 결국, 엘리노어가 시작하고 서자 스스로 마무리 지은 해결책은 영웅적 로맨스의 세계를 환기함으로써 법적 딜레마를 종결하는 것이었다. 하지만 이는 존 왕의 왕위 계승과 관련된 딜레마는 결코 신화적으로 해결될 여지가 없는 현실을 일깨우는 효과가 있다. 다른 한편 서자의 등장과 함께 이후 역사적 현실과 신화적 당위가 교차 되는 서사가 전개되리라는 것이 암시되기도 한다.

사자 왕 리처드의 적자는 없되, 그의 서자들은 있었을 것이며 서자들 가운데서 누군가는 존 왕을 도와 프랑스를 물리치는 데 일정한 역할을 할 수도 있었을 것이라는 가정은 충분한 개연성이 있다. 그런 역사적 가정으로부터 창조된 서자 플랜테지넷은 그래서 허구의 인물임에도 불구하고 역사적 인물처럼 느껴지는 면이 있다. 사자 왕 리처드의 영웅적 로맨스의 산물로 탄생한 서자는 그리하여 존 왕 시대를 배경으로 탄생한 신화적 인물인 로빈 후드와 짝을 이루는 효과가 있다. 로빈 후드나 서자 모두 신화적 인물로서 각기 내용과 형식은 상반되지만, 궁극적으로는 위대한 영국의 정체성 확립에 기여하는 공통점이 있다.

존 왕의 치세는 적어도 이 대목까지는 진취적인 기상이 넘쳐나는 것처럼 보인다. 존 왕 자신이 프랑스의 침략에 단호히 대저하는 용맹한 영국 왕의 면모를 보여주기도 하고, 대비와 함께 해결하기 어려운 민원을 원만히 해결하는 능력을 보여줌과 동시에 서자와 같은 주변부 출신을 등용하여 통치 기반을 확고히 하기도 한다. 게다가 전쟁 경비를 수도원으로부터 조달함으로써 반교황의 기치 아래 영국 교회에 대한 국왕의 지배를 강화하기도 한다. 하지만 이후 프랑스와의 전쟁을 수행하는 과정에서 존 왕은 실패한 군주의 전형을 보이기 시작한다. 그리고 튜더 국가주의에 부합하는 존 왕의 기획은 용두사미로 끝나고 만다. 반면 존 왕을 보필하는 서자는 자신의 운명을 자각하고 정체성을 확립함으로써 존 왕뿐 아니라 조국 영국을 구하는 허구의 역사적 사명을 다하게 된다. 즉, 존 왕의 몰락 서사와 존 왕의 대리자로서 서자의 역할 상승의 서사가 교차한다.

3

프랑스 대사에게 전쟁을 선언한 존 왕이 대비와 함께 군사를 이끌고 도착한 곳은 프랑스 북서부의 앙주(Anjou) 지역의 수도인 앙지에(Angier)인데, 앙주는 바로 1154년부터 1484년까지 영국을 다스렸던 플랜태지넷 왕들의 고향이기에(한국셰익스피어학회 455), 영국 왕이 자신의 정통성에 시비를 거는 프랑스 왕을 맞아 싸우기에 적합한 상징성을 가진 도시이다. 그런 상징성을 부여하기 위해 셰익스피어는 역사서에 기록된 사건들을 임의로 압축, 재배치하였다. 극에서는 앙지에 성에서 양 진영이 대치한 후 블랜치 공주와 루이 황태자의 혼인이 이루어지는데, 실제로는 혼인이 1200년에 이루어졌으며, 또 프랑스군과의 역사적 전투도 1201년 미라보(Mirabeau)에서 있었다. 그리고 존 왕이 실제로 앙지에 성을 포위했던 때는 1206년이었다(Buaunmuller 16-18).

양 진영이 앙지에 성 입구에서 대치하는 가운데, 셰익스피어는 프랑스 진영에 합세한 오스트리아 대공으로 하여금 아서에게 되찾아줄 영국을 "저 창백한, 하얀 얼굴의 절벽이 아래로는 대양의 사나운 파도를 물리치고 다른 나라로부터 자국민을 지켜주는 바다에 둘러싸인 나라"(2.1.23-25)로 묘사한다. 이렇게 영국 왕이나 신하가 아닌 적국 왕이 영국의 지정학적 특성을 묘사하는 경우, 유럽 일부이기보다 유럽으로부터 독립된 나라로서 영국의 정체성이 오히려 두드러지는 효과가 있다. 이는 무적함대 격파 이후 한껏 고조되었던 당대의 애국주의의 관점에서 셰익스피어가 존 왕의 치세를 극화하고 있음을 나타내는 하나의 예에 해당한다고 볼 수 있다.

그렇게 양 진영의 군대가 대치하고 있는 가운데, 프랑스 왕과 존 왕은 전투보다는 명분 싸움에 돌입한다. 그리고 그 싸움에 엘리노어와 콘스탄스까지 가세하자, 명분 싸움은 사생아 논쟁에까지 이르게 된다. 두 여성 모두 자기 아들의 왕위 계승권을 주장하기 위해 상대의 아들이 부정한 자식이라고 비난함으로써 부계 승계 전통의 취약성마저 폭로하는 지경에 이르게 된다. 그러자 프랑스 왕은 두 여성의 자기 비하의 싸움을 중지시키고 나팔을 불어 앙지에 시민들을 불러내고, 그들이 누구를 영국 왕으로 인정하는지 묻고자 한다. 그래서 한 시민이 우리를 성벽으로 호출한 사람이 누구냐고 묻자 존 왕과 필립 왕은 각기 자신과 아서가 영국 왕이라고 주장하면서, 그것을 인정하지 않으면 성을 무자비하게 공격하겠다고 위협한다. 두 왕의 위협에 직면한 한 시민은 결국 "왕임을 입증하는 분, 그분에게 충성을 바칠 것이라"(2.1.270-271)라고 답하는데, 이 유보적이고 중립적인 답변에 화가 난 존 왕은 "영국의 왕관이 왕임을 증명하지 못하느냐?"(2.1.273)라고 반문한다. 존의 반문에는 왕관을 어떻게 썼든 왕관을 쓴 자가 왕이라는 주장이 함축되어 있다. 이는 출정 전 대비가 '권리보다는 강력한 힘'이 중요하다는 것을 강조한 취지와 일맥상통한다.

시민의 답과 존 왕의 반문은 사실 셰익스피어 역사극의 모든 왕에게 해당하는 소위 왕권의 본질에 관한 것으로서, 왕은 스스로 왕이라는 것을 입증해야 할 당사자임을 암시한다. 그런데 왕관이 왕을 만든다는 존 왕의 주장과는 반대로 왕이 왕관을 만든다는 주장도 성립할 수 있다. 즉, 왕의 합법성과 자격은 본질적으로 혈통의 문제가 아니라 수행성의 문제라는 급진적인 전망이 암시된다. 존 왕 치세 동안의 역사적 사건인 마그나 카르타 수용은 왕의 인격 속에서 옳음과 진실이 보이지 않을 때, 즉 왕이 왕권을 올바르게 행사하지 못할 때, 신하들이 왕권을 제한할 수 있음을 입증함으로써, 왕관을 쓴 자가 왕이라는 존 왕의 주장을 뒤집고 왕의 수행성이 왕관을 만든다는 군주제의 기본 원리를 확인시켜 주었다. 그러나 셰익스피어는 이후 시대를 거슬러 온 듯한 서자의 역할을 통해 군주와 국가를 동일시하는 튜더 시대 절대주의 이념의 당위를 제시한다.

왕들이 시민들을 올려다보며 누가 왕인지를 직접 묻는 반면, 시민들이 왕들을 내려다보며 답을 주는 상황 설정 자체에서 당대 관객들은 백성의 동의야말로 군주의 합법적 통치의 토대라는 암시를 받을 수 있다. 엘리자베스 여왕이 자신의 왕위 승계 문제에 관한 대중적 토론을 엄격히 금지했던 당대의 현실을 고려할 때(Lane 474), 일반 백성에게 누가 영국 왕인지를 묻는 설정 자체는 다소 급진적이라고 할 수 있다. 왕위 계승의 절차에 있어서 백성들의 여론이 참고 사항이 될 수 있음을 암시하는 이 에피소드는 생략된 마그나 카르타 수용과 마찬가지로 민주주의의 진척을 나타내는 것일 수 있다. 이 에피소드는 물론 무대 여건상 군주 역을 하는 배우가 극장의 관객에게 의견을 묻는 형식을 취하기에 그 의미는 상징적으로 해석될 수밖에 없다. 그렇더라도 이 장면이 갖는 급진성을 의식한 듯 셰익스피어는 이후 앙지에 시민들의 역할을 축소하고 제한하는 서사를 전개한다. 가령 앙지에 시민이 의견 일치가 될 때까지 유보적인 입장일 수밖에 없다고 하자, 존 왕은 물론 필립 왕도 그들의 태도가 무례할 뿐 아니라 반역이라고 몰아붙이면서 무력으로 제압하겠다고 위협한다. 그 위협에 앙지에 시민들이 "어떤 확실한 왕이 나타나 공포를 정화하고, 물리칠 때까지 우리는 공포의 지배하에 있습니다"(2.1.371-372)라고 호소하듯, 군주제 아래서는 시민들의 여론은 언제라도 군주가 행사하는 무력에 의해 제압당할 위험이 있다.

그동안 앙지에 시민들의 교묘한 유보적 입장 표명으로 두 나라 군대가 피를 흘리는 사태를 지켜보던 서자는 시민의 말이 끝나자마자, 앙지에 시민들이 두 나라 왕을 조롱하고 있다고 비난한다. 서자는 두 나라 왕이 일개 도시의 시민들에게 휘둘려 전쟁하는 사태를 개탄하며, 어차피 적법한 영국 왕을 결정하기 위한 전쟁이 불가피한 바에야 먼저 두 나라 왕이 합심하여 앙지에를 정복한 뒤 전쟁을 하는 것이 나을 것이라는 방안을 제시한다. 두 나라 왕은 서자의 방안이 매우 타당하다고 여겨 합심해서 앙지에 성을 포위 공격하려 한다. 일순간 사태가 돌변하여 그들이 말했던 공포가 현실화하자 앙지에의 시민들은 화급히 평화로운 해결책을 제시한다. 양 진영이 전투에 이르기까지 앙지에 시민들이 표방한 입장은 왕은 스스로 왕이라는 것을 입증하라는 것인데, 결국 이는 전쟁에서 승리하는 왕을 영국 왕으로 인정하겠다는 태도에 다름 아니다. 그러나 이제 그렇게 영국 왕이 결정되기 전에 앙지에가 정복당할 위기에 처하자, 이 대목에서부터 앙지에를 대표하는 시민으로 특정되는 휴버트(Hubert)는 존 왕의 조카이자 스페인 왕의 딸인 블랜치 공주와 프랑스 황태자 간의 혼인이라는 방책을 내놓는다.

영국 왕을 보필하는 신하로서 서자는 앙지에 시민들이 이런 방안을 내기까지 그들의 언어가 왕들에게 권위를 행사하는 행태에 불편함을 넘어 분노를 느끼고 있었는데, 앙지에 시민들이 일관되게 중립을 표방했던 것은 서자가 분노하듯 왕들의 권위를 조롱하기 위한 것이었다고 볼 수는 없다. 그들은 앙지에 성과 자신들의 목숨을 보전하기 위해 중립을 표방할 수밖에 없었고, 그 결과 오히려 양쪽 군대의 협공을 받게 되자 절박한 심정에서 평화적 해결책을 제시한 것이다. 그래서 휴버트가 현란한 언사로 다시 양 진영을 설득하기 시작하자 서자는 강한 무력을 이기는 언어의 힘에 대해 불편한 심기를 토로한다.

> 귀를 곤봉으로 후려갈기는군. 프랑스 왕의 주먹보다
> 저 인간의 말 한마디가 더 막강하구나.
> 빌어먹을! 내 동생의 아비를 아버지라 부른 이후로
> 말로 이렇게 두들겨 맞아본 적이 없다.　　　　(2.1.465-468)

서자의 이런 쓰라린 개탄은 양 진영의 출정 명분이 결국 혼인을 통한 이해관계의 거래로 변질하자 세상사를 지배하는 소위 "잇속"(Commodity) 추구의 원리에 대한 깨달음으로 발전한다.

　　앙지에 시민의 제안에 대해 엘리노어 대비는 조카딸에게 지참금을 많이 주어 결혼을 성사시키자고 한다. 엘리노어 대비는 존 왕에게 "왜냐하면 이 결합으로 그대의 불확실한 왕권에 대한 보장을 확실하게 얻을 수 있을 것이오"(2.1.471-472)라고 조언하는데, 사실 존 왕이 왕위를 지키기 위해서는 프랑스와의 전면전도 불사해야 하는 마당에 조카딸의 혼인으로 존 왕의 왕위의 합법성에 대한 시비를 잠재울 수 있다면, 프랑스 왕이 영국을 위협하지 않을 만큼의 지참금을 지급해야 할 필요가 있다고 판단한 것이다. 존 왕은 대비의 충고를 받아들여 지금

포위하고 있는 앙지에를 제외하고 바다 건너 프랑스 내의 모든 지역을 블랜치 공주의 지참금으로 할양하는 제안을 프랑스 왕에게 한다.

존 왕과 대비 엘리노어가 프랑스 내의 영국 영토 대부분을 프랑스에 양도한 처사는 무적함대 격파 이후 영국에 대한 자부심이 높았던 당대의 관객들에게는 백년전쟁 결과 프랑스 내의 영국 영토를 대부분 잃었던 쓰라린 과거를 떠올리게 하는 반애국적인 처사로 받아들여질 만하다. 그리고 존 왕은 자신의 취약한 왕위를 지키기에 급급한 나머지 거대한 영국의 영토를 적에게 내준 최악의 영국 왕으로 간주할 법하다.

혼인을 통해 프랑스 왕과 황태자로서는 전쟁하시 않고서도 전쟁에 승리한 것과 맞먹는 전리품을 챙긴 셈이지만, 아서를 배제한 협상이었기에 애초 출정의 명분인 아서의 권리 회복은 요원해지고 말았다. 그래서 프랑스 왕이 아서를 달랠 방도를 존 왕에게 구하자 존 왕은 아서를 일개 주인 브레타뉴(Bretagne) 공작으로 책봉함으로써 문제를 해결하려 한다(2.1.545-557). 존 왕은 아서를 왕위 계승자의 신분이 아니라 자신을 왕으로 섬기는 신하의 지위로 격하시킴으로써 떠들썩한 비난을 어느 정도 잠재울 수 있으리라 기대한다.

사태가 그렇게 마무리되고 모두가 퇴장한 뒤에 홀로 남은 서자는 한마디로 "미친 세상이로구나, 왕들도 미쳤고, 협정이란 것도 미쳤다"(2.1.562)라고 개탄하면서 세상이 그렇게 미쳐 돌아가는 것이 모두가 자기 '잇속'만을 좇기 때문이라고 질타한다. 그는 자기 잇속을 악마화하면서 세상사가 그 악마에 의해 어떻게 지배당하는지 냉소적으로 묘사한다.

잇속, 세상을 삐딱하게 만드는 놈;

세상이란 것은 스스로 균형이 잡혀있고,

평평한 땅 위로 평평하게 가게 되어있는데,

이익 챙기는 놈, 타락시키는 추,

가던 길을 흔드는 놈, 이 잇속이라는 놈이

모든 방향, 목적, 가는 길, 의도에 있어서

공명정대함으로부터 벗어나게 한다니까.   (2.1.575-581)

이어서 그는 잇속을 포주나 거간꾼으로 비난하면서도, "그런데 왜 내가 이 잇속을 욕하는 거지? 아직 나에게 구애를 하지 않았거든"(2.1.588-589) 이라고 자신도 잇속의 유혹에 넘어갈 수밖에 없다는 결론에 이른다.

왕들도 잇속을 챙기려 신뢰를 깨트리는 판국이니

이득이여 내 주인이 될지어다. 왜냐하면 그대를 숭배하니까.

(2.1.598-599)

이 대목에서 서자는 과연 수단과 방법을 가리지 않는 소위 마키아벨리주의자가 되기로 작정하고 있는 것인가? 그도 왕들 못지않게 잇속이나 챙겨야겠다고 맹세하는 듯하지만, 그의 긴 방백의 주조 정서는 왕들의 타락에 대한 조롱과 냉소이다. 즉, 그의 마지막 맹세가 깊은 고뇌와 성찰 끝에 도달한 깨달음의 표현이라기보다 즉흥적 소회처럼 느껴진다. 그래서 도덕적으로 진지하지만 유머러스한 언어에 담긴 그의 맹세는 신랄한 풍자로 받아들일 필요가 있다(Hobson 109-110). 그리고 그의 인식의 한계 또한 살펴볼 필요가 있다. 그는 영국 왕실의 일원으로서 철저히 존 왕의 이해관계를 대변하는 파당적 입장에서 앙지에 시민들의 잇속 추구를 무례를 넘어 반역으로까지 간주한다. 그런데 사실 앙지에 시민들은 자신들의 공동체를 지키기 위해 사력을 다할 뿐이었다. 이는 그가 영국을 지키기 위해서 사력을 다하는 것과 마찬가지 입장이다. 그는 이후 외적의 침략으로부터 영국을 지키는 일이야말로 플랜태지넷 왕가의 후손으로서 자신이 해야 할 일이라는 각성에 이르는데, 세속적인 잇속 추구 대신 조국 수호의 대의를 택하는 그의 인식론적 전환이 있기 전, 그에게 앙지에 시민들은 왕들의 잇속 추구를 촉발하는 거간꾼으로밖에 보이지 않았던 것이다.

다른 한편, 처음 성벽에 등장하는 앙지에 시민이 이름이 없다가 중반 이후부터는 휴버트(Hubert)라는 이름으로 특정되는 것은 레인(Robert Lane)에 의하면 "텍스트적 변칙"(474)에 해당하는데, 이는 "군주의 선출에 있어서 백성들의 참여를 전적으로 배제하는 것은 아닐지라도 역할을 축소하려는 셰익스피어의 정치적 올바름의 감각을 나타내는 증상"(478)이라는 것이다. 레인의 지적처럼 셰익스피어는 이후 휴버트를 존 왕에게 누가 영국 왕인지 당당히 묻는 시민의 대표 역할에서 존 왕의 은밀한 명령을 수행하는 일개 심복으로 변신시킴으로써 전복의 목소리가 권력에 의해 포섭되는 정치적 올바름을 표현한다. 그러나 나중에 휴버트는 아서를 살해하라는 존 왕의 암시를 실행에 옮기는 과정에서 양심의 가책을 느껴 실행을 포기하는 선택을 함으로써 존 왕의 취약한 권력이 전복의 목소리를 포섭하는 데 실패하는 예를 제공하기도 한다.

4

영국 공주와 프랑스 왕세자의 혼인으로 인해 아서의 권리 회복의 여지가 없어진 가운데 밀라노 추기경이자 교황의 특사인 팬덜프 (Pandulph)가 등장하여 새로운 정치적 국면 형성을 주도한다. 그는 등장하자마자 교황이 추천한 캔터베리(Canterbury) 대주교 스티브 랭턴 (Stephen Langton)을 존 왕이 강제로 물러나게 한 조처에 대해 따진다 (3.1.139-146). 역사적으로 존 왕은 캔터베리 대주교 선정을 두고 교황 이노센트 3세(Innocent III)와 갈등을 빚은 끝에 파문되었지만, 이 대목에서는 마치 헨리 8세의 종교개혁의 당위를 연상케 하는 반박으로 팬덜프에게 맞선다. 존 왕은 "지상의 어떤 존재가 신성한 왕의 말씀을 듣겠다고 심문할 수 있겠는가?"(3.1.47-48)라고 팬덜프에게 되물으면서 심지어 교황의 권위야말로 "찬탈한 권위"(3.1.160)라고 비난한다. 동석한 프랑스 왕이 교황에게 '찬탈'이란 표현을 쓰는 것은 신성모독이라고 존 왕을 비난하지만 존 왕은 아랑곳하지 않고 교황의 면죄부 판매까지 비난하면서 "짐은, 혼자서 나 혼자만은 교황에게 맞서 싸울 것이오. 교황에게 우호적인 자는 나의 적이오"(3.1.171-172)라고 선언한다. 그러자 팬덜프는 존 왕이 파문당하는 것은 물론 암살될 수 있다고 위협하는데, 그의 위협은 당시 개신교 왕국을 세우려 했던 엘리자베스 여왕이 교황으로부터 받았던 위협을 상기시킨다.

존 왕이 팬덜프와 대립하게 되자 로마 교황을 지지하는 프랑스 왕은 선택의 기로에 서게 된다. 프랑스 왕은 팬덜프에게 영국 왕과 맺은 약조와 신의, 그리고 결혼이 전쟁 대신 평화를 이루고 있기에 맹세한 서약을 철회하고 평화 대신 전쟁을 택할 수는 없노라고 입장을 밝힌다. 그러자 팬덜프가 이번에는 프랑스 왕이 단호하게 영국에 맞서 무기를 들지 않으면 "어머니 되시는 교회가 저주를, 반항하는 아들을 향한 어머니의 저주를 내릴 것이오"(3.1.256-257)라고 위협한다. 이어서 팬덜프의 위협에 대해 루이 왕세자가 "부왕 폐하, 잘 생각해보십시오. 로마 교황의 저주라는 엄청난 대가와 영국이라는 우방을 잃는 가벼운 손실이 차이입니다. 가벼운 것을 버리셔야 합니다"(3.1.204-207)라고 권하는 판국이라 필립 왕은 결국 영국과의 결별을 선택한다. 그렇게 결국 로마 교황의 이해관계를 관철하는 데 성공하는 팬덜프는 종교의 사적 영역과 공적 영역을 교묘히 편의적으로 전용하여 두 나라 왕의 정치적 결정에 막대한 영향력을 행사한다. 그 결과 상황은 더욱 복잡하고 불확실하게 된다. 당장 혼인 동맹이 깨어지고 전쟁이 재개되면 가령 블랜치 공주의 경우 어느 편에도 가담할 수 없는 진퇴양난에 빠지게 된다. 팬덜프의 개입 이후 그리하여 승자는 없고 패자만 있는 정치적 불확실의 상황이 심화한다.

다시 전쟁 상태에 돌입한 이후 포위되었던 아서가 영국군에 체포되는 상황이 발생한다. 그리고 존 왕이 과연 왕위 계승의 경쟁자인 아서를 어떻게 처리할 것인가가 양 진영 모두의 관심사가 된다. 양 진영을 오가면서 중재를 하는 팬덜프는 아서가 몰락했기에 프랑스 왕세자가 블랜치 공주의 권리에 따라 아서가 주장했던 모든 권리를 주장할 수 있다고 왕세자를 선동한다. 그는 "아 왕자님, 존 왕은 왕자께서 진격하고 있다는 소식을 들으면 어린 아서가 아직 살아 있더라도 그 소식만으로도 아서를 죽일 것입니다"(3.4.162-164)라고 예언한다. 그리고 그 결과 영국의 민심이 이반하여 반란이 일어날 것인데, 하물며 서자가 영국에서 교회를 약탈하고 있어서 프랑스는 적은 병력을 투입하고도 손쉽게 승리할 수 있으리라고 왕세자를 설득한다(3.4.164-181).

한편 영국 진영에서는 팬덜프가 예견한 대로 존 왕이 아서의 살해를 서두른다. 존 왕은 포로로 잡힌 아서의 호송을 휴버트에게 맡길 때부터 아서를 제거하려는 의중을 숨기지 않았는데, 이내 사형 집행인과 휴버트에게 아서의 눈을 멀게 하라는 영장을 하달한다. 그러나 막상 휴버트는 생존을 위한 아서의 필사적인 호소에 양심에 가책을 느껴 영장 집행을 중지하고 아서를 살려준 뒤 존 왕에게는 아서가 죽었다고 거짓 보고를 한다. 이후 아서는 존 왕의 마수를 피해 성에서 탈출하려다 죽고 만다.

존 왕이 아서를 살해하는 대신 눈을 멀게 하라고 지시했다는 설정은 셰익스피어의 창작일 따름인데, 셰익스피어는 이 대목에서부터 정치적 소신이나 의지도 없이 갈팡질팡하는 나약하고 무책임한 존 왕을 그리기 시작한다. 존 왕은 아서를 살해함으로써 자신의 왕위를 위협하는 근본 원인을 제거하고 싶지만, 후폭풍을 감당할 자신이 없다. 그래서 살려는 두되, 왕위 계승자로서 기능할 수 없도록 하는 고육책을 택한 것으로 보인다. 그러나 그럴 때도 민심이 돌아서는 것은 마찬가지이기에 존 왕의 고육책은 어리석은 실책일 따름이다.

이어지는 두 번의 즉위식 장면에서 존 왕은 또 다른 실책을 범함으로써 신하들의 복종 거부와 민심의 이반을 초래한다. 존 왕은 새삼 즉위식을 거행함으로써 자신의 왕위 정통성에 대한 시비를 잠재우려 하지만, 펨브룩(Pembroke)은 존 왕의 왕위에 대해 백성들이 이의 제기를 하거나 반역으로 얼룩진 적이 없음을 지적하면서 다시 하는 것을 "과 잉"(4.2.4)이라고 규정한다. 그리고 솔즈베리(Salisbury) 또한 전통적 의례의 상징성과 권위를 훼손하는 "낭비이자 우스꽝스러운 과잉"(4.2.16)이라고 비난한다. 신하들의 비난에서 알 수 있듯, 존 왕은 즉위식을 다시 거행함으로써 오히려 왕위의 권위를 스스로 훼손하고 있다. 이는 대비가 강조했던 왕위에 대한 권리보다는 강한 소유를 실천하는 것과는 거리가 먼 실책이 아닐 수 없다.

존 왕은 신하들의 비판에 대해 "그리고 짐의 걱정이 줄어들게 되면 그때 더 강력한 이유들을 그대들에게 알려주도록 하겠소"(4.2.42-43)라고 얼버무리지만, 신하들은 바로 그의 가장 큰 걱정거리인 아서의 방면을 청원한다. 그들은 연약하고 힘없는 아서가 결코 존 왕의 왕권에 도전할만한 능력이 없는데, 존 왕이 그런 아서를 부당하고 몰인정하게 감금하고 있다고 주장한다. 그들의 주장처럼 연약하고 힘없는 아서를 감금하는 처사가 프랑스 왕에게 내정간섭의 빌미를 줄 수 있다. 그러나 존 왕으로서는 아서의 존재 자체가 그의 왕위 정통성에 대한 시비의 근원이다. 그렇기에 존 왕으로서는 아예 아서를 제거해버리는 것이 최선일 수 있다. 그래서 이미 아서를 처리하라고 휴버트에게 명한 상태에서, 존 왕은 신하들의 청원에 대해 "그렇게 합시다. 짐은 어린 왕자를 그대들이 관리하도록 하겠소"(4.2.67-68)라고 흔쾌히 받아들이는 제스처를 취한다. 그때 마침 휴버트가 등장하자 존 왕은 그를 따로 불러 옆으로 데려간다. 그 모습을 본 귀족들은 존 왕이 자신들의 청원을 들어주기 앞서서 아서에게 무슨 짓을 했는지 간파한다. 이윽고 휴버트와의 대화를 마친 존 왕은 귀족들에게 아서가 오늘 밤 세상을 떠나서 "그대들의 청원은 소멸하였다"(4.2.84)라고 선언한다. 그러나 존 왕이 아서를 가만두지 않을 것을 염려하여 그의 방면을 청원했던 귀족들은 존 왕이 결국 아서를 살해한 것으로 간주한다. 솔즈베리는 "이것은 명백히 부당한 짓을 한 것이오. 최고 권력자가 그토록 끔찍한 짓을 하다니, 창피하기 그지없구나"(4.2.93-94)라고 개탄하면서 떠난다. 펨브룩 역시 솔즈베리와 뜻을 같이하여 떠나자 존 왕은 "저자들은 분노에 불타는구나. 후회가 되는구나"(4.2.103)라고 갈팡질팡하는 무책임하고 유약한 모습을 보여준다. 불필요한 즉위식의 강행으로 신하들의 비판을 초래한 존 왕은 이제 아서를 살해함으로써 신하들이 복종을 철회하고 나아가 반란을 꾀할 명분을 제공하기에 이른다.

귀족들이 존 왕의 곁을 떠날 무렵 전령이 도착하여 프랑스군의 신속한 진군 소식과 함께 대비와 콘스탄스의 사망 소식을 전한다. 역사적으로 대비와 콘스탄스는 각기 1201년과 1204년에 사망했는데, 셰익스피어는 존 왕이 결정적인 정치적 위기를 맞은 시점에 대비의 사망 소식을 접하는 설정을 통해 존 왕이 고립무원의 처지에 놓였음을 강조하는 한편, 이제부터 서자가 대비를 대신하여 존 왕의 정치적 조언자 역할을 수행하게 될 것을 암시한다. 그리고 대비의 정치적 역할이 결국 존 왕의 몰락을 초래하는 원인으로 작용했다면, 서자의 정치적 역할은 존 왕이 외적으로부터 영국을 지킴으로써 몰락을 극복하도록 견인하는 것이다. 그러나 서자에게 뒤숭숭한 민심을 수습할 임무를 맡긴 뒤, 홀로 남자 존 왕은 "어머니가 돌아가셨다니!"(My mother dead! 4.2.181)라고 왕이 아닌 한 인간으로서 깊은 슬픔과 상실감을 토로한다. 그럼으로써 그는 한순간 동정과 공감의 대상이 된다.

그러나 그의 외마디가 자아내는 페이소스는 잠시일 뿐, 왕의 역할로 복귀하는 순간 그의 심연이 드러나기 시작한다. 그는 아서의 죽음이 몰고 온 후폭풍을 감당하지 못하고 갈팡질팡하는 가운데 아서 살해에 대한 책임을 휴버트에게 돌리는 궤변을 늘어놓기 시작한다. 그는 "왕의 변덕을 확실한 영장으로 여기는 노예들의 섬김을 받는 것이 왕이 받는 저주이다"(4.2.208-209)라며 휴버트가 자신의 일시적 기분을 잘못 이해하여 아서를 살해했다고 비난한다. 이에 휴버트가 존 왕이 집행을 지시한 영장을 제시하자 존 왕은 이번에는 "하지만 혐오스러운 네 모습을 보고 잔인한 악행에 적격이며 위험한 일을 하기에도 어울린다 여겨 그냥 지나가듯이 아서의 죽음에 대해 털어놓은 것뿐인데"(4.2.224-227)라는 궤변을 늘어놓는다. 아울러 그는 살해에 대해 암시했다는 것을 인정하면서도 그것이 부당하고 비양심적일 때, 신하 된 도리로서 휴버트가 간언을 하여 중지시키지 못한 것이 잘못이라고 비난한다. 휴버트에게 아서 살해의 책임을 전가하는 존 왕의 논리가 억지스러운 것은, 스피커맨(Tim Spiekerman)에 의하면 "정치가의 각성한 계산이라기보다는 고해하는 죄인의 필사적 책략"(49)에 가깝기 때문이다. 존 왕이 그렇게 억지 논리로 자신을 비난하면서 아서의 죽음이 가져오는 후폭풍을 감당하지 못하고 쩔쩔매는 모습을 보자 휴버트는 사실 아서는 살아 있으며 자신은 차마 양심에 거리껴 아서를 해치지 못했다고 털어놓는다(4.2.249-259). 휴버트는 아이러니하게도 존 왕의 명을 거역함으로써 존 왕이 비난하는 노예 같은 신하가 되지 않은 것이다. 즉, 양심을 지킴으로써 노예 같은 신하가 되지 않은 것이다. 그의 고백을 들은 존 왕은 자신이 이런 전복적 상황을 초래했음을 인정할 수밖에 없기에 휴버트를 처벌하는 대신 그를 흉측한 인간이라고 비난한 것에 대해 사과한다(4.2.263-266). 존 왕이 신하에게 사과하는 이 대목은 비록 극에서 배제되었지만 존 왕이 마그나 카르타를 수용할 수밖에 없었던 역사를 떠올리게 한다.

휴버트가 양심의 가책을 느껴 아서를 방면했지만, 아서가 결국 성벽에서 뛰어내리다 죽는다는 설정은 허구일 따름이다. 하지만 극의 전개에 개연성을 부여하는 핵심 사건으로 기능한다. 영국 왕위에 대한 권리를 놓고 양 진영이 격돌하는 무대에서 부재했던 아서는 이번에는 아무런 목격자도 없는 최후를 맞게 된다. 그렇게 아서의 죽음에 관한 진실을 관객만 알고 존 왕을 비롯한 극 중 인물 그 누구도 모르기에 오해와 억측이 난무하는 정치적 불확실이 가중되는 상황이 연출된다.

아서는 뱃사공의 모습으로 변장하고 성에서 뛰어내려 존 왕의 마수에서 벗어나려 한다. 그는 돌에 부딪혀 "아니 이런, 숙부의 혼령이 돌에 박혀있네"(4.3.9)라고 존 왕을 원망하며 죽는다. 아서의 외침은 존 왕이 아서의 죽음에 대한 책임으로부터 결코 자유로울 수 없음을 의미한다. 셰익스피어가 참조한 『존 왕의 험난한 치세』에서는 존 왕이 아서를 살해할 의도가 있었지만, 아서의 죽음은 살해가 아닌 그의 성급한 판단이 자초한 사고였음을 강조한다. 반면 셰익스피어는 아서의 외마디를 그의 주검이 발견된 이후의 상황과 결합하여 존 왕이 정치적으로나 인간적 도리로나 아서의 죽음에 대한 책임에서 헤어날 수 없음을 강조한다.

솔즈베리와 펨브룩은 아서의 주검을 발견하기 전 이미 프랑스 왕세자를 만나러 세인트 에드먼즈베리로 가는 길이었다. 솔즈베리는 "그

것이 우리의 안전을 위해서 좋소. 우리는 이 위험한 시기에 친절한 제안을 받아들여야만 하오"(4.3.12-13)라며 자신들의 안위를 도모하고자 프랑스 왕세자와 접촉하고 있음을 밝힌다. 귀족들은 프랑스 왕세자의 제안이 존 왕의 범죄에 대한 명예로운 혐오와 자신들의 안전 보장이 일치하는 것이기에 '친절한' 제안이라고 반긴다. 이는 앙지에 성에서 작용했던 자기 이해관계의 추구와 피상적으로 명예로운 행위가 결합하는 또 다른 판본에 해당한다(Braunmuller 73).

이때 존 왕의 명을 받고 귀족들을 찾아 나섰던 서자가 그들을 만나서 존 왕의 명을 그들에게 전하지만 솔즈베리는 이미 존 왕을 배반하기로 했다고 전한다(4.3.23-27). 솔즈베리는 존 왕을 겪어봐서 닥칠 "최악을 알기에"(4.3.27), 지금이라도 명예를 지키기 위해 존 왕을 배신할 수밖에 없다고 주장한다. 그때 마침 아서의 주검을 발견하자 솔즈베리는 존 왕의 최악을 확인한 듯 반란의 명분을 정당화하기 시작한다. 서자 또한 "만일 이 일이 어떤 손이 한 짓이라면 사악한 손이 저지른 불경스러운 작태요"(4.3.58-59)라고 개탄하지만, 사건의 전모를 알지 못하기에 존 왕이 저지른 만행이라는 판단은 유보한다. 그때 아서의 죽음에 대해 누구보다 잘 알고 있으리라 짐작되는 휴버트가 등장하여 아서가 살았다는 소식과 함께 귀족들의 복귀를 촉구하는 존 왕의 명을 전한다. 하지만 솔즈베리는 휴버트를 살인범으로 몰아 처단하려 하고, 휴버트는 자신의 결백을 주장하며 솔즈베리에게 맞선다. 서자의 중재로 상황은 일단락되지만, 이렇듯 누구도 아서의 죽음의 진실을 모르는 상황에서 각기 자신이 믿고 싶은 대로 믿을 뿐이다. 그럼에도 불구하고 모두가 그런 불확실과 혼란을 초래한 장본인이 바로 존 왕이라는 인식은 공유한다. 하지만 그런 존 왕에 대한 신하의 관계를 설정함에 있어서는 프랑스와 결탁하여 반란을 도모하는 귀족들의 선택과 존 왕을 보필함으로써 영국을 지키려는 서자의 선택으로 확연히 갈린다.

서자는 휴버트를 의심하면서도 결국에는 그가 이전에 겪은 휴버트의 됨됨이를 신뢰하기에 그가 진실을 말하는 것으로 믿는다. 하지만 서자로서는 휴버트가 말하는 진실을 받아들일 수 있지만 존 왕은 신뢰할 수가 없다. 그렇게 군주의 인격 가운데서 옳음과 권위가 발견되지 않는 상황에서 서자는 존 왕의 신하이자 영국의 신민으로서 자신의 처신과 관련하여 실존적, 윤리적 결단을 하게 된다.

서자는 앙지에 성에서 왕들이 자신의 이해관계를 좇아 신뢰를 깨트리는 것을 목격하면서 세상이 미쳐 돌아간다고 개탄했었다. 작금 아서의 죽음을 목격하고서 서자는 권력 투쟁의 이전투구가 영국을 혼돈과 무질서에 빠트렸다고 신랄하게 비난한다(4.3.144-150). 그리고 무엇보다도 그 결과 영국이 풍전등화의 위기에 빠졌음을 염려한다.

> 이제 외국에서 온 군대와 국내의 불만 세력이
> 하나로 합쳐지고 거대한 혼란이
> 까마귀가 병들어 쓰러진 야수를 기다리듯이
> 찬탈한 왕권이 곧 멸망하기를 기다린다.　　　　(4.3.151-154)

서자가 '찬탈한 왕권'이란 표현을 쓰는 것은 처음인데, 이전에 아서가 영국의 왕위 계승권을 요구했을 때 영국 신하 누구도 존 왕이 부당하게 왕위를 찬탈했다고 한 적이 없었다. 오로지 외적인 프랑스 왕이 그런 비난을 했을 뿐이다. 그런데 이제 존 왕이 아서를 살해한 것으로 믿게 되자 다른 신하들은 물론 서자까지도 존 왕을 진짜 왕위 찬탈자로 비난한다. 서자가 존 왕의 부도덕한 실책을 개탄하는 것은 바로 그것이 이렇듯 영국을 풍전등화의 위기로 몰고 가기 때문이다. 그러나 서자는 존 왕을 영국의 왕으로 인정하고 그를 도와 프랑스와의 싸움에 나서는 결단을 한다. 그는 존 왕의 부도덕한 행위에 대한 암묵적 비판을 버리고 강력한 정부 권력을 지지하는 진정한 마키아벨리적 원칙을 선택한다(Hobson 111). 서자의 이런 선택을 단지 귀족들의 반란이 성공할 수 없으리라는 냉철한 현실주의 혹은 편의주의의 산물로 볼 수는 없다. 존 왕의 부도덕과 무책임을 실감하면서도 그가 그런 선택을 한 것은 국가적 통일이라는 원칙에 따라 군주를 지지하는 것이 작금의 상황에서 최선이라고 판단했기 때문이다. 그래서 그는 "처리해야 할 일이 수천 개인데 하늘은 이 나라를 보고 인상을 쓰고 있구나"(4.3.158-159)라며 작금은 한발 비켜서서 한탄할 여유조차 없다고 토로하면서 존 왕에게 달려간다.

애국심의 이데올로기 호명은 서자가 존 왕의 무능과 부도덕을 인지하지만 그에게 복종하기를 선택하기에 성립할 수 있는 것이다. 즉, 결정적 갈등의 순간에 비판적 인식 혹은 거리를 통해 조국 영국과 동일시할 수 있음으로써 호명이 성립되는 것이다. 이후 그는 존 왕의 인격으로부터 진실과 옳음이 발견되지 않더라도, 마치 그런 것들이 거기에 있는 것처럼 믿고 행동한다. 그는 존 왕의 대리자 역할을 수행하면서 용맹하고 애국적인 군주로서 존 왕의 상을 각인시켜 영국과 동일시될 수 있도록 최선을 다한다.

5

서자가 존 왕을 영국 왕으로 인정하고 존 왕을 중심으로 프랑스의 침략을 막아내기 위해 동분서주하는 반면, 존 왕은 이전의 반교황 노선을 버리고 팬덜프의 중재로 프랑스군의 진군을 막으려 한다. 존 왕은 그러기 위해 반교황의 기치가 무색하게 팬덜프에게 왕관을 바치고 그를 통해 다시 왕관을 쓰는 즉위식을 거행한다. 하지만 "존 왕은 그가 결코 줄 권리가 없는 왕관을 팬덜프에게 주고 팬덜프 역시 그가 받을 권리가 없는 왕관을 받는 것이다"(Silby 417). 나아가 사태 수습을 간청하는 존 왕에게 팬덜프는 "다시 온유한 개종자가 되었고"(5.1.19), "폐하가 교황님께 한 충성을 기려 프랑스군에 가서 무기를 내려놓게 하겠소"(5.1.23-24)라고 답한다. 휴버트에게 아서 살해의 책임을 전가하는 대목에서 전혀 군주답지 못한 모습을 연출했던 존 왕은 왕위를 지키는데 급급하여 교황에게 무릎을 꿇는 이 대목에서 다시 한번 영국 왕으로서 바닥을 보여준다.

이때 서자가 등장하여 귀족들이 반란을 일으켜 프랑스 왕세자 군대를 맞아들이는 급박한 사태를 보고하자 존 왕은 "아직 왕자가 살아있다는 말을 듣고 나면 귀족들이 내게로 다시 돌아오지 않겠느냐?"(5.1.37-38)라고 반문하는데, 존 왕은 아직 아서의 숙음을 보고받지 못한 상황에서 팬덜프에게 중재를 요청한 것이었다. 즉, 복종을 거부하고 떠난 귀족들을 회유할 여지가 있을 것이라고 믿으면서도 조급하고 나약한 나머지 로마 교황에게 무릎을 꿇는 굴욕을 택했던 것이다. 이제 서자가 아서의 죽음을 목격했다고 하자 존 왕의 위기감은 더욱 고조된다. 서자는 그런 존 왕의 사기를 북돋우면서 왕으로서 권위와 위엄을 회복하여 당당히 적군에 맞서라고 충고한다(5.1.45-60). 하지만 존 왕이 여전히 팬덜프의 중재에 기대를 거는 모습을 보이자 서자는 "불명예스러운 화해입니다!"(5.1.66)라고 질타한다. 그는 이미 영국 영토에 머무는 침략군에 아첨하고 협상하는 것은 비굴한 패배나 다름없다고 질타하며, 협상이 실패할 수도 있으니 대비해야 한다고 조언한다(5.1.66-76). 설사 협상할지라도 결연한 방어 의지가 있다는 것을 보여주어야 협상도 성과가 있을 것이라는 전망은 지극히 타당한 것이다. 그래서 존 왕은 서자의 조언을 받아들이고 서자에게 지휘권을 부여한다. 그렇게 서자는 존 왕이 두려움과 불신으로 인해 더 이상의 실책을 범하지 않도록 견인함으로써 적으로부터 영국을 지키는 용감한 왕의 상을 복원하려 한다.

귀족들이 프랑스 진영에 가담함으로써 한결 전황이 유리해진 프랑스 왕세자는 팬덜프의 중재를 받아들이려 하지 않는다. 팬덜프가 존 왕이 로마와 화해를 했으니 프랑스 왕세자도 전쟁을 중지해달라고 요청하지만, 프랑스 왕세자는 다 이긴 전쟁을 멈출 의사가 없거니와 로마가 실질적으로 도움 준 것이 없는데 무슨 자격으로 간섭하느냐고 팬덜프의 요구를 일축한다(5.2.90-108). 아이러니하게도 가톨릭교도인 그는 존 왕과 달리 종교적 위협에 대해 면역이 생긴 것이다(Spiekerman 51-52). 이제 존 왕을 대신해서 그런 프랑스 왕세자를 대적하는 역할을 수행하는 서자는 중재를 거부하는 프랑스 왕세자에게 영국 왕이 자신을 통해서 말한다고 선언하면서, 영국민 전체가 프랑스군을 물리치기 위해 만반의 준비를 하고 있다는 열변을 토한다. 서자는 존 왕이 실제 그렇게 용맹한 군왕으로서 적군을 맞아 싸울 준비를 하도록 견인하는 역할을 하기에 그의 웅변을 허세라고 보기는 힘들다. 김영아의 지적처럼, 영국 왕과 영국민의 결의를 과시하려는 그의 말투는 물론 귀족들과 왕의 언어를 닮아 과장과 반복의 수사로 채워짐으로써 우스꽝스럽게 느껴지기도 한다(김영아 48-49). 하지만 진정 애국심에 의해 호명된 그이기에 그가 구사하는 과장과 반복의 수사는 이전에 그가 경험한 왕들의 비현실적인 허세의 언어와는 분명히 다른 기능을 한다. 다만 조국 수호의 대의나 결사 항전의 의지는 모두에게 익숙한 상투적 수사를 통해 표현하는 것이 여전히 효과적일 따름이기에, 그런 언사를 구사한 것이다. 그리하여 전체적으로 실제 전투의 격렬함보다는 거창하고 장황한 수사의 대결로 이어진 끝에 전쟁 자체의 결과는 순전히 운에 의해 좌우되고 만다.

막상 실제 전황을 전해주는 역할은 반란에 가담한 귀족들이 수행하는데, 솔즈베리는 "왕의 지지자가 이렇게 많은 줄 몰랐소"(5.4.1)라고 놀라면서, 적의 공격을 다 막아내는 서자의 눈부신 활약에 감탄한다. 솔즈베리가 목격한 수많은 왕의 지지자들은 서자가 프랑스 왕세자에게 맞서 영국민의 결의를 대변할 때 배반한 귀족들을 향해 "너희들의 부인과 하얀 얼굴의 처녀들이 아마존의 여전사처럼 북소리를 따라 달려오고 있다"(5.2.154-155)라고 질타한 것이 과장이 아님을 증명하는 듯하다. 서자의 경고는 이제 프랑스군에 가담했던 귀족들의 반란이 그 대가를 치르는 서사로 이어진다.

전투 중에 심하게 다친 프랑스 귀족 멜룬(Melun)은 사망하기 직전 왕세자가 프랑스군이 승리하면 영국 귀족들을 보상하기는커녕 목을 칠 것이라고 맹세했다고 폭로하여 영국 귀족들을 망연자실하게 한다 (5.4.26-40). 멜룬의 양심 고백은 영국 귀족들에게 조국과 왕을 배반하면 그에 합당한 대가를 치르게 된다는 교훈을 새기도록 한다. 멜룬은 자신의 조부가 영국인이라는 점이 자신의 양심을 일깨워 이 같은 고백을 하게 되었다고 토로하는데, 그의 토로는 영국 귀족들에게 영국인의 도리를 새삼 일깨워준다. 멜룬으로부터 배반의 어리석음과 잘못을 깨달은 귀족들은 그리하여 다시 존 왕에게 투항하게 된다.

서자가 존 왕의 대리자로서 존 왕을 용맹한 영국 왕으로 복원하고 전장을 누비는 동안 존 왕은 그를 암살하려는 수도승에 의해 독에 중독되어 죽음을 목전에 두고 있다. 존 왕이 병들어 죽음을 맞이하는 장면은 존 왕 치세가 병든 나라, 병든 정치의 시대였음을 느끼게 한다. 즉, 병든 왕의 몸은 곧 병든 나라와 병든 정치의 증상이요, 징후인 것이다. 존 왕은 육신의 고통을 느끼면서 그렇게 되기까지 왕으로서보다는 나약한 인간으로서의 삶을 술회하기에, 그레난(Eamon Grennan)에 의하면 "그의 웅변은 인간의 죽음에 대한 페이소스를 제외하고는 별 의미가 없어 보인다"(29). 그의 넋두리 가운데 특히 "양피지에 갈겨쓴 꼴이다. 이 불같은 열기에 내가 오그라드는구나"(5.7.32-34)라는 대사는 왕으로서 자신의 삶이 역사에 기록될 만한 것이 없다는 자조를 담고 있는데, 셰익스피어는 이 대사를 통해 존 왕이 튜더 역사의 전통으로부터 소외된다는 것을 암시하는 듯하다(Howard and Rackin 125).

그런데 존 왕이 임종을 맞이할 시점에는 솔즈베리를 비롯한 존 왕을 배반한 귀족들의 사면이 이루어졌다. 그 결과 이 극은 반역에 관한 한, 셰익스피어의 역사극 중에서 가장 우호적이고 무비판적인 극이 되었다. 존 왕이 그들에게 어떤 처벌도 내리지 않고 그들의 반역을 사면한 것은 당장 프랑스와의 전쟁에서 승리가 다급했기 때문이겠지만, 역사적으로 마그나 카르타를 수용할 수밖에 없었던 존 왕의 실정과 무능을 떠올리게 한다. 그런 무능과 몰락 가운데서 존 왕이 의지할 수 있는 유일한 신하는 서자뿐이기에 존 왕은 서자를 진심으로 반기면서 최후의 말을 건넨다. 그리고 존 왕은 서자가 작금의 전황을 들려주는 것을 들으며 눈을 감는다.

존 왕의 서거를 지켜보던 서자는 "제가 남아 있는 것은 폐하를 위해 복수하기 위해서입니다"(5.7.71-72)라고 울분을 토하지만, 이어지는 열변에서 복수의 대상이 영국의 적으로 설정되기에 그의 복수의 맹세는 다소 추상적으로 들린다. 그런 서자에게 솔즈베리는 이미 팬덜프의 중재로 프랑스 왕세자와의 평화 협정이 진행 중이라는 새로운 사실을 알려준다. 서자가 전장을 누비는 동안 또다시 이해관계를 거래하는 정치적 상황이 재개되었고, 그런 상황으로부터 서자는 소외될 수밖에 없다. 즉, 극이 마무리에 이르러 이렇듯 홀린셰드(Holindshed)와 같은 역사서에 충실해짐으로써 이제 역사 바깥에서 삽입된 서자는 적절한 퇴장의 순간을 맞이하게 된다. 존 왕을 이어 즉위한 헨리 3세가 로마 교황의 대리자 중재에 의존하여 전쟁을 마무리함으로써, 존 왕이 애초에 표방했던 반외세·반가톨릭의 기치는 좌절되어 그 실현을 훗날 역사의 몫으로 남긴다. 그런 가운데 서자는 헨리 왕자의 왕위 계승을 축하하고 충성을 다짐한다. 그의 충성 서약은 존 왕을 영국의 왕으로 인정하고 나아가 용맹하고 애국적인 왕으로 복원함으로써 프랑스의 침략을 물리칠 구심점으로 삼으려 했던 다짐의 연장선상에서 이루어진 것이라고 볼 수 있다. 통치 기간 내내 왕위의 정통성 시비에 시달렸던 존 왕을 끝까지 보필하여 혼란과 불확실의 시대를 통과해온 그는 이제 정통성을 갖춘 왕을 맞이하게 된 것이다. 그가 존 왕의 대리자로서 왕도 영국의 일부로서 영국에 봉사해야 한다는 것을 일깨워 주었다면, 이제 정통성을 갖춘 새 군왕을 맞이하여서는 왕은 곧 영국이기에 절대적으로 복종해야 한다는 튜더 시대 절대주의 이념을 환기한다. 그리고 극 중 다른 역사적 인물 모두 집단으로 존 왕의 치세를 병든 정치, 병든 나라의 시대로 만드는 데 기여했기에 강한 독립 국가 영국의 비전을 말할 자격이 없다. 오로지 서자에게만이 존 왕 시대의 역사적 실패를 교훈 삼아 영국의 새로운 미래를 전망하는 마무리 연설을 할 자격이 주어질 수 있다. 그는 존 왕 시대에는 이루지 못했지만 반드시 도래할 독립 국가 영국, 모두 하나가 되어 강한 영국의 비전을 역설한다.

> 우리 영국은 스스로가
> 먼저 상처를 내지 않는 한
> 결코 정복자의 오만한 발밑에
> 엎드릴 일은 없었으며, 앞으로도 결코 없을 것입니다.
>   . . . . . .
> 영국이 스스로에게 충성을 바친다면
> 어떤 것도 우리를 슬프게 할 수는 없을 것입니다. (5.7.112-118)

셰익스피어는 극 전체를 통해 서자가 제시하는 영국의 당위를 존 왕의 치세가 무엇 때문에 그리고 어떻게 구현하지 못했는가를 다루고 있다. 하지만 그럼에도 불구하고 존 왕의 치세 때 영국이 처음으로 유럽의 범 가톨릭 보편주의를 벗어나 독립된 국가로서 정체성을 모색하기 시작했다는 의의를 이 역사극에 새기고 있다.

제3장

『리처드 2세』
왕의 말과 왕의 트라우마, 그리고 왕권

나의 눈에는 공의 허례가 반갑지 않소.

오히려 내 가슴에 느끼고 싶은 것은 그대의 진심이오.

자, 일어서시오, 사촌. 비록 무릎을 꿇었어도

그대 마음은 이 왕관 높이에 있음을 알고 있소.

(3.3.190-193)

1

리처드 2세는 에드워드 3세의 장손자로서 부친 흑태자가 왕위에 오르지 못하고 사망하자 적장자로서 왕위에 오르게 된다. 그의 왕위 등극은 적법한 것이었지만 흑태자의 형제들인 삼촌들의 건재는 왕위에 대한 위협으로 작용할 수 있었다. 그리고 리처드 2세는 결국 반란을 일으킨 사촌 볼링브로크(Bolingbroke)에 의해 폐위당하고 만다. 리처드

2세가 정통성을 갖춘 왕이었음에도 영국 왕 최초로 신하에 의해 왕위를 찬탈당함으로써 반란의 정당성은 지속적인 논쟁거리가 되었다. 볼링브로크가 리처드 2세를 폐위시키고 헨리 4세로 등극한 사건은 이후 헨리 6세에서 리처드 3세에 이르는 장미전쟁의 기원에 해당하는데, 헨리 튜더가 폭군 리처드 3세를 패배시킴으로써 장미전쟁이 종식되고 튜더 왕조가 시작되었기에, 이후 튜더 왕조 아래서는 볼링브로크의 왕위 찬탈의 불가피성이 인정되기 쉽다. 그러나 셰익스피어는 튜더 신화의 관점에서 리처드 2세를 극화하지는 않는다. 다른 한편 셰익스피어는 리처드 2세가 정통성을 갖춘 왕이었지만 폭군이었기에 폐위당했다는 일반적 평가를 크게 벗어나지도 않는다.

셰익스피어는 이 역사극 직전에 쓴 『리처드 3세』에서 장미전쟁이 종식되는 역사를 낡은 왕조의 부정적 찌꺼기가 자멸하는 종말론적 서사로 그려냈다. 셰익스피어가 그린 리처드 3세는 희대의 폭군이지만 그 본질이 무능일 뿐인 악의 화신이었다. 그런 무능한 폭군을 그린 후 셰익스피어는 『리처드 2세』에서 역사를 거슬러 장미전쟁의 기원과 튜더 왕조 신화의 시작을 추적하면서 또 다른 무능한 폭군을 그린다. 리처드 2세는 리처드 3세와 마찬가지로 새로운 세력에 패배당하는 구시대의 왕이지만, 악의 화신으로 그려진 리처드 3세와는 달리 일말의 인간적 공감을 자아내는 왕으로 그려져 있다. 아울러 그가 대변하는 낡은 봉건 시대에 대해서도 셰익스피어는 일말의 노스탤지어를 감추지 않는다. 보다 구체적으로 셰익스피어는 리처드 2세를 무능한 왕으로 규정하면서도 다른 역사극에서 다룬 어떤 왕들보다 시적이고 연극적인 왕으로 묘사하고 있다. 그것은 역사적 평가와는 별개로 극작가로서 셰익스피어가 다른 영국의 왕들에게서는 찾아볼 수 없는 어떤 매력과 친근감을 리처드 2세에게서 발견했기 때문일 수 있다. 셰익스피어는 원전에는 공백으로 남겨진 그의 인간적 면모를 복원하기 위해 폭군 리처드 2세에게 시적이고 연극적인 자질을 부여하되, 그런 자질이 또한 정치적 몰락의 원인을 구성하고 있음을 보여준다. 그의 시적이고 연극적인 자질은 볼링브로크의 냉철한 마키아벨리즘과 대비되면서 역사적으로 패배당하는 봉건 군주의 유약함과 비합리성에 불과함을 나타내기도 한다.

셰익스피어는 리처드 2세에 대한 봉건 귀족들의 반란 구실을 제공한 우드스톡(Woodstock) 살해 부분을 포함하여 통치 기간의 주요 부분을 생략한 대신, 그의 폐위와 폐위 이후의 최후를 그리면서 폐위와 시적이고 연극적인 자질은 어떤 연관이 있으며, 그러한 자질이 최종적으로 그를 어떤 왕으로 자리매김하게 할 수 있는지를 다루고 있다. 그리하여 셰익스피어가 창조한 리처드 2세는 무능한 폭군의 이미지 못지않게 끊임없이 말하고 연기하는 듯한 왕이라는 독특한 이미지를 풍긴다.

정통성을 갖춘 리처드 2세의 폐위는 장미전쟁의 단초가 되었고 그 결과 튜더 왕조가 탄생했던 만큼, 리처드 2세의 폐위와 관련하여서는 왕권신수설을 비롯한 켄토로비츠(Ernst H. Kantorowictz)의 "왕의 두 신체론"(The King's Two Bodies) 등, 다양한 정치적 이론과 주제가 적용되었다. 그러나 극작가인 셰익스피어에게 리처드 2세의 폐위는 또한 매우 극적이면서도 인간적인 사건으로 느껴진 듯, 셰익스피어는 역사에 기록되지 않은 리처드 2세의 인간적 면모를 상상으로 복원하고 있다. 그 결과 후대의 많은 문인이 리처드 2세의 시적 언어에 매료되기도 하고, 성격의 독창성에 주목하기도 하였다. 현대의 비평가 중에는 대표적으로 블룸(Harold Bloom)을 들 수 있는데, 그에 의하면 셰익스피어가 창조한 리처드 2세의 성격은 이후 『오셀로』의 이아고(Iago)와 『리어왕』의 에드먼드(Edmund)로 이어지고 발전하는바, 이런 유형의 인물들은 인간적, 도덕적 위엄과 별개로 미학적 위엄을 갖추고 있으며, "자신의 삶에 관한 예술가들"이라는 것이다(268). 나아가 블룸은 셰익스피어가 리처드 2세에게 그러한 인물상을 투영한 것은 아마도 당대의 영웅이었던 롤리 경(Sir Walter Raleigh)이나 에섹스(Essex) 백작의 정치적 몰락에서 인간적 위엄과 미학적 위엄의 분리를 목격했기 때문일 것이라고 해석한다(268-269).

셰익스피어가 그렇게 리처드 2세의 성격을 창조한 것은, 물론 리처드 2세에 대한 깊이 있는 인간적 이해에서 비롯된 것인 만큼, 셰익스피어의 다른 어떤 사극보다도 왕의 정체성에 관해, 왕은 왕이되 또한 인간이라는 점을 부각하기 위한 것이다. 그런 관점에서 레몬(Rebecca Lemon)은 이 극이 "자신의 군주론이 실패한 왕에게 무슨 일이 일어나는가?"(73)를 탐구하는 것으로 요약한다.

자신의 군주론이 실패하여 폐위되는 리처드 2세는 매우 시적이고 연극적인 왕이기에 폐위의 원인을 그런 자질에서 찾을 수도 있다. 그러나 셰익스피어는 그런 자질이 오히려 폐위 이후에 주로 발현되는 결과이거나 사후 효과로 설정하고 있는 듯하다. 셰익스피어는 자신이 창조한 영국의 왕 중에서 가장 시적인 리처드 2세의 왕으로서의 언표 행위와 그의 상징적 자리 간의 괴리를 설득력 있게 묘사하고 있다. 특히 리처드 2세가 시적이고 연극적인 왕이기에 폐위 이후의 트라우마가 실감 나게 상연될 수 있음을 입증한다.

극은 왕의 말이라는 관점에서 리처드 2세의 폐위 이전의 말의 권위와 위상이 폐위 이후에 어떻게 변화하였는가를 제시한다. 그러면서 폐위 이후 말로만 남은 왕으로서 리처드 2세가 왕이란 무엇인가, 그리고 자신이 왕이 아니면 도대체 무엇인가라는 존재론적 질문으로 회귀하는 언어의 곤경을 겪는 모습을 재현하고 있다. 그리고 이런 증상은 바로 폐위의 트라우마에 해당하는 것임을, 그리고 그의 언어들은 바로 폐위의 트라우마를 선회하고 있음을 극화하고 있다.

지금까지의 문제 제기를 바탕으로 이 글은 그의 폐위, 즉 정치적 몰락의 과정에서 왕으로서 그의 언표 행위가 왕의 상징적 자리와 괴리를 드러내는 과정이, 리처드 2세 스스로 봉건 군주의 통치 기반을 무너뜨림으로써 실용적 마키아벨리즘으로 무장한 볼링브로크에게 폐위되는 과정임을 살펴본다. 그리하여 폐위 이후에는 상징적 자리를 잃고 오로지 언표 행위의 형식적 주체로만 남은 왕, 즉 말의 왕에 불과한 그의 언어는 폐위의 트라우마를 선회하는 언어일 수밖에 없음을 살펴볼 것이다. 마지막으로 셰익스피어가 그의 왕다운 최후를 재현함으로써 그의 존재의 딜레마를 어떻게 마무리하고 있으며, 그럼으로써 왕권에 내재한 모순을 어떻게 조망하고 있는지 다룰 것이다.

2

극은 첫 장면에서부터 리처드 2세가 봉건 귀족들의 도발로부터 왕으로서 권위를 지키기 위해 힘겨운 싸움을 하는 모습을 그리고 있다. 신하들을 거느리고 옥좌에 앉아 있는 리처드 2세의 모습은 일견 봉건적 의례와 장식에 둘러싸인 전형적인 봉건 왕의 모습이다. 왕으로 서 그의 언사 역시 그에 합당한 권위와 위엄이 있어 보인다. 하지만 그 가 직면한 정치적 현안은 그를 점차 곤경에 빠뜨리고 그의 언사로부터 위엄과 여유를 박탈하기 시작한다. 사촌이자 정적인 볼링브로크는 리 처드 2세의 측근인 모브레이(Mawbray)를 글로스터(Gloucester) 공 암살의 주모자로 지목하고, 기사도의 결투를 리처드 왕에게 끈질기게 청원하 고 있다. 이에 리처드는 볼링브로크의 청원을 "성가신"(1.1.4) 것으로 규 정하고, 볼링브로크와 그의 아버지 곤트(Gaunt) 경이 "사사로운 원한 때 문이 아니라"(1.1.14)라고 항변할지라도 이유 여하를 막론하고 기사도의 결투를 허락하지 않으려 한다. 그런 왕의 만류에 대해 청원 당사자인 볼링브로크와 고발당한 모브레이는 신하로서 복종의 예를 갖추면서도 계속해서 불복할 수밖에 없는 이유를 말한다. 특히 모브레이를 "지난 18년간 이 땅 위에서 이루어진 모든 대역의 주모자"(1.1.95-96)로 규정하 는 볼링브로크의 언사는 살해당한 글로스터 공을 아벨(Abel)에 비유할 때 왕의 거부를 무색하게 하면서 좌중을 압도하는 듯하다.

> 글로스터 공의 피가 신에게 희생양으로 바쳐진 아벨의
> 피처럼 입 없는 무덤에서도 정의의 구현과 준엄한
> 징벌을 해달라고 절규하고 있습니다.   (1.1.104-106)

봉건적 정치 이념상 왕이야말로 정의의 최후 수호자에 해당함에도, 볼 링브로크가 파당 논리에 따라 정의 운운하는 것은 왕권에 대한 도전이

아닐 수 없다. 나아가 볼링브로크가 리처드 왕 자신이 글로스터 공 살해에 연루되었음을 염두에 두고 하는 주장이라면 그것은 심각한 정치적 도발일 뿐만 아니라 대역죄에 해당한다고 볼 수 있다. 이렇듯 신하가 왕의 면전에서 왕은 정의가 아니라 불의의 원천이라는 암시를 공공연히 하는 첫 장면은 "대역죄, 법, 그리고 복종과 관련된 헌정적 위기"(Lemon 58)의 상황을 연출한다.

반면 볼링브로크의 비난에 대해 모브레이는, "글로스터 공의 죽음에 관해서는 내가 살해한 것이 아니다. 그러나 그 사건에 대한 의무 태만은 치욕으로 생각한다"(1.1.132-134)라고 반박하는데, 어떤 의무를 태만하게 했는지 밝히지 않는 그의 모호한 답변에는 무엇보다도 리처드 왕의 연루에 대해서 끝까지 침묵을 지키려는 충정이 반영되어 있다. 이 대목에서 우리는 왕의 말이 때로는 신하들의 침묵으로 지지받고 보충됨으로써만 수행력을 갖게 되는 고도의 정치적 상황의 한 예를 목격할 수 있다. 그렇게 신하의 침묵 암시를 받아들여 리처드 2세는 평화롭게 사태를 해결하길 원한다고 선언하면서 결투를 만류한다. 하지만 모브레이의 침묵의 지지를 받아 사태를 덮으려는 왕의 의중을 아는 볼링브로크는 계속해서 모브레이를 비난함으로써 그가 결투를 받아들이게끔 유도한다. 모브레이는 볼링브로크의 계속되는 공개적인 인신공격으로 자신의 명예가 돌이킬 수 없을 정도로 손상되었다고 판단하자 결국 왕의 명령에 불복한다. 이에 당황한 리처드 2세는 모브레이에게 "표범도 사자에게는 순종하는 법"(1.1.174)이라며 왕과 신하의 관계가 주종관계임을 환기하지만, 모브레이는 "하오나 표범의 얼룩점은 없어지지 않는다"(1.1.175)라는 비유로 반박한다. 이런 불복의 언사에 대해 리처드 2세는 "과인은 명령하도록 태어났지, 간청은 못 하오"(1.1.196)라고 보다 직설적으로 명령하기에 이르지만 결국 기사도의 결투를 허락하는 결정을 내릴 수밖에 없다. 이렇듯 모브레이의 불복을 유도하면서 리처드 2세로 하여금 기사도의 결투를 승인할 수밖에 없도록 사태를 주도하는 쪽은 볼링브로크이다. 그는 외관상 리처드 2세에게 신하의 예를 다하는 듯하지만, 그의 언사는 왕의 언어, 즉 왕명의 힘과 수행력을 무색게 한다. 아울러 리처드 왕의 언어에 있어서 정연한 논리와 위엄 있는 수사의 여지는 사라지고 직설적 화법만 남게 된다.

리처드 2세는 모브레이가 "신의 명예는 생명이자 살과 뼈와 같은 것인즉, 명예를 잃으면 생명이 다한 것과 다름없습니다"(1.1.182-183)라고 하면서 결투 허락을 요청하자 결국 "중재가 이루어지지 못했으니 정의가 기사도의 승패를 가려주는 것을 참관하리라"(1.1.202-203)라며 결투를 승인하고 만다. 모브레이가 자신의 명예에 관해 가식 없이 간결하게 웅변한 것과는 달리 볼링브로크가 구사하는 적절한 법적 비난의 언어에는 개인적 명예와 가문의 위엄, 그리고 무엇보다도 왕을 판단할 신하의 권리 같은 것들이 담겨있다. 이뿐만 아니라 볼링브로크가 그런 개인적인 동기들을 점차 가시화하는 언술을 통해서 결투를 요청함에도, 리처드 2세가 결투를 허락한 것은 명예와 정의야말로 봉건 귀족들이 추구해야 할 최상의 가치이자 덕목이었기에 그것의 수호를 표방한 결투에 대해 마땅히 거부할 명분을 찾지 못했기 때문이다.

그리하여 기사도의 결투가 진행되자, 이번에는 리처드 2세가 일시적으로 잃었던 주도권을 되찾는 데 성공한다. 하지만 리처드 2세는 결투의 의례가 관례에 따라 진행되어 이제 막 실제 결투에 돌입할 시점에 홀을 땅에 던지면서 결투의 중단을 명한다. 갑작스러운 중단에 당사자들은 물론 모든 좌중이 술렁이지만, 리처드 2세는 아랑곳하지 않고 중신들과 협의를 거쳐 결투 당사자들에게 합당한 처벌을 선고한다. 전통적 절차에 따라 진행되던 의례를 아무런 사전 예고도 없이 갑자기 중단시킴으로써 리처드 2세는 좌중의 시선을 일순 결투 당사자들로부터 자신에게 향하게 만든다. 그는 결투가 시작되기 직전의 시점을 택함으로써 분명 의례를 자신을 위한 연극으로 바꾸는 데 성공한 듯 보이지만, 레가트(Alexander Leggatt)에 의하면, 관례에 따라 진행되던 의례를 그런 식으로 중단시킴으로써 부지불식간에 기사도 시대를 종언시킴과 아울러 그의 왕권 종말을 초래한다. 즉, "신성한 의례를 수호해야 할 권력의 중심에서 의례의 위반이 발생하기에 극적이지만, 그 결과 왕권은 몰락, 즉 자기 파괴의 길을 걷게 된다"(61).

리처드 2세가 결투를 중지시키고 결투 당사자들을 추방하는 조치를 취한 것은 기본적으로 자기방어와 왕권의 수호에서 비롯된 것으로 볼 수 있다. 만약 결투가 진행되어 볼링브로크가 승리하는 경우 볼링브로크와 그를 지지하는 귀족들은 정의의 명분을 내세워 글로스터 공의 암살과 관련된 왕의 불의의 책임을 더욱 노골적으로 추궁할 것이기 때문이다. 물론 그런 정치적인 판단 못지않게 매사 극적인 효과를 추구하는 그의 연극적이고 시적인 성향의 작용을 읽을 수도 있다. 그러나 그의 연극적, 유희적 성격은 아직은 왕으로서의 정치적 판단이나 능력과 뒤섞여 있어서 잘 드러나지 않는다. 그런 자질은 그가 폐위당하면서, 즉 정치적으로 몰락하면서 급격하게 정치적 자질과 분리되어 마치 그의 진면목인 것처럼 드러나기 시작한다. 그런 만큼 이 대목에서 리처드 2세는 분명 신하들의 전통적 권리가 왕권을 위협할 수 있는 사태에 대해 왕권을 수호하는 조치를 취함으로써 일시적이지만 왕권의 정점을 구현한 것이다.

기사들의 결투 제도 자체가 왕권을 제약하고 통제하는 것이지만, 중세 당시에나 오늘날의 상식으로도 그런 전통과 제도에 대해 왕권이 법적으로 우위에 있기에, 왕은 결투를 인정할 수도 있고 자기 뜻대로 종결시킬 수도 있었을 것이다. 그런 정치적 관점에서 보자면 리처드 2세는 절대주의의 새로운 형식으로 권력을 확장하려 한 것이다. 반면에 볼링브로크는 봉건적 위계 체제 내에서 귀족으로서의 특권을 옹호하고 보존하려 한 셈이다(Holderness 32). 그러나 리처드 2세가 봉건적 의례를 위반함으로써 결과적으로 몰락하는 반면, 봉건 귀족의 특권을 옹호하는 수구에 해당하는 볼링브로크가 새로운 왕이 되는 구도에서 우리는 셰익스피어가 조망하는 역사의 아이러니를 읽을 수 있다.

결투 당사자들의 추방을 신고할 때 리처드 2세는 정치적 정점에 이른다. 그에 상응하여 그의 언어는 위엄으로 가득 차 있고, 생생하고 지적인 비유로 충만하다.

우리의 강토는 우리의 강토가 기른 국민의
소중한 피로서 더럽혀져서는 아니 될 것이오.
동포의 칼로 동족을 살상하는 처참한 광경을
과인은 차마 눈을 뜨고 볼 수 없소.
공들은 독수리처럼 날개 치며 하늘 높이
치솟으려는 오만과 야심에 불타 질투의

불길이 증오가 되어 나라의 평화를 교란시키려 하고 있소.

평화는 이 나라의 요람 속에서 겨우 단잠을

조용히 자려는 참인데, 이제 이를 소란스럽게

난타하며 울려대는 북소리, 그리고 귀를

찢는 듯한 무서운 나팔 소리, 분노로 가득 찬 창검들의

귀에 거슬리는 소리로 잠을 깨우면

평화는 고요한 강토에서 달아나

우리는 동포의 피로 물든 강을 건너게 될 것이오. (1.3.125-138)

리처드 2세는 볼링브로크와 그를 추종하는 봉건 귀족들을 겨냥하여, 그들의 사사로운 명예욕과 야심이 호전적 군사주의와 분파주의를 낳음으로써 나라의 평화를 위협한다고 질타한다. 그리고 "분노로 가득 창검들이 귀에 거슬리는 소리" 같은 생생한 비유에서는 호전적인 봉건 귀족들에 맞서 왕권을 수호하려는 결기마저 느껴진다. 그러나 이후 그의 언어는 정치적 몰락과 함께 이런 시적 비유의 힘을 상실한다.

결투를 참관하기 위해 모인 좌중은 지위 고하를 막론하고 전통적인 방식으로 정의가 실현되는 최상의 스펙터클을 기대했기에 리처드 2세가 갑자기 결투를 중단시키자 실망할 수밖에 없다. 리처드 2세가 즉각 결투를 중단시킨 합당한 명분을 제시하지만 어떤 명분도 그들의 불만과 실망을 달래기에는 역부족인 것처럼 보인다. 나아가 그렇게 왕에 의해 좌절되고 억압된 국민의 스펙터클 욕구는 결국 아이러니하게도 왕의 폐위라는 더욱 극적인 스펙터클에 대한 요구로 회귀하게 된다. 그런 조짐은 추방형을 선고받은 볼링브로크와 그의 측근들의 불만과

불복에서 이미 시작된다. 그들은 외관상 왕의 추방에 승복하는 듯이 보이지만, 왕의 권력 행사가 자의적이라는 냉소를 숨기지 않는다.

먼저 모브레이는 종신 추방형의 가혹한 처벌에 대해, 그동안 침묵으로 왕을 보호해왔던 입장을 견지하면서도 영원히 조국을 등질 수밖에 없는 처지를, "이 혀로 익힌 모국어의 숨통을 끊으셨으니 꿀 먹은 벙어리가 되어 죽으라는 선고와 다름없지 않사옵니까?"(1.3.172-173)라고 한탄한다. 언어, 즉 모국어야말로 정체성의 중핵이기에 그것의 상실은 존재의 소멸과 다름없다는 그의 탄식은, 역설적으로 왕권의 상실과 함께 언어의 상실 아닌 상실을 겪게 되는 리처드 2세의 운명을 예견하는 바가 있다.

반면 볼링브로크는 왕의 말의 힘과 수행력을 새삼 일깨운다. 그는 십 년의 추방형을 선고받았지만, 리처드 2세의 숙부인 그의 아버지 곤트 공의 간절한 탄원에 힘입어 추방 기간을 4년 단축 받게 된다. 그러자 그는 왕의 말 한마디가 갖는 무소불위의 힘에 대해 탄식한다.

> 짧은 한마디 말속에 얼마나 긴 세월이 담겨있는가!
> 지루한 겨울이 네 번, 네 번의 봄이 네 번,
> 말 한마디로 줄어지다니—왕의 말씀이란 그런 것이란 말인가.
>
> (1.3.213-215)

볼링브로크는 왕의 말의 수행력과 영향력의 절대성을 실감하면서도 그 것이 또한 얼마나 자의적인가를 지적하고 있다. 또한 그의 아버지 곤트는 리처드가 추방 기간을 경감해주었음에도 "폐하가 널 추방한 것이 아니라, 네가 그랬다고 생각해라"(1.3.279-280)라고 불복의 속내를 노골적으로 드러내기도 한다. 그들은 왕의 말이 갖는 무소불위의 힘을 인정하면서도 그런 왕의 말을 판단하고 제한할 수 있는 봉건 귀족의 권리를 행사하리라는 속내를 감추지 않는다. 곤트는 신의 대리자로서 왕은 신하들의 생사여탈권을 가질 수 있지만, 그 권능이 결코 전지전능한 신의 권능이 될 수 없으며, 오로지 죽음을 가져오는 부정적 힘으로서만 입증될 뿐이라고 주장한다.

리처드 2세는 특히, 이어지는 짧은 장면에서 측근들로부터 볼링브로크가 추방당하면서 미천한 백성들에게 경의를 표하고 비위를 맞추는 등, 마치 왕위 계승자인 것처럼 행세했다는 보고를 받으면서 그에 대한 냉소와 질시를 강하게 표출한다. 하지만 리처드 2세는 수단 방법을 가리지 않고 국민의 마음을 얻는 그의 능력과 야심을 경계하고 대비하기보다는 애써 외면하려는 태도를 보인다. 그는 일정 기간 볼링브로크를 추방함으로써 정적을 제거하는 데 성공했다고 판단한 듯, 그에 대한 만반의 경계를 게을리 한 채 아일랜드 정벌에 나서는 치명적인 정치적 오류를 범하고 만다.

이렇듯 신하들이 왕의 말을 그 자체로 믿지 않고 순전히 권력을 정당화하는 도구로 간주하는 것과 마찬가지로 왕 역시 신하들이 내세우는 정의니 명예니 정당한 권리 회복이니 하는 따위의 명분을 결코 그 자체로 믿지 않는, 냉소주의가 만연한 사태는 전형적인 전환기적 위기의 상황에 해당한다. 전환기적 위기는 이미 진행 중이었지만, 리처드 2세가 아일랜드 정벌의 군비 조달을 위해 곤트 가문의 재산을 몰수한 것을 계기로 폭발한다. 호시탐탐 복귀할 기회를 노리던 볼링브로크가 자신의 정당한 재산 승계권이 침해당했다는 구실로 세력을 규합하여 왕에 대항함으로써 내전이 시작된 것이다. 그리하여 리처드 2세는 지금까지 유지되었던 사회 질서와 안정이 산산조각 나는 상황에 직면하여, 이전의 질서와 안정의 외관이 거짓이었음을, 그것이 내적 투쟁의 장이었음을 뒤늦게 깨닫게 된다. 그에 상응하여 그의 왕으로서의 언어 역시 왕의 언어답지 않은 일탈과 타락을 전개하기 시작한다.

3

리처드 2세가 정적인 볼링브로크를 추방함으로써 일시적으로 왕권이 봉건 귀족의 전통적 권리를 제압하는 데 성공한 것 같지만, 그리하여 왕권의 힘에 도취한 리처드 2세가 나아가 볼링브로크의 재산 상속권마저 박탈하는 조치를 취하자, 그동안 유지되었던 봉건 귀족들의 복종의 외관과 그에 따른 사회적 안정의 외관은 일시에 붕괴하고 나라 전체가 권력 투쟁의 소용돌이에 말려들게 된다.

왕이 아일랜드 정벌의 비용을 충당하기 위해 곤트 가문의 재산을 몰수하는 사태에 대해 볼링브로크의 측근인 노섬벌랜드는 "전쟁 때문은 아니잖소. 폐하는 전쟁을 해본 일도 없지 않소. 오히려 훌륭하신 선왕들이 쟁취하신 것들을 비열하게도 그냥 내준 일이 비일비재하지 않습니까. 사실 폐하가 평화 시에 쓴 비용이 전쟁 때 쓴 것보다 엄청납니다"(2.1.252-255)라고 노골적으로 비난하는데, 대부분 귀족이 그의 비난에 동조하고 있다. 그의 비난처럼 리처드 2세는 임종을 맞이하는 곤트를 직접 찾아가 그의 반발에도 불구하고 가문의 재산을 몰수하는 조치를 내림으로써 확연히 폭군으로 비치기 시작한다.

리처드 왕이 방문하기 전 곤트는 임종을 앞둔 숙부의 유언인 만큼 자신의 충언을 리처드 왕이 깊이 새길 것이라고 기대한다. 앞서 그는 작금의 리처드 왕은 폭군이며 그의 치세 또한 타락한 시대임을 강조하기 위해 위대한 영국의 위대한 과거와 위대한 군왕을 회상한다. 그는 영국이 "군신 마르스가 자리한 땅"(2.1.41)이자 "제2의 에덴동산"(2.1.42) 즉, "축복받은 땅"(2.1.50)이기에 "기독교의 포교를 위해, 진정한 기사도를 위해, 용맹하게 싸워 바다 멀리 구만 리까지 이름을 떨쳤던 국왕들을 탄생시킨 탯줄, 그렇듯 고귀한 정신을 가진 이 나라였다"(2.1.53-56)라고 회상한다. 그러면서 지금 리처드 왕이 다스리는 영국은 "셋방이나 하찮은 소작지처럼 임대돼 버리는 지경에 이르렀고"(2.1.59-60), "부끄럽게도 잉크로 얼룩진 양피지 대여문서로 묶이고 말았다"(2.1.63-64)라고 개탄한다. 곤트는 마치 위대한 영국이라는 유토피아를 상실한 것처럼 상상하는데, 실제로는 그런 이상이 한 번도 실현된 바가 없기에 곤트의 상실은 한 번도 가져본 일이 없는 것을 상실했다고 느끼는 상실의 상실일 뿐이다. 그리고 그가 상상하는 위대한 군주상 또한 모든 왕의 지향점인 만큼 그들의 내적 한계, 즉 도달 불가능한 지점을 나타낸다.

무엇보다도 곤트가 리처드 왕을 폭군으로 규정하는 이 대목에서 두드러진 것은 상업이나 거래와 관련한 구체적인 표현과 경제 용어들이다. 비록 군비 충당을 명분으로 내세우지만, 국왕이 임의로 징세를 강행할 경우, 그것은 오랫동안 불문율로 지켜온 봉건 귀족들의 재산권을 침해할 소지가 다분하다. 곤트가 매우 구체적으로 리처드 왕의 타락한 행위들을 적시하는 것은 그래서 역설적으로 봉건 귀족들의 심각한 피해의식을 구체화하고 있다고 느끼게 한다. 이 대목에서부터 리처드 왕의 부재를 틈타 볼링브로크의 반역이 대세를 장악하기까지, 봉건 귀족들의 담론이 거래와 보상을 비롯한 경제적인 용어로 넘쳐나는 경향을 띤다.

곤트가 리처드 왕을 폭군으로 비난하는 내용이 주로 경제 용어나 개념으로 이루어진 것과 상응하듯, 곤트를 방문한 리처드의 언어 역시 왕의 언어로서 위엄이나 논리 정연함을 상실함으로써 그는 확연히 폭군으로 비치기 시작한다. 병환으로 수척한 곤트를 보자마자 "그래 좀 어떠시오, 앙상한 숙부"(2.1.72)라고 그의 이름과 병환을 연결 지으면서 다소 경망스러운 화제로 대화를 시작한다. 곤트는 임종을 앞둔 숙부에게 최소한의 예도 갖추지 않는 리처드 왕에게 맞서 그가 지금 폭군의 길로 가고 있음을 지적할 뿐 아니라 우드스톡의 살해에 연루되었음을 상기시킨 끝에, 급기야 직설적으로 왕의 자격을 문제 삼기까지 한다.

> 폐하는 이제 잉글랜드의 지주일 뿐, 왕은 아니십니다.
> 폐하의 법적 지위는 법에 구속될 뿐,
> 그리고 폐하는...   (2.1.112-114)

곤트는 노섬벌랜드가 지적한 바 있듯, 전쟁 비용을 능가하는 비용을 사치스러운 취향을 위해 지출한 리처드 왕이 일개 '지주'(landlord)에 불과하다고 비난한다. 이에 격분한 리처드는 곤트에게 "미치광이, 얼빠진

멍청이"(2.1.215)라고 욕을 퍼부으면서 선왕의 친동생만 아니었으면 당장 참수했을 것이라고 위협한다. 그래도 곤트가 굴하지 않다가 퇴장하자, 리처드 2세는 분을 참지 못하고 "늙고 옹고집을 부리는 자는 죽어 마땅하노라"(2.1.139)라며 전통적으로 지켜온 망자에 대한 예의마저 무시한다. 그런 직후 곤트가 사망했다는 소식이 전해지자마자 리처드 2세는 마치 기다렸다는 듯이 즉각 그의 전 재산을 몰수하라는 어명을 내린다. 옆에서 일련의 사태를 지켜보던 요크는 곤트의 추방당한 아들 볼링브로크의 재산 상속권을 박탈하는 조치는, 오랫동안 불문율로 지켜온 승계 순위에 따라 왕위를 계승하는 관례를 어긴 것과 다를 바 없다며, 왕의 정통성 시비로까지 비화할 수 있음을 암시하지만 리처드 2세는 일축해버린다. 이 대목에서 리처드 2세는 정통, 적법한 왕권을 뒷받침하는 전통적 관행이나 의례를 오히려 조롱함으로써 자신의 권력 기반을 스스로 무너뜨리기 시작한다.

아일랜드 정벌을 명분으로 리처드 2세가 볼링브로크의 재산을 몰수한 조치는 이미 많은 봉건 귀족의 불복을 야기하고 있기에 자칫 민심을 더욱더 볼링브로크에게 쏠리게 할 수 있었다. 하지만 요크를 비롯해서 많은 중신이 개탄하듯, 리처드 2세는 아첨꾼에게 둘러싸여 민심의 향배를 읽는 데 실패하고 만다. 그뿐만 아니라 리처드 2세가 정적으로 경계하여 볼링브로크를 추방했다면 당연히 그의 동향을 예의주시하고 대비하는 정보 체계를 작동시켜야 했음에도 불구하고 방치하는 정치적 무능을 드러낸다. 그 결과 리처드 2세가 아일랜드 정벌을 마치고 귀국했을 때는 이미 볼링브로크가 그의 부재를 틈타 대세를 장악하는 데 성공한다.

리처드 2세의 부재 시에 볼링브로크와 그를 추종하는 봉건 귀족들의 키워드는 단연 거래와 보상에 관한 것이다. 그들은 리처드 2세가 아첨하는 간신들에게 둘러싸여 있다고 비난했지만 사실 셰익스피어는 그런 장면을 배치하지 않았다. 반면 볼링브로크가 대세를 장악하는 과정에서 그의 측근들이 보여준 행태야말로 리처드 2세와 측근들을 비난했던 행태를 재현한 듯하다. 셰익스피어는 이런 대칭적 구도 설정을 통해 리처드 2세가 폐위되고 볼링브로크가 헨리 4세로 등극하는 역사적 과정에 대한 정치적 평가는 도덕적, 윤리적 평가와는 별개일 수 있음을 암시한다.

볼링브로크가 영국에 상륙하자마자 그의 최측근이 되어 아첨하는 노섬벌랜드와 그에 대한 보상을 약속하는 볼링브로크의 언어는 그들에게 체포되어 참수당하는 리처드 2세의 충신들의 귀족답고 위엄 있는 언어와 대조를 이룬다. 반군들이 황야를 진군하는 와중에 노섬벌랜드는 "전하의 말씀이 어찌나 훌륭한지 힘든 여정도 달콤하고 즐거웠습니다"(2.3.6-7)라고 볼링브로크에게 아부한다. 그렇게 자신 주변으로 몰려드는 귀족들에게 볼링브로크는 "지금 드릴 수 있는 보상이라곤 실속 없는 감사의 말뿐이지만"(2.3.60-61) 노고에 보답할 날이 꼭 있을 것이라고 약속한다.

영원히 감사하오—가난한 자의 금고로는
아직은 어린 나의 행운이 성숙해질 때까지 고맙다는
말밖에 드릴 게 없으니 그것으로 보답할 수밖에.　　(2.3.65-67)

볼링브로크의 언사에서 '보상'이나 '금고'와 같은 경제적 용어들이 두드러진 것이 암시하듯, 그와 그의 지지자들의 관계는 본질적으로 이해관계, 또는 계약관계라고 해도 과언이 아니다. 그들이 리처드 2세에게 맞서 반역을 도모한 것 또한 그들의 기득권, 즉 재산권을 지키기 위한 것이다. 이는 레몬에 따르면 "새롭게 채택된 상업적 담론이 이데올로기적 토대를 변경한 것"(Lemon 64)이다. 달리 말하자면 봉건 귀족들이 왕으로부터 자신들의 기본권이 침해당했을 때, 왕에 대해 반역을 도모한다는 것 자체가 봉건 체제에서 왕이라는 존재 의미를 재정립하는 의미가 있다. 반역의 성공은 왕권이 더는 신성불가침한 것이 아니며 왕과 신하의 관계 또한 기본적으로 계약관계일 수 있다는 인식을 형성한다. 그 결과 영국은 봉건 체제의 종식을 가져오게 되는, 소위 장미전쟁의 내란을 겪게 된 것이다.

반역이 초래하는 혼란과 전도는 전통적인 의례의 파괴와 패러디에서 확인할 수 있다. 세력을 키울 대로 키운 볼링브로크는 왕의 대리자로 임명된 요크와 조우했을 때 무릎을 꿇으면서 복종의 예를 갖춘다. 이에 요크는 "너의 겸손한 마음을 보여다오, 무릎을 꿇기보다. 그건 외관만의 가식이니라"(2.3.83-84)라고 비꼼으로써, 명분 혹은 외관과 실제가 괴리되는 혼란과 전도를 개탄하는 듯하다. 하지만 그는 왕의 대리자로서 그런 현실에 맞서 부여된 권한을 행사할 의지도 능력도 없어 보인다. 볼링브로크가 리처드 2세에 의해 부당하게 박탈당한 재산 상속권의 회복을 명분으로 내세우는 것에서 그치지 않고, 리처드 2세의 왕위 계승권이 무효임을 암시할 때, 요크는 명분은 정당하나 방법이 잘못된 반역이라고 반박하면서도 결국 중립을 표방하고 만다. 그러나 왕의 대리자로서 왕의 폐위를 운운하는 반역에 맞서 중립을 표방하는 것은 직무유기이자 배임의 죄를 짓는 것과 다름없다. 왕의 대리자마저 반군의 위세에 눌려 그렇게 대세를 추종하는 마당에 볼링브로크와 반군들은 리처드 2세의 측근들을 직접 처형하기에 이른다.

볼링브로크는 리처드 2세의 측근인 부쉬(Bushy)와 그린(Greene)을 처형하기에 앞서, "너희들은 혈통이나 용모에 있어 공히 훌륭한 왕을 신하로서 올바르게 보필하지 못했다"(3.1.8-9)라는 포괄적인 죄상에서부터, 볼링브로크 자신의 가문 재산이나 문양을 훼손한 소소하고 구체적인 죄상까지 열거한다(3.1.10-30). 그가 리처드 2세의 측근들을 간신배로 몰아 처형하면서 리처드 2세를 정통성이 있는 훌륭한 왕으로 묘사하는 것은, 그를 폭군으로 간주하고 그의 폐위를 염두에 둔 본심에 비추어 왕에 대한 의례적인 헌사를 패러디하는 것처럼 느껴진다. 이어서 그들을 국왕의 간신배로 규정하면서도 구체적인 죄상은 결국 볼링브로크 자신의 가문 재산과 문양을 훼손한 것임을 강조하는 것에서 알 수 있듯이, 볼링브로크가 표방하는 간신배들의 처형이라는 공적 명분은 사적인 응징과 복수를 호도하는 면이 있다.

그런 반군에 맞서 부쉬와 그린은 오히려 봉건 귀족의 기개와 품위를 보여준다. 부쉬는 "볼링브로크를 잉글랜드에 맞이하느니 차라리 죽음을 기꺼이 맞이하겠다"(3.1.31-32)라고 선언한다. 보상을 바라거나 대세를 좇아 볼링브로크를 추종했던 귀족들이 결국에는 두려움 때문에 볼링브로크에게 아첨하는 세태에 비추어, 부쉬와 그린에게서 오히려 사라져 가는 봉건적 가치와 덕목의 잔광을 느낄 수 있다. 그러나 아일랜드 정벌을 마치고 귀국한 리처드 2세는 그런 신하들의 왕에 값하는 면모를 보여주는 데 한계를 드러낸다.

4

리처드 2세는 볼링브로크의 반역에 직면하여서야 이전까지는 당연하게 여겨 의식하지 않았던 왕권신수설의 이념을 새삼스럽게 의식하고 스스로 진지하게 믿으려 한다. 그럴수록 그는 이념을 떠받치는 사회적 토대와 대립할 뿐이다. 그는 귀국하자마자 영국 땅을 다시 밟는 감격을 "오래도록 자식과 헤어져 있던 어미가 재회했을 때 분별없이 눈물과 미소를 어울리며 맞이하듯 나도 울고 웃으면서 나의 대지여, 그대에게 인사하노라"(3.2.8-11)라고 표현한다. 그러나 왕으로서 자신을 영국의 어머니와 동일시하는 그의 자부심은 즉각 볼링브로크의 반역이라는 엄연한 현실을 떠올리자 초조함으로 바뀌고, 그는 자신의 대지에게 저주의 마법을 부릴 것을 주문하기 시작한다.

아니 땅속의 독을 빨아들인 거미들과
그 못난 두꺼비를 역적들의 길목에 늘어놓아
왕위 찬탈을 획책하는 발걸음이 그대를 짓밟을 때
역모자들을 괴롭힐지어다.
또 가시투성이의 쐐기풀이 일어나 나의 적들을 괴롭혀주거라.
그리고 그자들이 그대의 가슴에서 꽃을 꺾거든
독사를 덤불 속에 숨겨두었다가

두 갈래로 갈라진 뱀의 혓바닥이 핥아서

국왕의 원수들을 몰살케 하라.

내 기도가 어리석다고 비웃지들 마라. 여러분,

이 대지도 인정이 있을지니, 이 돌들도 갑옷 입은

병사들이 되어 이 정통성 있는 왕이 사악한

역도들의 칼 앞에 쓰러지는 것을 막아줄 것이오.   (3.2.14-26)

확실히 이 대목에서부터 리처드 2세의 언어는 결투를 중지시키고 조목조목 볼링브로크를 질타하면서 추방을 선고했던 때의 왕의 언어와는 딴판이다. 신하들의 공감을 끌어내지 못하는 그의 언사는 자신을 위로할 뿐인 화풀이의 언어, 즉 넋두리에 다름 아니다. 이때부터 그는 확실히 말로만 남는 왕, 즉 말의 왕의 증상을 보이기 시작한다. 그는 새삼 왕권신수설을 진리로 믿으며 지극히 비현실적인 주장도 마다하지 않는다.

과인의 금빛 왕관에 무엄하게도 사악한 칼을

들이대려고 볼링브로크가 동원한 많은 병사들에

맞서 신께서는 이 리처드를 위해 영광스러운 천사를

보내주실 거다. 그러니 천사들이 싸워주면

약한 인간들은 패하기 마련, 하늘은 늘 정의를 지켜주시니.

(3.2.58-62)

이처럼 자신이 원하는 유일한, 그러나 비현실적인 공상만을 일관되게 표현하는 리처드 2세의 언어는, 이글턴(Terry Eagleton)에 의하면 "불쾌한 정치적 현실을 장식적인 언어적 허구로 번역하는 것이다"(10). 진정 그가 자신을 신의 대리자라고 믿는다면, 그런 자신의 절대 권위를 이용하여 군사력을 모으는 데 최선을 다했어야 한다. 하지만 리처드는 암울한 전황들이 전해질수록 현실적인 대응은 무망하고 부질없는 것으로 간주하면서 더욱더 자기 위안의 환상으로 도피할 뿐이다. 그에 상응하여 그의 심리 상태는 한층 복잡다단하고 변화무쌍해진다. 그는 패배, 즉 폐위의 현실을 미리 상정하고 그것을 부정하기도 하지만, 이내 체념하고 받아들이면서 그런 자신을 합리화하는 또 다른 환상에 빠져들기도 한다. 그는 자신의 군대가 모두 달아났다는 결정적 보고를 받고는 확연히 자포자기의 언사를 구사하기 시작한다.

　　나의 왕국이 무너졌는가? 그건 골칫거리였을 뿐,

　　골칫거리가 없어졌는데 무슨 손실이 있단 말인가?　　(3.2.95-96)

왕은 신의 대리자요 대지의 어머니라는 그의 믿음이 무색하게 그는 자신의 정치적 패배에 대해 무책임한 태도를 보여준다. 그러면서 "최악이라야 죽는 것인데, 죽음이란 언젠가는 찾아오는 것이 아닌가"(3.2.103)라고 스스로 위로한다. 이런 그의 모습은 인간적인 측면에서, 절망에 빠진 인간의 어쩔 수 없는 나약함으로 이해되어 연민을 불러일으킬 수 있다. 하지만 결국 자기도 깨닫듯이 왕으로서의 정체성과 한 인간으로서의 정체성은 분리된 것이 아니다.

　　다른 한편 셰익스피어는 이 대목에서부터 리처드 2세가 특유의 시적·연극적 기질을 발휘하여, 일정하게 리처드 2세의 사극에 값하도록 만들고 있다는 점도 염두에 둘 필요가 있다. 너무나 쉽게 자신의 폐위를 기정사실로 하는 그는 "땅 위에 앉아 왕들의 죽음에 관한 애절한 이야기나 해보자"(3.2.155-156)라고 제안하면서, 죽음에 기만당할 수밖에 없는 허망한 왕의 운명에 대한 상념을 전개한다. 땅에 주저앉는 행동은 통상 절망과 포기의 제스처를 의미하는 만큼, 그의 상념 역시 패배자의 넋두리로 들릴 수 있다. 그런 패배주의의 기저 속에서도 그는 신이 천사의 군대를 보내리라는 따위의 망상과는 다른 왕권의 본질에 관한 성찰을 전개한다.

> 어차피 죽게 되어 있는 왕의 관자놀이를
> 누르고 있는 텅 빈 왕관 속에는 죽음의 신이
> 도사리고 있다. 죽음의 광대가 세력을 장악하고
> 왕의 영화를 비웃고 있는 것이다. 왕에게 준
> 한순간을 일장춘몽이라고 말이다. (3.2.160-164)

그는 이제 폐위당하고 살해당한 왕들의 운명이 말해주듯, 왕관에는 본질적으로 죽음이 내재해 있다고 주장한다. 그렇다면 그는 실제로 왕권은 신성불가침이라는 것을 믿지 않은 셈이 된다. 그럼에도 불구하고 그렇게 믿는 것처럼 행동했다면 왕권신수설은 그를 기만하는 일종의 이데올로기로 작용했던 셈이다. 무엇보다도 그의 주장에서 유추할 수 있는 진리는 왕관을 쓰고 있는 한 그것은 신성한 것으로 믿게끔, 즉 그렇게 자신을 속이게끔 되어 있는 것이 왕의 운명이며 왕권의 본질이라는 것이다. 오로지 왕관을 빼앗겨서야 소급하여 그런 믿음이 자기기만

의 환상이었음을 알게 된다는 것이다. 그리고 그것을 알게 되었을 때
는 이미 왕이 아니기에 아무것도 아닌 존재라는 것이다. 그래서 그는
왕으로서의 상징적 지위를 벗어던지게 되면 그 자신도 신하들과 똑같
은 인간에 불과하다고 주장한다.

> 경례니, 전통이니, 형식이니
> 의례의 임무니 하는 따위는 던져버리시오.
> 왕도 살과 피를 지닌 인간이오.
> 경들은 지금까지 나를 잘못 봐왔던 거요.
> 나도 경들처럼 밥을 먹고 허기를 느끼고
> 슬픔도 맛보고 친구도 필요하오―이렇듯 욕망에
> 예속되는데, 그대들은 어찌 나를 왕이라 하겠소?　(3.2.172-177)

그는 왕위를 신성한 것으로 보이게끔 만드는 장식과 의례들 뒤에는 무
엇이 있는가? 왕의 상징적 지위와 왕의 신체 사이에 간극이 있는가?
왕의 신성한 외관 뒤에는 사실 아무것도 없는 것이 아닌가? 하고 자문
하는 것이다. 그리고 그는 폐위를 당하고 죽음을 맞이하면서 이런 존
재론적 질문을 화두로 붙잡고 씨름할 수밖에 없게 된다.

　　하지만 리처드 2세가 왕으로서의 상징적 지위를 부인하는 언행을
하자 대주교 칼라일(Carlisle)은 적을 두려워해서 하는 나약한 행동일 뿐
이라고 일침을 가한다. 칼라일은 리처드 2세에게 왕관을 쓰고 있는 한
여전히 왕은 왕일 뿐이라는 사실을 일깨운다. 그래서 그는 "싸운다는
것은 죽음 이상의 것이 아니옵니다. 싸우다 죽는 것은 죽음으로 죽음

을 파멸시키는 것이며, 죽음을 두려워하면 죽음의 노예가 될 뿐이옵니다"(3.2.183-185)라며, 왕의 운명에 대한 리처드 2세의 관념과는 다른 전통적인 관념을 제시한다. 칼라일의 이런 태도는 곤트가 영국의 이상적인 과거 왕들에 비추어 리처드 2세를 폭군으로 비난했던 것과 마찬가지로, 신하들이 왕권에 절대복종하는 것은 신하들이 상상하고 있는 절대, 즉 신의 섭리나 의지, 정의 등에 복종하고 있는 것이지 왕권 자체에 복종하는 것이 아니라는 점을 말해준다. 왕관을 쓰고 있는 한 왕은 왕인 것이다. 마찬가지로 왕관을 벗게 되면 왕은 아무것도 아닌 존재가 된다. 칼라일의 충고를 받아들여 리처드 2세는 다시 왕의 모습을 되찾는 듯하지만, 그가 마지막 희망을 걸었던 요크의 군대가 볼링브로크에 합세했다는 소식이 전해지는 순간 "불행의 노예가 된 왕은 왕답게 불행에 머릴 조아리노라"(3.2.210)라며 이전처럼 그가 탐닉하고자 했던 불행한 왕의 운명에 사로잡히기 시작한다. 리처드 2세는 이렇듯 고압적인 확신에서 한순간 절망적 나락으로 떨어지는 급격한 감정 변화를 보여주는데, 이런 성격은 리어왕(King Lear)이나 타이먼(Timon)에게서도 발견되는 봉건 군주들의 전형적인 성격으로, 근대적 마키아벨리즘이 성립할 수 있는 온상이 되고 만다.

그러나 상념은 상념일 뿐, 리처드 2세는 이제 신하인 볼링브로크에게 항복을 하고 나아가 자신의 폐위에 동의하는 굴욕적인 현실과 대면해야 한다. 그런 엄혹한 현실을 맞이하여 처음에 그는 왕으로서의 위엄과 정체성을 잃지 않으려고 애쓴다. 그러나 볼링브로크의 답을 가져온 노섬벌랜드를 대면하자 리처드 2세는 "이제 왕으로서 어떻게 하면 좋은 거지? 폐위를 당해야 하는가? 내 기꺼이 퇴위하리라. 국왕의 칭호를 잃어야 하는가? 신이 이름으로 버리리라"(3.3.142-143)라고 폐위를 기정사실로 하면서, 위엄 있는 왕의 언어 대신 눈물을 자아내는 감상적인 언사로 일관한다. 그런 끝에, "노섬벌랜드 공이여, 볼링브로크 폐하의 말씀은 이 리처드가 죽는 날까지 살아도 좋다는 것이오?"(3.3.171-173)라고 왕의 언어 대신 신하의 종속 언어를 사용하기 시작한다.

이윽고 군사를 거느리고 온 볼링브로크를 맞이하자, 그는 굴욕적으로 성에서 내려와 볼링브로크를 맞이한다. 볼링브로크가 리처드에게 무릎을 꿇고 복종의 예를 갖추자 리처드는 "나의 눈에는 공의 허례가 반갑지 않소. 오히려 내 가슴에 느끼고 싶은 것은 그대의 진심이오. 자, 일어서시오, 사촌. 비록 무릎을 꿇었어도 그대 마음은 이 왕관 높이에 있음을 알고 있소"(3.3.190-193)라고 볼링브로크의 탐욕과 위선을 조롱한다. 사실 왕을 폐위하려고 온 반역의 우두머리가 수많은 군사를 거느리고 왕에게 무릎 꿇는 의례를 하는 것은 전통적 의례를 패러디하는 것에 불과할 뿐이다(Schuler 171). 그렇게 왕으로서의 상징적 지위를 박탈당하고 신하의 위치로 전락함으로써 세상의 전도를 실감한 리처드는 왕의 언어도 아니고 신하의 언어도 아닌, 특유의 조롱 언어로 여지를 모색할 수밖에 없어 보인다.

이제 껍데기만 남은 왕인 리처드에게 은혜로우신 폐하 운운하면서 자신은 자신의 것을 되찾기 위해 거병을 했을 뿐이라는 구차한 명분을 볼링브로크가 반복하자, 리처드 2세는 볼링브로크의 그런 구차함에 맞서 "그대의 것은 그대의 것, 그리고 나도 그대의 것, 또 다른 모든 것도 다 그대의 것"(3.3.195)이니, "공이 갖고 싶은 것을 내주겠소, 기꺼이"(3.3.204)라고 간결하지만, 조롱이 담긴 항복 선언을 한다. 그리하여 볼링브로크의 신하 아닌 신하의 지위로 전락한 리처드 2세는 왕으로서의 정체성 위기를 극복하기 위해 암중모색한다.

5

볼링브로크가 리처드 2세를 폐위하고 왕위에 오르는 것이 기정사실화된 상황에서 칼라일은 "신하로서 어찌 국왕에게 선고를 내릴 수가 있겠습니까?"(4.1.120)라고 반문하며, "비록 죄상이 명백히 드러난 도둑일지라도 궐석재판을 한 예는 없다"(4.1.130)라고 주장한다. 칼라일의 비판처럼, 사실 왕을 폐위하는 절차와 의례는 이론상 성립되기 어려운 개념이다. 왜냐하면 그런 절차와 전례를 갖는다는 사실 자체가 그런 일이 가능하다는 것을 의미하기 때문이다. 리처드 2세가 비록 폭군으로 간주할지라도 적법, 정통한 왕인 만큼, 그를 폐위시키는 것은 정치적으로도 볼링브로크에게 커다란 부담이 아닐 수 없다. 그래서 볼링브로크는 리처드 2세로 하여금 의회에 출석하여 공식적으로 자신의 죄상을 낭독게 함으로써 폐위를 정당하고 적법한 것으로 만든 연후에 왕위를 물려받는 의례와 절차를 진행하려 한다.

결국 볼링브로크는 왕권을 구성하고 보충하는 절차와 형식, 그리고 의례에 따라 리처드 2세를 폐위시킬 수밖에 없게 된 셈인데, 그런 의례와 형식에 대한 경험과 그것을 주관하는 능력에 있어서는 리처드 2세가 볼링브로크보다 우위에 있다고 볼 수 있다. 그러므로 비록 리처드 2세가 자신을 폐위하는 의례에 스스로 참석함으로써 자신의 폐위를 정당하고 합법적인 것으로 만들지만, 그 스스로 의례 자체가 부당하고 부도덕한 것으로 비추어지는 연극을 연출할 수 있다.

왕권을 장식하는 모든 것을 벗은 초라한 모습으로 등장한 리처드 2세는 볼링브로크에게 왕관을 받으라고 내밀지만, 여전히 왕관을 붙잡고 있으면서, "밑에 가라앉아 슬픔을 마셔 눈물로 가득 찬 두레박은 나요, 물론 높은 곳에 있는 두레박은 그대이고"(4.1.186-189)라고 자신과 볼링브로크의 상황을 우물의 두 두레박에 비유한다. 리처드 2세는 이 대목에서 자신의 운명과 왕권의 본질에 대한 성찰을 특유의 시적 언어로 표현함으로써, 비록 폐위되지만 여전히 말의 왕임을 입증한다. 말의 왕으로서 그의 언어가 점점 더 수수께끼와 암시로 풍부해지는 반면, 오로지 왕권의 이양을 집행하려는 볼링브로크의 언사는 직설적이다. 리처드 2세가 볼링브로크에게 즉각 왕관을 넘겨주지 않고 두 사람이 각기 왕관의 한쪽을 잡게 되는 상황을 연출한 뒤, 왕위와 왕관에 대한 자신의 상념을 전개하자 볼링브로크는 참지 못하고 "왕관을 이양하는 데 이의가 있으시오?"(4.1.200)라고 단도직입적으로 추궁한다. 리처드 2세에게 연출된 이 장면은 그의 시적 웅변의 암시와 함께 과연 누가 왕인가 헷갈리게 하는 일종의 "왜상적 스펙터클을 창조한다"(Schuler 181). 하지만 볼링브로크의 추궁으로 그런 장면이 더는 지속할 수 없게 되자 리처드는 모호한 답변을 한다.

> 없소, 아니 있소. 있소, 아니 없소. 아무런 존재도 아닌 마당에
> 어찌 있다고 말할 수 있겠소. 그러니 그대에게 왕권을 양위하지
>
> (4.1.201-202)

긍정과 동의를 나타내는 영어인 'Ay'와 'I'가 '동음이의어'(pun)를 형성하기에 전자 대신 후자를 대입해서 읽으면 리처드 2세의 표현은, "왕권을 이양하고 싶지는 않지만 이미 실제로 그럴 능력도 없는, 아무것도 아닌 존재인데, 무슨 말을 하든 무슨 의미가 있겠는가"라는 뜻으로 해석될 수 있을 것이다. 긍정도 부정도 아닌 리처드 2세의 어법은 둘 중의 하나를 반드시 선택해야 하는 상황에 내몰린 곤경을 표현하고 있다. 즉, 그 어느 쪽도 아니지만 그 둘을 통합하거나 초월하는 담론을 생성할 수 없는 말의 왕의 곤경이 그대로 나타난 것이라고 볼 수 있다.

그러나 어쨌든 공식적으로 왕위 이양에 동의한 이상 리처드 2세는 그에 따르는 절차를 수행할 수밖에 없다. 그는 비록 내키지 않지만 왕관을 비롯한 일체의 권리와 재산 등, 왕으로서 자신에게 속했던 모든 것을 포기한다고 선언한다. 그리고 "그대가 이 리처드의 자리를 길이 보존하기를. 리처드가 한시바삐 흙 속에 눕게 되기를... 왕이 아닌 리처드가 기도드립니다"(4.1.218-221)라고 부정과 저주가 담긴 의례적인 축원으로 마무리한다.

그런 후 그는 "또 무엇이 남았는가"라고 반문한다. 그의 직설적 반문에는 또 다른 어떤 연극을 해줄까 하는 조롱이 담겨있는 듯이 보이지만, 말하는 주체로서 그의 지위가 신하의 지위로 전락했음을 나타내기도 한다. 반면 그런 리처드 2세의 의중 따위는 아랑곳하지 않는 노섬벌랜드는 의회가 그에게 제출한 죄상의 목록을 공개적으로 낭독해달라고 요구한다. 그러나 그 요구야말로 그 스스로 폭군으로서 마땅히 폐위되어야 한다는 것을 인정하라는 것이기에 결코 받아들일 수 없다. 그래서 리처드 2세는 요구를 묵살하고 또 다른 연극으로 이행한다. 즉,

단순히 말로만 저항하는 것이 아니라 행위로 이행하려 한다.

그는 노섬벌랜드의 요구에 응하는 대신, "이제 곧 내가 나의 모든 죄가 조목조목 적혀 있는 책자를 보고 읽어줄 것이다. 그 책이 바로 나 자신이다"(4.1.273-275)라고 하면서 예기치 않게 거울을 가져다 달라고 요청한다. 거울은 여성적 허영의 도구로서 유약하고 감상적인 리처드 2세 자신에게 합당한 상징일 수도 있는데, 그는 그런 거울을 사용하여 왕으로서 자신의 정체성을 확인하는 연극을 하려 한다. 이윽고 거울이 도착하자 그는 거울에 비친 자신의 모습을 보면서 자신에 대한 질책과 회한에 빠져든다. 그는 반역자들의 요구로 자신이 죄인임을 고백하는 대신, 거울에 비친 자신의 악마적인 모습에서 스스로 자신에게 죄인임을 고백하려 한다. 이는 또한 왕이라는 상징적인 지위를 박탈당함으로써 자신에게 무엇이 남아있는지 보고 싶은 욕망이기도 한데, 이글턴에 의하면, 그럴지라도 리처드 2세는 "드라큘라처럼 거울 속에서 자신의 어떤 반영도 만나지 못한다"(Philips 169). 그는 거울 속의 얼굴을 볼수록 정체성의 혼란과 분열만 느낄 뿐이다. 그러자 그는 "오 아첨쟁이 거울이여, 네가 영화를 누리던 시절의 신하들처럼 너도 나를 속이는 것이냐"(4.1.279-281)라고 상념에서 깨어난 끝에, "이게 숱한 어리석은 짓을 마음껏 하고 있다가 마침내 볼링브로크에게 깔아뭉개진 얼굴인가?"(4.1.285-286)라고 외치면서 거울을 땅바닥에 내던져 박살을 낸다.

그런 직후에 그는 볼링브로크에게 "침묵하고 있는 왕이여, 이 희롱의 도덕적 취지를 아느냐"(4.1.290)라고 반문한다. 이에 볼링브로크는 "당신의 슬픈 그림자가 당신 얼굴의 그림자를 부순 것이오"(4.1.292-293)라고 답한다. 그러나 리처드 2세는 수치와 몰락의 슬픈 얼굴을 보고

서글픔과 분노를 느껴 거울을 깨는 것이 아니다. 그는 오히려 거울 속에서 여전히 거짓으로, 영광스럽게 빛나는 얼굴을 보기에 즉, 거울을 보는 인간 특유의 나르시시즘의 본능을 느끼기에, 거울을 아첨꾼으로 비난하면서 거울을 깬 것이다. 그는 자신의 '희롱'(sport)에 도덕적 의미를 부여한 것이다. 즉, 그의 행위는 자신의 잘못에 대한 고통스러운 인지에서 비롯된 것으로 볼 수 있다. 딜런(Janette Dillon)에 의하면, 그렇기에 거울을 깨는 것은 연기적 제스처이지만 또한 권력의 행위가 될 수 있다(70-71).

그는 이렇게 자신을 폐위시키는 의례를 연극적 트릭으로 바꾼다. 자신의 폐위 연극을 득의만만하게 관람하는 자들 스스로 폐위의 공모자임을 깨닫고 불편을 느끼도록 만들기 위해서(Leggatt 68). 그리하여 그가 연출하는 연극이 절정에 도달하고, 아울러 말의 왕으로서 그의 성취도 정점에 도달한다. 그러나 그렇게 연극이 끝나고 나면 그는 결국 자신은 이제 왕이 아니기에 아무것도 아닌 존재라고 느낄 뿐이다. "나야말로 영국 왕 리처드다"라는 언표 행위의 주체로서 '나'와 그 스스로 정의하는 영국 왕 리처드라는 상징적 자리 사이의 분열은 근원적이라는 진실과 대면할 뿐이다. 관객들은 이미 그런 분열을 알고 있기에 왕위에서 물러나는 그의 연기를 공허한 것으로 애처롭게 바라볼 뿐이다.

폐위된 후 리처드 2세가 왕비와 작별을 고하는 짧은 장면이 이어지는데, 이 대목에서 그는 "정통한 왕의 폐위"(5.1.50) 사연이 훗날 정사가 아닌 야사로 보충되어 사람들의 심금을 울릴 수 있기를 희구한다.

지루한 긴 겨울밤이면 노인들과 화롯가에

둘러앉아 그들에게 옛날 옛적에 일어났던

슬픈 시절의 이야기를 해달라고 하오.　　　　　　(5.1.40-42)

역사에 폭군으로 기록될 운명을 맞은 리처드 2세는 오래전 고통스러운 시대의 향수 어린 이야기로서 겨울 화롯가에서 들려질 자신의 이야기를 상상한다. 즉, 그는 다시 한번 나르시시즘에 빠져든다. 리처드 2세가 주로 여성과 노인의 입으로 전해지는 이야기 속에서라도 자신의 정통성이 복원되기를 바라는 것은 인지상정일 수 있다. 그러나 그러한 자기연민은 패자의 넋두리로 들리는 만큼, 이제 그가 오로지 말의 왕으로 전락했음을 느끼게 해준다. 아울러 그가 본격적으로 폐위의 트라우마를 겪으면서 그의 언어가 트라우마를 선회할 수밖에 없음을 암시한다.

　　그는 처음 홀로 감옥에 갇혀있기에 그에게 통치를 받고 시중을 들 사람이 아무도 없지만, 생각의 생성물로 작은 세계를 채울 수 있으리라 기대한다. 그는 "나는 이렇듯 혼자 여러 사람의 역을 해보았지만 만족한 적은 없었다"(5.5.31-32)라고 하면서, 자신의 정치적 몰락의 이유보다는 자신이 왕이 아니라면 도대체 누구인지를 탐색한다. 그는 왕으로서 역할에 만족하지 못했지만, 왕이 아닌 다른 역할도 만족할 수 없을 것이기에 다시 왕이 된다고 한다. 하지만 결국 볼링브로크에게 왕위를 찬탈당해 아무것도 아닌 존재가 되고 만다는 결론에 이른다. 이렇듯 그의 상념은 폐위의 트라우마를 선회한다.

　　달리 보자면 말의 왕으로서만 남은 그는 자신의 언어가 마법처럼 그것이 효력을 발휘할 수 있기 전에 가치가 하락한다는 사실을 깨닫기도 한다(Macdonald 28). 그런 말의 부질없음과 한계를 깨닫는 듯, 그리고 폐위의 트라우마에서 해방되려는 듯, 그의 상념은 "하지만 내가 뭐가 되든 난 아니야, 누구이든 간에 인간인 이상 아무것에도 만족하지 못한다. 나 자신이 아무것도 아닌 존재가 되어 마음이 편해지기 전까지는"(5.4.38-41)이라는 결론에 이른다. 그가 말하는 '아무것도 아닌 존재'가 된다는 것은 이제껏, 말할 수 있기에 존재하는, 오로지 말로만 남은 존재가 바로 그 말에서 해방되는 경지를 의미한다고 볼 때, 죽음의 소멸을 수용하는 것으로 이해할 수 있다. 즉, "거짓 희망에서 무망으로 이동한 것이다"(Spiekerman 85).

하지만 그의 상념이 죽음의 최후를 받아들이는 정점에 이른 순간 외부 자극, 즉 물적 실제와 대면한다. 그는 박자가 맞지 않는 음악 소리를 들으면서 자신이 살아 있음을 깨닫는다. 그래서 그는 "왕으로서 정치와 시의를 맞추지 못하였고 국정의 가락이 흐트러진 것을 인식할 만한 청각도 없었다"(5.5.45-547)라고 한탄하면서, "나는 시간만 허비했고 이젠 시간이 나의 여생을 허비하고 있다"(5.4.49)라고 시간의 이치에 비유하여 자신의 과오를 성찰한다. 그러나 시간에 대한 그의 비유는 자신이 이제 볼링브로크에게 기쁨을 가져다주는 시간을 표시하는 역할로 전락했다는 조악한 비유로 떨어진다. 이렇듯 어떤 상념도 자신의 폐위와 볼링브로크로 되돌아오는 것이야말로 트라우마의 증상이 아닐 수 없다.

그런 후 리처드 2세는 볼링브로크의 교묘한 사주를 받아 자신을 암살하러 온 엑스턴(Exton) 일당을 맞아, 왕답게 최후를 맞이함으로써 왕은 왕임을 입증하게 된다. 리처드 2세는 한 자객의 손에서 창칼을 빼앗아 일격에 그자를 죽이고 결국 엑스턴의 칼에 찔려 죽는다. 죽음을 맞이하면서 그는 "엑스턴 네 놈의 악랄한 손이 왕의 피로써 왕의 국토를 더럽혔다"(5.5.110)라고 일갈한다. 그렇게 자신은 왕임을, 즉 왕이 아니면 아무것도 아님을 행동으로써 인증한 셈이다. 그는 더는 회피할 수 없는 막다른 현실과 대면하여 말의 향연에서 벗어나 행위로 이행함으로써 왕은 왕일 수밖에 없음을 입증한 셈이다. 그러나 이미 왕으로서 정체성을 포기한 뒤에 그것을 복원하려 하기에 레거트에 의하면 "그는 끝까지 모순적이다"(71).

암살당한 리처드 2세가 관에 실려 무대에 등장하는 마지막 장면은 최종적으로 살아 있는 현재의 왕과 죽은 왕을 한 무대에 세움으로써 누가 왕인가? 왕의 상징적 지위와 살아 있는 신체는 분리될 수 있는가? 하는 물음을 제기한다. 또한 '현실정치'(bodypolitik)가 원하는 것은 언제나 왕권의 상징적 지위, 즉 그럴듯한 외관일 뿐이기에 그 신체가 누구의 신체이든 상관없다는 진실을 확인해주는 듯하다(Philips 170).

그리고 최종적으로 헨리 4세가 된 볼링브로크가 리처드 2세의 관을 앞에 두고 속죄를 위한 성지 순례 계획을 말하는 것은, 그 역시 리처드 2세와 마찬가지로 왕인 동시에 인간으로서 트라우마에 시달릴 운명이라는 것을 암시하는 듯하다. 물론 셰익스피어는 『헨리 4세 1부』와 『헨리 4세 2부』에서 헨리 4세가 성지 순례를 결행하려는 것을 고도의 정치적 계산에 의한 것으로 그리고 있기는 하지만(김민경 4-5), 헨리 4세에 대해서는 시종일관 리처드 2세의 폐위에 대한 죄책감에 시달리는 모습으로 그리기도 한다.

6

셰익스피어는 리처드 2세가 영국 역사상 최초로 왕위를 찬탈당한 왕인 만큼, 그에 합당한 폐위의 트라우마를 겪었을 것으로 상상하고 트라우마의 증상을 실감 나게 그리고 있다. 정치, 역사적 관점에서 보면 리처드 2세는 거대한 전환기적 갈등의 희생양으로 평가될 수 있기에 리처드 2세로서는 폐위의 정치적 원인이나 의미를 제대로 이해할 수 없었을 것이다. 리처드 2세는 정통성을 갖춘 중세의 왕이었지만 왕권의 토대가 되는 각종 의례나 세리머니의 의의를 망각하였다. 그럼으로써 통치 기반을 스스로 무너뜨린 끝에 봉건 귀족의 기득권을 지키려는 볼링브로크의 반란을 초래했고, 결국 그에 의해 폐위당하고 말았다. 셰익스피어는 볼링브로크의 반역 성공을 통해 왕권이 더는 신성불가침한 것이 아니며 왕과 신하들의 관계 또한 기본적으로 계약관계일 수 있다는 근대적 인식의 도래를 암시한다. 볼링브로크와 그를 추종하는 세력의 언술은 계약과 이해타산의 상업적 담론에 해당하는바, 공리적이고 합리적이다. 반면 역사적으로 패배당할 수밖에 없는 봉건 군주 리처드 2세의 언술은 처음에는 힘과 위엄으로 가득 차 있고 시적 비유로 충만했지만, 정치적 몰락을 맞아서는 비현실적인 공상이나 넋두리로 떨어지고 만다.

리처드 2세는 이미 정치적으로 몰락하고 난 후에야 특유의 시적 감수성을 발휘하여 자신에게 닥친 운명을 이해하려 한다. 그러나 그의 이해는 자신은 왕이 아니면 아무것도 아니다. 그러니 왕은 왕이다, 라는 자기 암시와 설득을 맴돌 뿐이다. 그는 "나야말로 영국 왕 리처드다"라는 언표 행위의 주체로서 '나'와 그 스스로 정의하는 영국 왕 리처 드라는 상징적 자리 사이의 분열은 근원적이라는 진실과 대면한다. 그 ~~분열은 그는 오로지 언표 행위의 주체일 뿐, 즉 밀의 왕으로 남있음을~~ 말해준다. 그는 자신을 폐위하는 의례에 참여하여 거울을 깨는 등 폐위의 부당함을 조롱하는 연기를 하지만, 그런 행위로의 이행은 한순간 자신이 왕의 상징적 지위와 일치하는 것처럼 보이는 착각을 불러일으킬 따름이다. 그런 연극 이후 죽음을 맞이하기까지 그의 언행은 상징적 자리를 상실한 트라우마의 증상을 나타낼 따름이다.

폐위의 운명은 '왕은 왕이다'라는 명제에서 첫 번째 왕과 두 번째 왕이 분열된 것임을 암시한다. 첫 번째 왕은 리처드 2세를 기만하는 이념인 신성불가침의 존재이다. 반면 두 번째 왕은 리처드 2세가 폐위 당하면서 직면하는 실제인, 그리고 그동안 첫 번째 왕에 대한 과잉 동일시로 억압되었던, 죽음과 폐위의 불안을 내재적으로 지닌 존재이다. 그래서 '왕은 왕이다'라는 명제는 '왕도 인간이다'라는 명제로 보충되어야 한다. 왕은 왕이지만 모든 왕은 왕답지 않은 어떤 것을 내포할 수 있다. 그렇지만 리처드 2세는 최후의 순간까지도 자신은 왕일 뿐이며 또한 왕이고자 한다. 셰익스피어는 그것이 바로 왕의 상징적 자리를 상실한 리처드 2세의 트라우마 증상임을 탁월하게 형상화한다. 그래서 관객들은 끝까지 자신을 왕의 상징적 자리와 동일시하는 환상에서 벗어나지 못하고, 왕으로서 정체성 분열을 부인하는 리처드 2세의 트라우마에서, 왕이되 또한 인간일 수밖에 없는 그의 모순된 존재를 확인하게 된다.

셰익스피어는 영국의 왕들 가운데 최초로 왕위를 찬탈당한 리처드 2세를 소재로 또 한 편의 역사적으로 패배한 인물의 휴먼 드라마를 썼다. 리처드 2세는 최초로 왕위를 찬탈당한 영국 왕답게 스스로 봉건 왕조의 왕이란 도대체 무엇인가라는 근원적 질문을 제기하면서 답을 구하려 하지만 그럴수록 봉건 왕조의 왕으로서 자의식에 갇힐 뿐이다.

낡은 봉건적 관념과 의례에 의존하면서도 스스로 그것을 위반함으로써 존립 기반을 상실한 리처드 2세는 봉건적 의례나 관념의 외관으로 근대적 마키아벨리즘을 가리고 있는 볼링브로크에 의해 왕위를 찬탈당한다. 셰익스피어는 그렇게 리처드 2세가 왕위를 찬탈당한 역사를 봉건 왕조로부터 근대화한 왕조로의 불가피한 이행으로 전망한다. 그러나 『리처드 3세』에서 리치먼드가 리처드 3세의 폭정을 종식하고 새로운 왕조 탄생을 선언하더라도 극은 리처드 3세의 극이듯이, 리처드 2세가 폐위당하고 볼링브로크가 왕위에 오르더라도 이 극은 리처드 2세의 극이다. 셰익스피어는 비록 역사의 패배자이지만 리처드 2세가 자신의 폐위를 맞이하여 묻는 '왕이란 무엇인가'라는 질문과 '왕도 인간이다'라는 답을 장차 영국이 봉건 왕조에서 근대적인 국가로 발전하는 과정에서 어떤 왕들도 반복할 수 있음을 암시한다. 이 극에 이어지는 『헨리 4세 1부』와 『헨리 4세 2부』에서 볼링브로크 역시 내용은 다르지만 리처드 2세의 질문을 반복할 수밖에 없음을 보여준다.

제4장

『헨리 5세』
대영제국 이념의 착상, 그리고 비판적 전망

태평성대를 즐기는 죄인인 노예는 그것을 즐기고 있으면서도

그 둔한 머리로서는 도저히 생각해낼 수 없겠지만

왕은 태평을 유지하기 위해, 백성들이 숙면을 즐기는

시간에도 얼마나 불면의 밤을 지새워야 하는가.

(4.1.269-272)

1

『헨리 5세』는 두 번째 역사극 4부작의 마지막 작품으로, 위대한 영국의 영광을 구현한 왕의 이야기를 하고 있다. 이 극에 앞서 쓰인 『헨리 4세 1부』와 『헨리 4세 2부』에서도 장차 그렇게 위대한 왕이 될 왕자 할(Hal)의 자질과 그런 자질이 발현되는 통과 의례 과정이 그려졌다. 그래서 앞선 두 극조차도 헨리 4세의 극이기보다는 왕자 할과 폴

스타프(Falstaff)의 극으로 여겨질 정도이다. 반란을 일으켜 리처드 2세를 폐위하고 왕위에 오른 선왕 헨리 4세는 통치 기간 내내 왕위의 정통성 시비로 인한 반란에 시달렸다. 앞선 두 극은 사회적 이질성과 지역적 이질성을 대변하는 여러 인물의 반란을 그림으로써 영국이 아직 통합된 국가가 아님을 암시한다. 가령, 웨일즈 지역의 경우 아일랜드와 마찬가지로 여전히 영국 왕의 통치가 미치지 않은 국경 너머의 황무지나 다름없어, 저항 세력이 발호하고 있었다. 왕자 할이 웨일즈는 물론 각지에서 일어난 수많은 반란 가운데서 가장 위협적이었던 핫스퍼(Hotspur)의 반란을 진압함으로써 선왕의 왕권을 확고히 하는 한편, 국가 통합의 기틀을 다지게 된다. 그리하여『헨리 5세』에서는 헨리 5세가 지역 통합을 이룩한 영국의 왕으로서 프랑스와의 전쟁에 나서는 것으로 그려져 있다. 그리고 헨리 5세의 기적적인 승리도 부분적으로는 그런 지역 통합과 국민 통합에 기인하는 것으로 그려지고 있다.

다른 한편, 할 왕자가 통과 의례를 위해 함께했던, 폴스타프의 시끌벅적한 런던 선술집의 세계는 법과 공권력의 집행에 저항하는 세계였는데, 할 왕자는 헨리 5세로 등극하면서 대법관을 자신의 오른팔로 임명하여 폴스타프 일행을 법으로 다스리도록 한다. 할 왕자는 그렇게 헨리 5세로 등극하기 위해 극복해야 할 또 다른 사회적 이질성의 세계를 극복하였다. 그 결과 폴스타프는『헨리 5세』에서 일행의 기억으로만 존재할 뿐이며 그마저도 삭제된다. 그럼에도 불구하고 폴스타프에 관한 기억은 헨리 5세를 신격화하는 서사를 비판적으로 조망하는 역할을 한다.

그러나 헨리 5세는 영국과 프랑스 간에 벌어졌던 백년전쟁 동안 가장 위대한 승리로 기록된 애진코트(Agincourt) 전투를 이끈 영웅적인 왕임이 틀림없다. 그리고 그런 왕을 신격화하는 서사는 대체로 압도적 열세를 극복하고 쟁취하는 기적적인 승리, 그런 기적적인 승리의 원동력이 되는 전우애, 혹은 국민적 통합, 그리고 무엇보다도 그 모든 것을 가능케 한 탁월한 리더십 등을 강조한다. 그래서 『헨리 5세』는 영국의 국가적 위기 시에 국민의 애국심과 단결을 고취하기 위해 상연되기 쉬운 극이다. 그 대표적인 예로 이 전쟁 사극은 제2차 세계대전 당시 최고의 셰익스피어 배우로 평가받는 로렌스 올리비에(Lawrence Olivier) 주연의 영화로 만들어져 영국은 물론 전 세계적으로 인기를 누렸다. 보다 최근에는 미국의 유명한 영화감독인 스티븐 스필버그(Stephen Spillberg)가 제2차 세계대전 당시 노르망디 상륙 작전에 투입된 미 공수 부대원들의 활약을 그린 전쟁물 시리즈의 타이틀을 이 작품에서 따오기도 했다. 스필버그의 전쟁 드라마 시리즈의 제목은 생사를 같이하는 전우들을 뜻하는 타이틀인 〈Band of Brothers〉인데, 이것은 셰익스피어의 헨리 5세가 애진코트 전투를 앞두고 행한 웅변에서 따온 것이다.

열세를 딛고 극적으로 승리하는 전쟁, 그리하여 조국과 민족의 위대함을 한껏 드높이는 전쟁은 분명 가장 대중적인 극적 소재이다. 셰익스피어 역시 이 사극을 구상하면서 그러한 맹목적 애국주의의 이데올로기를 피해갈 수 없었겠지만, 맹목적인 애국주의의 원천이 될 수 있는 핵심적 이념을 세공하는 동시에 그 이념을 비판적으로 조망하고 있다. 보다 구체적으로 말해서, 이 극은 영국적 애국주의를 암묵적으로 전제하면서 너무나 당연시하여 이데올로기로서 의식하지 못할 수 있는 소위 대영제국 이념의 착상을 다루고 있다. 셰익스피어 작품 가운데서도 대영제국의 개념을 구체적으로 다룬 극은 이 극이 유일하다고 볼 수 있다. 그뿐만 아니라 영문학 전체를 놓고 보더라도 이 극은 대영제국의 이데올로기를 다룬 거의 최초의 작품이라고 해도 과언이 아니다.

군이 벤야민(Walter Benjamin)을 인용하지 않더라도, 과거를 역사적으로 재현한다는 것은 그것이 원래 어떠했는가를 인식하는 일이 아니라 위험의 순간에 섬광처럼 어떤 기억을 붙잡는 것을 뜻한다면, 셰익스피어가 헨리 5세의 영광스러운 기억을 섬광처럼 붙잡는 것은, 당대 영국의 정치적 위기의식, 혹은 무의식의 발로일 것이다. 그것에 대한 구체적 암시는 이 극의 코러스가 "우리들의 은혜로운 여왕의 장군"께서 아일랜드 정벌을 성공리에 마치고 개선했으면 얼마나 좋겠냐고 한탄하는 대목에서 얻을 수 있다. 무적함대 격파 이후 엘리자베스 여왕 시대는 국민적 응집력을 바탕으로 새로운 강국으로 부상하려는 기운이 팽창했지만, 여왕의 총애를 받았던 에섹스(Essex) 백작의 아일랜드 원정 실패는 여왕의 후사 문제와 맞물려 국가적 위기의식을 낳았다. 코러스의 시사적 언급은 이 극이 그런 정치적 위기의식과 무관하지 않음을 암시하는바, 다가올 엘리자베스 여왕 시대의 종말에 대한 음울한 전망이 위대한 과거 역사에 대한 향수와 함께 새로운 역사와 새로운 리더십에 대한 갈망으로 표현된 것으로 볼 수 있다(Eggart 536-544). 그리하여 헨리 5세는 영국의 과거와 현재, 그리고 미래를 아우르는 대영제국 기획의 소명을 받은 군왕으로 재현된 것이다.

아든(Arden) 판 편집자인 월터(J. W. Walter)에 따르면, 당시 영국민들에게 헨리 5세의 이미지는 모호하지 않았다. 헨리 5세는 "행운과 국민 통합의 도움을 아낌없이 받은 최상의 천재 지도자"(xxi)였다. 그러므로 헨리 5세를 한 사람의 인간으로서 조명하는 것, 즉 경우에 따라서는 국민적 상시을 벗어나는 탐구가 셰익스피어에게 커다란 도전이자 부담이었을 것이다. 그래서 셰익스피어는 인간적 탐구의 측면은 거의 생략하는 반면, 철저히 정치적 관점에서 그의 업적을 평가하여 재현한다. 그것은 위대한 지도자의 이미지를 구축하는 것이지만, 대영제국 이념의 실현이라는 견지에서 재현함으로써 헨리 5세의 정치적 업적에 관한 평가에 주안점을 둔 것이었다.

셰익스피어는 많은 극에서 전쟁을 다루면서 전쟁의 부정적 양상을 강조하는 평화주의 내지는 반전주의의 입장을 견지하였다. 가령 이 극을 쓴 이후 전쟁을 본격적으로 다룬 『트로일러스와 크레시다』에서 셰익스피어는 서구 문명을 정초하는 트로이 전쟁에 대해 지극히 냉소적인 전망을 표현하고 있다. 그런 만큼 셰익스피어는 대영제국의 기획을 역사적 필연으로 규정하면서도 그 기획이 어떤 이데올로기적 조작을 통해 성립하는지를 성찰하고 있다. 같은 맥락에서, 셰익스피어는 헨리 5세를 전쟁광으로 묘사하고 있지는 않지만, 맹목적 애국주의에 매몰되어 그의 전쟁을 성전으로 그리지도 않는다.

한마디로 이 극은 대영제국의 기획에 대해, 그리고 전쟁 자체에 대해, 그리고 헨리 5세 자신에 대해 양가적이면서도 복합적인 전망을 표현하고 있다. 그것은 이 극 특유의 서사 전략, 혹은 서사 장치인 코러스의 기능과 역할을 통해서 주로 이루어진다. 그런 만큼 코러스는 비평적 논의의 초점이 되면서 다양한 해석을 유발해왔다. 그중에서도 워치(Gunter Walch) 같은 비평가는 코러스의 해설과 재현되는 장면들과의 모순적인 관계를 분석하면서, "이데올로기 공작소로서 헨리 5세"라는 비평 제목을 내놓기도 하였다.

지금까지의 문제 제기를 바탕으로 이 글은 작품에서 헨리 5세가 신격화되는 논리와 과정이 대영제국의 기획이 구체화하는 과정과 궤를 같이한다는 전제하에, 그 과정을 세 단계로 구분하고 단계마다 어떤 하부 이데올로기를 바탕으로 어떤 이데올로기 조작이 이루어지고 있는지 분석하고자 한다. 프랑스 원정 전쟁의 기획이 확립되는 첫 단계에서는 헨리 5세가 내적 장애들을 극복하면서 절대 계몽 군주로서 신격화되는 이데올로기를 분석할 것이며, 전쟁이 수행되는 두 번째 단계에서는 국민 통합을 이룩하기 위한 이데올로기로서 대영제국의 이념이 지역주의 혹은 식민주의의 이데올로기를 중핵으로 삼는 것을 분석할 것이다. 헨리 5세가 프랑스 공주에게 구애하여 전쟁의 승리를 결혼으로 마무리하는 마지막 단계에서는 암암리에 작용하는 언어 국수주의와 남성 국수주의의 이데올로기를 분석할 것이다. 그리고 끝으로 대영제국 이념이 코러스의 에필로그에서 어떻게 비판적으로 조망되는지를 다룰 것이다.

2

전반부는 헨리 5세가 프랑스 원정 전쟁을 기획하면서 부딪치게 되는 여러 가지 내부의 장애를 제시하면서 그것을 극복하는 리더십을 부각하고 있다. 극의 시작과 더불어 등장한 코러스는 헨리 5세의 위용을, 그의 발아래에는 "굶주림과 검과 불"(cho.1.7)이 대기하는 군신 마르스에 비유한다. 즉, 헨리를 전쟁의 화신이나 총아로 묘사하는 동시에 그가 이끄는 전쟁 자체의 실제는 끔찍한 것임을 환기한다. 그에 상응하여 극은 전체적으로 전쟁의 끔찍함을 기억하게 하기보다는 망각하게 하는 승리의 감동적 서사로 흘러가면서도 처음부터 전쟁의 끔찍한 실제와 동떨어진, 혹은 그런 실제를 호도하는 그럴듯한 전쟁의 명분이 어떻게 확립하는지를 보여준다. 아울러 그렇게 전쟁이 기획되면 뒤따르는 장애나 저항은 언제나 사후적으로 전쟁을 기획하는 순간 그 기획 자체에 내재하는 것으로, 즉 당연히 극복해야 마땅한 것으로 입증될 뿐이라는 점을 일깨워준다.

코러스에 이어서 등장하는 캔터베리(Canterbury) 대주교와 일리(Ely) 추기경은 오로지 교회 지배층의 이해관계 때문에 헨리 5세의 프랑스 원정 전쟁을 지지한다. 그들은 교회 영지를 수용해서 병원이나 양로원을 짓도록 하는 법안이 통과될 경우, 영지의 절반을 잃을 위험이 생기자, 그보다는 적은 비용을 치르게 될 헨리 왕의 프랑스 원정을 적극적으로 지지한다. 그들의 행태는 전쟁의 명분이나 이유가 종종 공익과 배치되는 집단 이기주의나 이해관계에 따라 기획될 수 있으며, 그렇지 않을지라도 그 속에는 대개 특정 계층의 이해관계가 부분적으로 개입되어 있음을 예시한다. 또한 그런 만큼 전쟁의 명분이란 이데올로기일 수밖에 없음을 암시하고 있다. 헨리 5세 역시 교회 영지를 몰수하는 법안 상정으로 다급해진 교회 지도자들이 전쟁을 정당화할 논리와 명분을 제공하리라는 것을 이미 간파하고 있다. 그러나 헨리 자신은 짐짓 대주교의 진언에 따라, 지금 건강하게 사는 많은 사람의 피를 흘리게 될 사태가 벌어질 수 있는 만큼 신중을 기해서 답해달라고 요청하는 등, 전쟁을 회피하기 위해 최선을 다하는 평화주의자의 입장을 견지한다. 다른 한편, 헨리는 "대주교의 말씀을 세례에 의해서 원죄가 깨끗이 씻기듯이, 당신의 양심에 의해서 깨끗하게 씻긴 것으로 듣고 가슴에 새겨두고 믿을 것이오"(1.2.30-32)라고 대주교의 양심을 압박함으로써 대주교가 교회의 이해관계가 은폐될 수 있는, 전쟁을 위한 최상의 명분과 논리를 제공하게 만든다.

　　캔터베리 대주교는 헨리 5세의 교묘한 심리적 압박에서 벗어나기 위해, 자신의 전문 지식이 총동원된 150행에 걸친 논증을 전개한다. 일반 관객으로서는 그 내용이 이국적이고 전문적이어서 진위나 진실 여부를 알기 힘들지만, 그가 말하고 있는 것이 사실에 근거한 것일지라도 그린블랫(Stephen Greenblatt)에 의하면, "흠결 없는 논리와 조악한 자기 이해의 불안정한 혼합"(42)인 원정 전쟁을 위한 이데올로기적 정당화일 따름이다. 캔터베리가 인용하는 예들 또한 대부분 왕위 찬탈의 역사여서, 오히려 그런 역사는 헨리 5세의 프랑스 왕위 계승의 합법성을 모호하게 하는 면도 있다(Altman 21). 캔터베리는 애국심의 맥락에서 헨리 5세가 프랑스를 정복했던 흑태자 에드워드 3세의 후예임을 강조하면서, 위대한 조상의 업적을 계승해서 다시 한번 위대한 영국의 영광을 구현해야 한다는 명분을 제시한다. 나아가 그는 그런 명분 있는 전쟁을 위해서라면 교회가 나서서 거액을 모금하여 헌납할 것이라고 약속한다. 그런 장광설의 와중에 캔터베리는 에드워드 왕의 명성이 높아져서 그 때문에 우리나라의 역사는 "마치 바다 밑 뻘 바닥이 침몰한 난파선의 헤아릴 수 없는 금은보화로 가득 찼듯이"(1.2.164-165)라는 비유를 들어 전쟁을 통해 막대한 전리품 획득의 반대급부를 누릴 기대를 숨기지 않는다. 이러한 논증을 통해서 캔터베리를 웃음거리로 만드는 것이 셰익스피어의 의도라면, 거기에는 엘리자베스 여왕 당시 추진되었던 제국의 기획에 대한 양가적 반응 가운데서 냉소주의가 반영된 것이라고 볼 수 있다(Altman 21).

전쟁을 위한 명분을 제공하려는 캔터베리의 현학적이면서도 지루한 논증은 무엇보다도 그런 이론적·학문적 논증은 요식행위에 불과하며, 전쟁의 진정한 이유를 호도하기 위한 이데올로기 작업에 불과하다는 점을 역설적으로 부각한다. 헨리 5세가 짐짓 그의 논증에 설득되어 프랑스 원정 전쟁을 떠날 경우, 그 틈을 노려 스코틀랜드가 침략해올 경우도 대비해야 한다고 말한다. 그러자, 캔터베리는 헨리 5세를 안심시키고 더 나아가 그의 전쟁 의지를 독려하기 위해 꿀벌 공동체에 관한 비유를 든다(1.2.188-216). 그는 꿀벌처럼 각자 자신의 본분에 맞게 할당된 일을 충실히 하면 그것이 국가적 통일과 조화를 가능하게 한다는 취지를 역설한다. 하지만 그의 비유는 보편적 진리라는 틀을 이용해서 특정한 이해관계를 정당화하는 전형적인 예에 해당한다. 그의 비유는 직접 전쟁에 참여하지 않으면서 전쟁의 이득을 최대한 누리려는 교회 지배층의 계급적 이해관계를 호도하기 위한 것이다.

반면 헨리 5세는 교회 지도자들의 그런 속셈을 간파하고 있으면서도 전쟁의 명분을 모든 신하가 자발적으로 공유할 필요가 있기에 교회 지도자들과 일부 신하들로 하여금 앞다투어 그들의 학식을 동원하고 결의를 다지게 만든다. 이처럼 헨리 5세가 노련한 정치적 수완을 발휘할 수 있는 것은 그에 대한 신하들의 절대적 존경과 신뢰가 있기 때문이다. 그들은 젊은 날 헨리 5세가 소위 훌륭한 군왕이 되기 위한 통과 의례 시절 보여줬던 방탕한 모습으로부터 놀랍게 변신한 것에 대해 한결같이 찬탄을 금치 못하면서 그에게 복종하는 모습을 보여준다. 그러나 2막의 코러스는 그런 헨리 5세를 배신하는 사태가 곧 일어날 것임을 예고한다. 그에 앞서 헨리 5세가 통과 의례의 시절을 함께했던 폴스타프 일행의 쇠락한 모습이 먼저 전개되는데, 이 장면은 그의 신하들이 입을 모아 칭송하는 헨리 5세의 성숙과 변모가 무엇을 희생시키고 혹은 배제하면서 이루어진 것인지 성찰하게 한다.

  셰익스피어는 전작에서 젊은 날 헨리 왕자의 통과 의례 시절을 함께했던 폴스타프를 이번에는 등장시키지 않지만, 그의 존재에 대한 다양한 기억을 배치함으로써 폴스타프는 지워질 수 없는, 혹은 지워지기를 거부하는 일종의 대항 기억임을 암시한다. 즉, 헨리 5세의 영광스러운 기억은 다른 기억과 뒤엉킬 수밖에 없어서, 하나를 파내면 다른 기억도 따라 나올 수 있다는 것이 암시된다. 그래서 극의 서사는 폴스타프의 기억을 공식적으로 지우는 방향으로 움직인다. 폴스타프를 추종했던 무리는 폴스타프를 버린 헨리 5세의 처사에 대해 못마땅해하면서도 어쩔 수 없는 일로 받아들인다. 전작에 등장했던 님(Nym), 피스톨(Pistol), 바돌프(Bardolph), 퀴클리 부인(Mistress Quickly) 등은 병상에서 죽음을 맞이하고 있는 폴스타프의 근황을 들려주는 한편, 프랑스 원정 전쟁에 대한 기대로 들떠있는 모습을 보여준다. 그들에게 프랑스 원정 전쟁의 참전은, 피스톨의 "난 병영에서 종군 상인이 되어 돈벌이를 할 것이다"(2.1.106-107)라는 말에서 알 수 있듯, 오로지 돈벌이가 목적인 것처럼 보인다. 그리고 실제 그들은 전쟁 중에 절도죄를 범해 사형당하기도 한다.

그들이 등장하기 직전 코러스는 전쟁이 무르익었음을 알리면서 영국은 작은 섬나라이지만 웅대한 정신을 품고 있으니 "네 자식이 어머니인 네게 충과 효를 다한다면 너는 명예가 명하는 대로 위업을 달성할 수 있으리라"(cho. 2. 18-19)로 선언한 바 있다. 이 선언은 이 극 전에 쓰인 『존 왕』(King John)의 마지막 대목에서 가공의 인물인 서자가 제시하는 위대한 영국의 당위를 계승하는 것으로서, 당시에는 아득한 미래의 비전으로 제시한 것이 이제 실제의 역사로 구현된다는 의미가 있다. 하지만 이어지는 장면에서 폴스타프의 부하들은 코러스가 대변하는 위대한 조국 같은 국가 이념이 그들과 같은 사회의 밑바닥까지 결코 스며들지 못한다는 것을 입증한다. 이처럼 코러스가 전혀 언급하지 않았거나 코러스가 설명한 내용과 상치되는 내용은 관객들이 코러스가 제공하는 정보를 신뢰할 수 없게 만든다. 그래서 워치는 "코러스는 그의 정보가 신뢰할 수 없음에도 불구하고가 아니라 바로 신뢰할 수 없기 때문에, 그리고 그가 우리에게 말해주지 않는 것이 그가 우리에게 말해주는 것보다 훨씬 중요하기 때문에 셰익스피어의 전략의 핵심 부분"(67)이라고 분석한다. 그 점은 가령 코러스가 폴스타프를 전혀 언급하지 않는 서사 전략에서 확인된다.

코러스는 처음부터 끝까지 폴스타프에 관한 언급을 하지 않는데, 그 점은 헨리 5세의 태도와 정확히 일치함으로써 코러스가 헨리 5세의 의중을 대변하는 듯하다. 그것이 폴스타프를 공식 역사나 기억에서 지우려는 정치적 상황을 대변하는 것이라면, 폴스타프의 부하들이 출연하여 폴스타프를 기억하는 장면들은 지울 수 없는 기억의 존재를 대변하고 있다. 헨리 5세와 관련하여 폴스타프가 갖는 그러한 양면성, 혹은 양가성은 헨리 5세가 프랑스 원정을 떠나기 전 배치된 폴스타프의 죽음 장면에서 극명하게 드러난다. 헨리 5세로부터 버림받고 쓸쓸하게 죽어가는 폴스타프의 소식은 일견 헨리 5세의 인간적 결함이나 비정함을 부각하는 듯하다. 하지만 전 국민의 안위가 걸린 전쟁을 승리로 이끌어야 할 헨리 5세에게는 사사로운 인정 따위를 고려할 여지가 없어 보인다. 그렇게 셰익스피어는 헨리 5세를 탁월한 정치가나 지도자로 재현하면서 인간적인 면에 대한 도덕적 판단은 관객에게 맡길 뿐이다. 그런 연유에서인지 폴스타프의 부하들조차 헨리 5세의 처사를 노골적으로 비난하지 않고 불가피한 일이라고 받아들인다.

헨리 5세가 폴스타프를 버린 것은 한 개인을 버린 것이라기보다 폴스타프가 대변하는 부정적인 잔여 문화, 즉 비합리적이고 무분별한 선심이나 향락 같은 귀족적 특권의 극복을 의미한다고 볼 수 있다. 같은 맥락에서 헨리 5세는 전쟁의 승리와 그에 따른 새로운 질서의 확립은 신분적 특권에 근거한 낡은 문화가 아니라 개인의 능력이나 미덕의 실현에 근거한 새로운 문화의 확립임을 역설한다. 그럼에도 불구하고 퀴클리 부인이 침상에서 한기를 느끼면서 쓸쓸히 죽어가는 폴스타프의 소식을 전할 때는 관객들은 전작에서 헨리 5세의 정서적 어머니로서, 또한 기성 권위를 전복하는 카니발적 신체로서 그에 대한 향수를 느끼게 된다. 초라하게 임종을 맞는 그에 대한 노스탤지어는 누추하지만 사람 냄새가 묻어나는 기억이, 공식적인 역사나 기억보다 훨씬 더 넓게 공유될 수 있음을 암시한다. 그렇기에 폴스타프에 관한 기억은 헨리 5세의 영광이 충만하게 확장되는 것을 가로막는 역할을 일정하게 수행한다(Hedrick 479-480). 그러나 그 기억은 전쟁의 시작과 함께 그리고 전쟁의 승리와 함께 묻힐 수밖에 없기도 하다. "프랑스로 가자, 말 거머리처럼 적의 생피를 빨고 또 빨아먹는 거다!"(2.3.49 50)라는 피스톨의 외침에서 느껴지듯 이제 전쟁과 함께 도래하는 삶은 오로지 탐욕이 지배하는 끔찍한 삶이기 쉽다.

프랑스 원정 전쟁을 수행하기에 앞서 헨리 5세는 마지막으로 그가 총애하는 신하들의 배신을 처리하는 과제를 받아든다. 폴스타프의 죽음과 함께 절친한 신하들의 배신은 그의 인간적인 소외를 느끼게 해주는 면도 있지만, 정치적으로 그의 전지전능함과 범접할 수 없는 카리스마를 확립하게 만드는 계기로 작용한다. 헨리 5세의 죽마고우들이기도 한 스크루프(Scrope)와 캠브리지(Cambridge)는 프랑스 왕에게 매수되어 헨리 5세를 살해하려는 음모에 가담하지만, 그들의 음모는 사전에 발각되어 이제 헨리 5세가 그들의 죄를 실토받고 처벌하는 일만 남았다. 이미 그들의 모반 증거를 확보한 헨리 5세는 그들 스스로 자신의 죄를 인정하도록 상황을 유도한다. 그리하여 그들이 죄를 인정하고 자비를 호소하자 헨리 5세는 분노를 폭발한다. 65행에 이르는 그의 대사는 어떤 말로도 자신의 격노는 풀릴 길이 없다고 느끼게 할 정도로 지옥이나 악마 같은 극단적인 언어로 가득 차 있다.

너를 이처럼 엄청나게 도리에 어긋나도록

작용을 미친 교활한 악마가 무엇이든 간에,

그자는 지옥에서는 으뜸가는 찬사를 받았을 게다. (2.2.108-110)

이어서 그의 격노는 "네 반역은 아담 이래 인간의 두 번째의 타락이라고 할 수밖에 없다"(2.2.138-139)라는 결론에 도달한다.

마치 신을 대리해서 신의 위치에서 심판하는 듯한 헨리 5세의 단죄에 대해 당사자들 역시, 마치 신에게 죄를 지은 사람들이 신에게 속죄하는 듯한 고해성사를 한다.

> 캠브리지: 그러나 미연에 방지해주신 신께 감사할 따름입니다.
> 　　　　　처형의 고통을 당하는 것을 충심으로 기뻐하며
> 　　　　　신과 전하께서 소신을 용서하여주시기를 바랍니다.
>
> 　　　　　　　　　　　　　　　　　　　　　　　　　(2.2.154-156)

자신들의 어리석은 음모가 사전에 방지된 것을 오히려 감사한다는 배신자들의 최후 진술은 헨리 5세의 신격화나 다름없다. 헨리 5세가 신의 뜻으로 그들의 음모를 간파했다고 고해하는 것은 그가 신의 가호를 받는, 그래서 오류가 있을 수 없는 완전무결한 왕이라고 신격화하는 것이나 다름없다. 그들의 음모를 미리 간파한 것은 신의 뜻이며, 그렇게 헨리 5세가 신의 가호를 받기에 오류가 있을 수 없는 완전무결한 왕으로 칭송하는 것이야말로 최상의 신격화이기 때문이다. 죄인들은 마치 그들의 배반이 헨리 5세가 전쟁을 기획하는 순간부터 이미 예비된 것이었다고 인정함으로써 헨리 5세의 전쟁 기획이 정당할 뿐 아니라 성공할 수밖에 없다는 것임을 암시한다. 그러나 현대 관객들에게는 헨리 5세가 그들을 단죄하는 내용이나 그들이 그 단죄를 기쁘게 받아들이는 태도가 작위적으로 느껴질 수 있다. 그런 견해를 대변하는 평

자 중 한 사람인 온스타인(Robert Ornstein)에 의하면, 헨리 5세는 죄를 지은 자를 처벌하는 것은 법이지 그 자신이 아니라는 태도로 죄인들을 단죄하시만, 65행에 이르는 그의 격노의 웅변은 상식의 도를 넘이신 것이어서 그의 입장을 액면 그대로 믿을 수 없게 만든다(187-188). 그린 블랏 역시 비록 헨리 5세를 찬양하는 맥락에서이기는 하지만 극은 이렇게 위선과 냉혹함, 그리고 나쁜 양심을 교묘하게 기록하고 있다고 분석한다(42). 다른 한편 자신들의 죄에 대해 스스로 비판하면서 주체적으로 그 책임을 인정하는 배반자들의 인식과 태도에서 전체주의 체제하에서 자아비판을 연상할 수 있다면, 이는 헨리 5세를 신격화하는 공식 서사의 이면에 내재한 셰익스피어의 비판적·반어적 전망을 확인한 것이라고 해도 과언이 아닐 것이다.

3

전쟁의 목적은 승리이며, 승리가 곧 최고의 선이다. 헨리 5세는 전쟁을 수행하기 전 이미 신의 가호를 받은 완전한 기독교 군왕으로 추앙받고 있지만, 전쟁의 승리만이 신격화를 최종적으로 성립시킬 수 있다. 그런 신격화의 공식 서사를 대변하는 코러스는 전투에 앞서 헨리 5세의 활약을 미리 소개한다.

이 기진맥진한 군대의 총사령관인 왕이 보초에서 보초로,
군막에서 군막으로 순찰하는 모습을 목격한 자들은

누구나 "폐하의 머리에 찬미와 영광을 내려주소서"라고 외칩니다.

그렇게 왕께서는 지금 전 장병들을 찾아다닙니다.

왕은 온화한 미소를 지어 그들에게 인사를 보냅니다.

"형제들이여, 친구들이여, 동포여"라고 부릅니다.   (cho. 4. 29-34)

이처럼 코러스는 결정적인 전투 전날 밤 헨리의 모습과 활약에서 이상적인 지휘관 상을 본다. 그러나 극에서 실제 헨리 5세는 변장을 하고 병사들과 대화를 나누기는 하지만 군막에서 병사들의 불안을 씻어주고 그들에게 용기를 주는 모습과는 거리가 있다. 즉, 관객들이 코러스의 설명과 다르거나 코러스가 언급하지 않은 실제와의 괴리를 느끼면서 그 의도를 유추하게 만든다. 일개 병사로 변장한 헨리 5세는 전투에 임하는 병사들의 속내를 알아보고 그들과 소통하기 위해 전투를 앞둔 불안 심리를 주제로 대화를 시도하려 한다. 헨리 5세는 왕도 일반 병사와 마찬가지로 공포를 느끼는 인간에 지나지 않을 수 있지만, 전군의 사기를 위해 그렇게 하지 않는 것이라고 왕의 상황을 대변하며 병사들의 반응을 떠본다. 그러자 일반 병사인 베이츠(Bates)는 "어쨌든 폐하께서는 배상금이나 물고 귀국하실 것이고, 그래야 수많은 불쌍한 목숨을 구하는 것 아닌가"(4. 1. 117-118)라고 대꾸한다. 이에 헨리 5세는 "난 왕 옆에서 죽을 수만 있다면 어디서라도 기꺼이 죽겠다. 그분의 전쟁 대의는 정당하고 목적도 명예로우니까"(4. 1. 121-123)라고 왕의 입장을 옹호한다. 그 주장에 대해 곁에 있던 윌리엄스(Williams)는 "그거야 우리가 알 바는 아니지"(4. 1. 124)라고 퉁명스럽게 대꾸한다. 윌리엄스의 반박에 대해 베이츠는 "비록 왕의 명분이 잘못이라 하더라도 우리가 충성으로 복종했다고 하면 우리의 죄는 다 씻겨진다"(4.1.127-128)라고 재반박한다. 베이츠는 이 대목에서 전쟁에 임하면서 무엇이 옳은지를 판단하기 어려운 병사들이 왕의 명령에 복종함으로써 그들이 도처에 딜레마를 해결하는 전형적인 처지를 대변한다(Ornstein 195). 헨리 5세가 우리는 형제라는 웅변을 통해 국민적 통일을 도모할 수 있는 것은 바로 베이츠와 같은 생각을 하는 병사가 다수를 차지하기 때문이다.

그러나 이후의 논쟁은 주로 윌리엄스가 주도하고 헨리 5세가 왕의 입장을 방어하는 방향으로 흘러가는데, 윌리엄스는 전쟁과 같은 극한 상황에서 일반화할 수 있는 불평의 문화를 철저히 대변한다. 윌리엄스는 왕에게 복종하는 도리밖에 없다는 베이츠의 입장에 대해 "그렇지만 왕의 대의가 잘못이라면 왕은 굉장한 책임을 져야 하지"(4.1.129-130)라고 논박하면서 전쟁의 참상은 그 어떤 명분이나 대의로도 정당화할 수 없기에 전쟁으로 몰고 간 왕이 모든 책임을 져야 한다고 주장한다(4.1.131-140). 이에 헨리 5세는 주인의 심부름을 하다가 불의의 사고를 당해 하인이 죽은 경우, 그 죽음의 책임을 주인이 질 수는 없다는 취지로 반박한 끝에 "신하 각자가 갖는 의무는 왕께 바치는 것이지만, 각자의 영혼은 각자의 것이니까"(4.1.169-170)라는 결론에 이른다. 그런데 그의 논리에는 견강부회라 할 만한 것들이 있다. 그가 이끄는 전쟁의 명분이 어떻게 명예로운 것인지에 대해서는 아예 답을 안 한 것 이외에도 그가 예로 든 불의의 사고는 극히 예외적인 불운인 데 반해, 전쟁에서의 죽음은 거의 누구에게나 닥칠 수 있는 보편적 불운에 가깝다. 그뿐만 아니라 전장에서 병사들의 생사가 인간의 소관이 아니라 신의 소관이라는 취지의 답변은 왕이 집행할 법을 신이 대신한다는 논리를 내포하고 있다. 그리고 이는 어떤 전쟁이라도 정당화될 위험이 있는 지극히 편의주의적인 논리이다.

그리하여 전쟁 전야에 이루어진 병사들과의 논쟁에서 헨리 5세는 자신과 병사들 간의 근본적 입장 차이를 확인한다. 왕은 고뇌를 병사들로부터 미처 이해받을 수 없는 고독한 존재임을 한탄하면서 이렇게 결론짓는다.

> 태평성대를 즐기는 죄인인 노예는 그것을 즐기고 있으면서도
> 그 둔한 머리로서는 도저히 생각해낼 수 없겠지만
> 왕은 태평을 유지하기 위해, 백성들이 숙면을 즐기는
> 시간에도 얼마나 불면의 밤을 지새워야 하는가.　(4.1.269-272)

결정적인 전투를 앞두고 인간적 고뇌와 한계를 토로하는 헨리 5세의 모습은 분명 전쟁의 승리에 대한 확신과 함께 단호하게 반역자를 처단하던 계몽 군주의 모습과는 다르다. 그러나 불가피하게 변장하기는 했으나 그가 병사들과 격의 없이 논쟁하면서 왕으로서의 정체성과 책무에 대해 성찰하는 이 대목은 전체적인 영웅 서사의 맥락에서 결코 벗어난 것이 아니다. 왜냐하면 이런 재현이야말로 전쟁의 명분과 실제의 괴리를 더욱더 실감 나게 만드는 한편, 그런 가운데서 그를 단지 용맹한 전사로 묘사함으로써 밋밋한 영웅 서사에 그치는 한계를 벗어날 수 있기 때문이다.

그렇더라도 그의 자기 이해나 분석의 내용은 병사들에 대한 진정한 공감과 거리가 있으며 여전히 자기중심적이다. 그는 왕과 병사들을

근본적으로 차별화하여 왕은 병사들의 안위를 위해 불면의 밤을 보낼 수밖에 없는 반면, 병사들은 그저 아무 생각 없이 잠을 잘 수 있다고 난징한다. 그러나 진쟁을 앞두고 병사들 역시 왕 못지않게 불안과 공포에 떨며 잠 못 이루고 있다. 그래서 이 대목은 관객들로 하여금 헨리 5세를 위한 영웅 서사를 오히려 비판적으로 바라보기를 요구한다.

다른 관점에서 보자면 윌리엄스가 헨리 5세와 대등하게 논쟁한 것처럼 보이지만, 사실 헨리 5세가 평범한 병사로 변장하지 않았더라면 윌리엄스는 결코 직접적으로 왕에게 불평의 담론을 펼칠 수 없었다. 즉, 윌리엄스가 누린 비판적 담론의 특권은 변장과 암행이라는, 왕의 권력 행사의 보충적 형식에 의해 성립될 수 있는 것이다. 일반 병사는 그런 보충적 형식을 통하지 않고서는 결코 직접적으로 제 뜻을 왕에게 전할 수 없다. 이 대목에서 관객들은 코러스가 묘사한 "생기발랄한 겉모습과 부드러운 위엄"(cho.4.40) 대신 소외되고, 고립된 헨리 5세의 모습을 대면하지만 그는 결국 자기 통제의 폐쇄적 원환으로부터 빠져나올 수 없는, 명령하는 인물, 그렇기에 접근할 수 없는 인물로 남는다(Danson 39).

그러나 막상 전쟁을 수행하는 과정에서 헨리 5세는 불굴의 의지와 탁월한 판단력으로 병사들의 마음을 얻어 전쟁을 승리로 이끈다. 가령 그는 전투 중에 절도죄를 범한 왕자 시절 부하 바돌프를 단호히 처형함으로써 기강을 확립하는데, 그 처사는 전시 상황에서는 당연한 것으로 여겨져 누구도 이의 제기를 하지 않는다. 또한 포로들이 군막을 지키던 소년들을 살해하고 도주했다는 소식을 듣고는 모든 포로를 처형하라는 그의 명령도 병사들 사이에서 다소 논란을 야기하기도 하지만 합당한 처사로 받아들여진다. 병사들은 주로 포로들을 처형함으로써 몸값을 받지 못하게 되었다고 불평할 뿐, 헨리 5세의 처사는 전쟁의 승리를 위해 불가피한 것으로 이해한다. 물론 이 에피소드는 당시의 관객들에게 이미 알려진 원전을 충실히 따른 것이지만, 오늘날의 관객들은 이 에피소드에서 전쟁의 화신인 헨리 5세가 결코 피해갈 수 없는 인간적 냉혹함이나 과잉 폭력의 문제를 읽을 수 있다. 그럼으로써 헨리 5세를 위한 영웅 서사를 반전주의나 평화주의의 입장에서 비판적으로 읽을 수 있다. 셰익스피어 또한 이 에피소드를 통해 어떤 전쟁이라도 전쟁은 더러운 전쟁일 뿐이며 전쟁에 있어서 합리적이고 정당한 폭력이란 성립되기 힘든 형용모순이며, 폭력의 과잉이나 무차별이야말로 전쟁의 본질이라는 것을 말하지 않는 것은 아니다. 다만 그렇더라도 이 극은 위대한 영국의 영광을 가져온 애국적 전쟁을 그리고 있으며, 그런 전쟁에 있어서 최고의 정치적 선은 승리일 뿐이라는 관점에서 헨리 5세를 위대한 왕으로 재현할 뿐이라고 선을 긋는 듯하다.

셰익스피어가 헨리 5세의 전쟁을 대영제국의 기획이란 관점에서 조망한다는 점은 전쟁을 수행하는 일반 병사들의 구성에서 가장 잘 드러난다. 극은 역할과 이름을 부여받은 대표적인 병사들을 훗날 대영제국으로 편입되지만, 당시에는 적국이거나 식민지에 해당하는 스코틀랜드와 아일랜드, 그리고 웨일즈 출신으로 구성한다. 스코틀랜드 출신의 제이미(Jamy), 아일랜드 출신의 맥모리스(MacMorris), 웨일즈 출신의 플루엘른(Fluellen)이 그들인데, 한마디로 헨리 5세는 대영제국의 연합군을 이끌고 프랑스 원정 전쟁을 수행하는 것처럼 보인다. 셰익스피어는 헨리 5세의 리더십이 그들을 하나로 통일시키는 것을 부각하면서도 출신 지역이 다른 그들 사이에 불화의 장면들을 배치함으로써, 대영제국의 기획은 당대의 현실 속에서는 여전히 미완이며 역사적 당위로서 제시될 수밖에 없음을 암시한다.

전투가 진행되는 와중에 아일랜드 출신인 맥모리스와 웨일즈 출신인 플루엘른이 국가의 의미에 대해 언쟁하는 장면은 지역 갈등과 대영제국 기획의 문제점을 엿볼 수 있게 한다.

플루엘른이 병법에 관한 토론을 제안하면서 맥모리스가 아일랜드 출신임을 언급하자 이에 발끈한 맥모리스는 "우리 아일랜드인들이 어떻다는 거야? 후레자식이고 악당이고 불한당이란 말이냐? 우리나라가 어쨌다는 거야? 어떤 녀석이 우리나라에 대해 이러쿵저러쿵하는 거야?"(3.3.63-65)라고 분노한다. 그는 헨리 왕의 연합군 일원으로 출전한 것에 자부심을 느끼지만, 그와 더불어 식민지 출신의 피해의식에서 벗어나지 못한 모습을 보여준다. 일반 병사들 가운데 그의 비중은 그리 크지는 않지만, 그의 단 한 번의 분노 표출은 대영제국의 이념으로 봉합되기 힘든 분열과 반목의 선을 노출하기에 충분해 보인다.

절대적으로 불리한 여건의 전쟁에서 승리하기 위해서는 출신 지역의 차이에서 오는 분열과 반목은 반드시 극복되어야 한다. 그래서 헨리 5세는 웨스멀랜드(Westmorland)가 5대 1의 수적 열세를 한탄하자 소위 "우리는 형제들"이라는 취지의 감동적인 웅변을 통해 출신 지역의 차이는 물론 신분의 차이를 넘어서 우리가 모두 연합군을 구성하는 같은 영국 신민임을 각성한다면 승리의 영광은 더 클 것이라고 강조한다. 그러나 모두가 형제요 전우라는 헨리 5세의 외침은 정복 제국 영국과 피정복 식민지 아일랜드라는 엄연한 현실 자체를 은폐하는 스크린 기능을 하는 면이 있다. 나아가 승전 이후 아일랜드 출신 맥모리스는 퇴장하고 왕과 같은 지역 출신인 플루엘른이 보다 노골적으로 헨리 5세의 웨일즈 뿌리를 강조하는 장면들은 대영제국의 기획이 결코 달성하기 쉽지 않은 난제임을 암시하기도 한다. 가령 헨리 5세는 승전 직후 플루엘른이 명예로운 공적의 표시로 부추를 모자에 매다는 웨일즈의 전통을 상기시키자 "나도 기념할만한 명예의 표시로서 부추를 달고 있다. 나도 알다시피 너와 같은 고향의 웨일즈인 아니더냐"(4.7.99-100)라고 화답한다. 또한 장교 가우어(Gower)는 웨일즈 출신 플루엘른에게 런던 출신 피스톨이 몽둥이로 얻어맞는 모습을 보고 피스톨에게 "앞으로는 웨일즈인에게 혼쭐이 났으니 올바른 영국인의 정신을 가지려고 노력하라"(5.1.70-71)라고 충고한다. 이 에피소드는 진정한 영국인, 즉 영국적 정체성을 결정하는 것은 오로지 개개인의 능력과 미덕일 뿐 출신 지역과는 아무런 상관이 없다는 이념을 대변하는 듯하다. 그러면서 헨리 5세와 같은 웨일즈 출신인 플루엘른이 헤게모니를 행사하는 것이 사실은 퇴행적이지 않을뿐더러 오히려 반대로 대영제국의 기획이 지역의 문제, 혹은 식민지 문제의 갈등으로부터 마침내 해방된 상태를 반영하는 측면이 있다. 이런 전개 과정의 계기는 지역주의 혹은 식민주의의 역설인바, 이제 지역 출신만 있을 뿐 어떠한 지역 국가도 없음을 의미한다. 즉, 당대 영국의 국가적 과제인 아일랜드 문제가 해결되어 대영제국의 장교가 된 아일랜드 출신 맥모리스가 있을 뿐, 이제는 그의 조국 아일랜드라는 나라는 없다는 것을 나타낸다. 다양한 지역 출신 병사들이 벌이는 이런 에피소드들은 결국 헨리 5세가 그들을 충성스러운 영국민으로 묶어내는 데 성공했음을 증명한다. 이는 그린블랏에 의하면, 16세기 신세계의 원주민들보다 더 강력한 부족주의의 전진 기지로 남은 영국의 마지막 야생 섬들을 상징적으로 순치하는 데 성공한 것이다(Greenblatt 42).

헨리 5세의 웅변은, 전쟁의 수행은 또한 전쟁에 관한 기억과 기록을 선별하고 편집하는 역사 쓰기를 수반하는 이치를 말하고 있다. 그는 "내일이 성크리스피안의 축일이다"(4.3.48)라고 엘리자베스 여왕 시대와 제임스 1세 시대의 달력에 규칙적으로 표기되는 성자의 축일임을 일깨우지만, 이제 내일의 전투에서 얻게 될 상처의 영광은 달력에 기록된 축일보다 사람들의 기억 속에서 더 영원히 살아남을 것이라고 선언한다.

> '이 상처는 크리스피안 축일 때 얻는 것이라고'.
> 그러고는 소매를 걷고 상처를 보이며 말하겠지, 노인이 되면 모든
> 걸 잊는다 해도,
> 오늘 세운 무훈만큼은 덤까지 붙여서
> 기억에 남겨둘 것이다.   (4.3.46-50)

그러면서 헨리 5세는 자신을 포함하여 베드포드(Bedford), 에섹터(Exeter), 워릭(Warwick), 탤봇(Talbot), 솔즈베리(Salisbury), 글로스터(Gloucester) 등 귀족들의 이름을 하나하나 거명하면서 그들의 이름은 넘치는 술잔과 함께 기억되리라고 축원한다. 그리고 이어서 "우리가 소수이지만 행복한 소수는 형제의 일단이니, 오늘 나와 함께 피를 흘리는 사람은 다 나의 형제가 되기 때문이다. 아무리 비천한 신분의 사람일지라도 오늘의

공으로 귀족의 반열에 들 것이다"(4.3.60-63)라고 선언한다.

코러스가 이미 아쟁쿠르 전투를 가짜 검 몇 자루를 휘둘러대면서 엉성하고 볼품없이 재현하는 것에 대해 "여러분의 상상 속에 이 초라한 장난 거리를 진짜 전쟁의 장면으로 느긋이 감상하여 주십시오"(Cho.4.52-53)라고 양해를 구했듯이, 실제 전투의 재현은 별로 인상적이지 못하다. 그 대신 극은 헨리 5세의 웅변을 통해 위대한 역사적 전투가 어떻게 기억되고 기록되는지, 그리고 그것을 위해 국가가 어떻게 국민의 집단기억과 망각을 통제하는지를 예시한다. 헨리 5세는 이 웅변에서 내일의 전투는 영광된 과거의 재현이자 앞으로의 기억의 보고를 만드는 것임을 강조하면서 "기억"과 망각을 여러 차례 교차해서 사용한다. 그럼으로써 그는 국왕으로서 자신이 개인적 기억과 국가적 기억을 흡수하는 것을 강조한다(Baldo 132-134).

헨리 5세는 기억할만한 귀족들의 이름을 일일이 열거한 후에 모두가 형제임을 강조했고, 이름 없는 천한 병사들은 공을 세워 귀족이 될 수 있다고 선언했다. 그렇게 볼 때 우리가 모두 행복한 형제라는 그의 선언에는 신분이나 출신의 차이에서 비롯되는 사회적 분열을 망각 혹은 봉합하기 위한 정치적 의도가 개입되었을 수 있다. 헨리 5세는 그렇게 해서 일시적으로 달성할 수 있는 국민 통합으로 신분이나 출신 지역의 차이에서 발생하는 갈등이 봉합되기를 갈망하지만, 승리의 쟁취라는 공동선의 달성과 함께 갈등의 봉합선은 드러나게 마련이다. 이후 극은 내일의 전투에서 공을 세운 병사들의 신분을 상승시켜준다는 헨리 5세의 약속이 실제로 이행되었는지 아무런 언급도 암시도 하지 않는다.

평범한 병사 형제들 모두 귀족이 될 수 있다는 약속에는 신분이란 타고난 혈통이 아니라 능력의 입증에 따라 결정될 수 있다는 보다 근대적인 평등 개념이 들어있는 것처럼 보인다. 그러나 그런 약속과 함께 그가 하나하나 거명하는 사람들은 귀족이며 실제 승리를 확인하는 과정에서 그가 확인하는 것은 주요한 귀족들의 생사다. 그런 만큼 그의 신분 상승 약속은 오히려 전쟁으로도 해결되지 않는 신분의 차이를 은폐하고 전치하는 이데올로기로 작용할 뿐이다.

헨리 5세의 선언 이후 실제 애진코트 전투 중에 전사한 대표적인 귀족들의 죽음을 묘사하는 유일한 장면은 헨리 5세의 선언이 신분 차이를 은폐하는 이데올로기임을 확인하게 한다. 에섹터가 헨리 5세에게 전하는 요크 경과 서포크의 최후는 일견 기사도의 절정을 보여주는 듯한데, 에섹터의 감동적인 묘사에 의하면 그들은 숨을 거두기까지 뜨거운 키스로 서로의 영원한 우정을 확인하였다. 에섹터의 묘사는 전사의 장렬한 죽음 자체보다는 오히려 그것을 외설스럽게 보충하는 기사도를 찬미한다. 셰익스피어가 전쟁의 승리를 확인하는 장면으로 이 장면을 삽입한 의도는 귀족계급이 표방하는 기사도가 일반 병사들의 정서나 실제와 얼마나 동떨어져 있으며 시대착오인가를 보여줌으로써 헨리 5세가 선언한 신분을 초월한 형제애를 반어적으로 조망하게 한다. 또한 이 대목은 정복을 귀족적 스포츠로 전환함으로써 헨리 5세가 선언한 "귀족"(gentle)의 약속이 사회적 구분을 지우기 위한 것이라기보다 위계질서를 재설정하기 위한 것처럼 느끼게 한다(McEahern 46).

4

신분 문제나 출신 지역의 갈등을 극복하고 헨리 5세가 전쟁에서 승리할 수 있었던 것은 그래도 기본적인 국민 통합이 가능했기 때문인데, 국민 통합을 가능케 하는 요인은 물론 순수한 애국심이겠지만, 국민으로부터 그것을 끌어내기 위해서는 이데올로기적 조작이 필요하다. 전쟁에서 애국심을 자극하여 국민을 단결시키는 가장 원초적인 이데올로기 중 하나는 아마도 정의롭고 위대한 조국과 사악하고 열등한 적의 구분일 것이다. 이 극이 예시하듯 그런 이데올로기의 경우 이데올로그에 해당하는 통치자는 물론 일반 병사들까지 그런 구분을 너무나 당연한 것으로, 즉 이데올로기적 조작이 아니라고 믿는 행태를 보인다. 헨리 5세의 대영제국의 기획을 뒷받침하는 것은 바로 그런 원초적인 이데올로기이며, 그것은 또한 여느 전쟁의 경우와 마찬가지로 젠더 구분의 이데올로기와 결합해 있다.

영국은 정력적이고 거친 남성적인 나라이고 반대로 프랑스는 유약하고 기만적인 여성적인 나라라는 구분이 그것인데, 이런 구분은 두 나라의 국가적 정체성의 중핵에 해당하는 영어와 불어의 위계적 구분으로 이어진다. 그리하여 이 극의 마지막 마무리, 즉 영국 승전의 마무리는 용맹히고 정직한 대표적인 영국 전사인 헨리 5세가 언약하고 기만적인 프랑스 남성들로부터 구출되기를 기다리는 프랑스 공주 캐서린(Catherine)에게 구애하여 새로운 왕조를 여는 비전으로 마무리된다. 이런 마무리는 다른 한편 헨리 5세의 프랑스 원정 전쟁의 궁극적 목표가 평화였음을 강조하기 위해서이다.

이런 마무리에 앞서 극은 프랑스의 패배를 유약한 프랑스 남성들의 패배로 기록함으로써 헨리 5세의 대영제국 기획의 정당성을 확립하려 한다. 프랑스의 패배를 공식적으로 선언하는 프랑스 선딩 통조이(Montjoy)는 "수많은 우리 측 귀족이, 너무나 비참하게도, 돈으로 산 용병들의 피바다에 누워있습니다. 천한 평민들은 그 천한 수족을 귀족들의 피 속에 적시고 있습니다"(4.7.70-73)라며 용병에 의존하고 철저히 신분의 구분에 의존했던 프랑스 기사도의 패배를 참담하게 인정한다.

프랑스 남성의 패배는 상징적으로 프랑스의 전 국토는 물론 프랑스 여성에 대한 지배권이 영국 남성에게 넘어간다는 것을 뜻한다. 애진코드 전투에 앞서 아르프뢰르(Harfleur) 성을 공략할 때 헨리 5세는 항복하지 않을 경우, 난폭한 강탈자들에 의해 성안의 여성들이 당할 끔찍한 사태를 주로 경고함으로써 항복을 받아냈다(3.3.1-122). 이에 상응하듯 패배자인 프랑스 남성들 역시, 진(Howard E. Jean)의 표현에 의하면, "여성의 성애화된 몸이 곧 전쟁이 벌어지는 결정적 영역"(5)임을 인정한다. 프랑스 황태자는 전쟁의 패배가 의미하는 바를 프랑스 여성들이 "새파랗게 젊은 영국 병사의 음욕에 몸을 맡기어 프랑스를 사생아 전사들의 천지로 만드는 것"(3.5.29-30)으로 간주한다. 프랑스 왕 또한 헨리 5세에게 "폐하는 저 멀리서 잘못 보고 계셔서 도시들이 처녀로 보일 것입니다. 그도 그럴 것이 우리의 도시들은 전쟁으로 침범당한 일이 전혀 없는 처녀의 성벽으로 둘러싸여 있으니까요"(5.2.309-311)라고 동일한 인식을 확인할 수 있는 비유를 구사한다. 헨리 5세가 프랑스 공주 캐서린에게 구혼하는 것은 이런 젠더 전략의 맥락에서 이루어지는 것으로 볼 필요가 있다. 그의 구혼은 무엇보다도 그 자신을 상징적인 의미의 강간범이 아닌 합법적 남편으로 만듦으로써 그의 전쟁 기획을 정당화하고 위대한 영국 남성상을 확립하기 위한 것이다. 이런 기획을 위해 극은 아르프뢰르 성이 함락된 직후 캐서린 공주가 영어를 배우는 장면을 배치하여 그녀로 하여금 정복자 남편을 미리 맞을 준비를 시킨다(Wilcox 66).

캐서린 공주가 영어를 배우는 장면은 일견 피정복자가 정복자를 맞이하기 위해 정복자의 언어를 배우는 것으로서 영어가 프랑스어를 지배하는 판타지를 표현하는 듯하다. 사실 코러스가 변명하듯, 극은 애진코트 전투의 재현에서 영국인의 애국심과 자부심을 만족시킬만한 스펙터클을 제공하는 데 역부족이다. 반면 영어가 프랑스를 지배하는 판타지를 제공하는 장면에서 승리의 실감을 더 잘 느꼈을 것이다(Steinsaltz 327-330). 그러나 셰익스피어는 또한 불어와 영어가 섞이고 소통을 시도하는 장면들을 통해, 언어야말로 한 나라와 국민적 정체성의 중핵으로써 결코 정복될 수 없는 타자성의 중핵임을 암시한다.

캐서린 공주의 영어 배우기는 자신의 신체 각 부분에 해당하는 영어를 배우는 것에서부터 시작하는데, 손·손가락·손톱 등에서 시작하는 신체의 영어화 과정은 그녀의 은밀한 영역에서 끝이 난다. 이런 과정에서 관객들은 정복자에 의한 그녀의 신체 해체라는 상징적 의미를 읽을 수 있고, 나아가 전쟁에서 흔히 여성의 성애화된 몸을 상징적 공간으로 삼아 국가와 제국 건설의 비전이 전개되는 한 예를 확인할 수도 있을 것이다(Neill 21). 그러나 그런 해석은 타자의 언어를 배우는 과정에서 필연적으로 전개되는 캐서린의 저항은 탈락시킬 수 있다. 캐서린이 영어 단어 하나하나마다 그와 유사한 발음을 가진 불어의 성적 비속어를 연상하는 모습은 물론 프랑스 여성은 영국 여성보다 훨씬 기사도나 예의범절을 따지지만, 사실은 더 기만적이고 성적으로 문란할 수도 있다고 느끼게 할 수 있다. 그리고 이런 프랑스 여성을 길들이는 데는 정력적이고 거칠지만 정직한 영국 남성이 제격이며, 프랑스 여성들도 사실은 유약한 프랑스 남성보다 거칠고 강한 영국 남성에게 끌리고 있다는 식의 남성 국수주의를 자극할 수도 있다. 그러나 그녀가 영어 단어마다 불어의 성적 비속어를 일치시키는 데에는 그와 반대로 어쩔 수 없이 영어를 배울 수밖에 없지만, 영어는 천박한 언어라는 자의식이 묻어난다. 같은 맥락에서 정복자의 언어를 성적 농담거리로 삼는 행태는 정복자에게 강간당하는 것과 다름없는 상황이 주는 심적 압박감을 누그러뜨리려는 것일 수도 있다(MacEahern 55).

헨리 5세가 캐서린 공주에게 구애하는 장면에서도 캐서린은 심적 압박에서 오는 긴장을 감추지 못한다. 헨리 5세 역시 대영제국의 기획을 완성하기 위해 정복자가 아닌 구애자의 역할을 수행하려 하지만 서로 다른 언어로 소통하는 데서 비롯되는 한계를 체험한다. 그러면서 극은 최종적으로 코러스를 통해 헨리 5세의 대영제국 기획은 미완으로 남을 수밖에 없음을 강조한다.

마지막 구애 장면에서 헨리 5세의 구애는 거칠고 직선적이며 다소 장황해서 세련된 기사도와는 거리가 있어 보인다. 그 스스로 "솔직한 군인으로서 말하리다. 그 때문에 날 사랑할 수 있다면 나의 아내가 되어주오"(5.2.148-149)라고 고백하듯, 헨리 5세는 자신의 남자다움을 앞세워 캐서린에게 구애한다. 그러나 정황상 그가 진정 그녀를 사랑하기 때문에 그녀에게 구애한다고는 보기는 힘들다. 왜냐하면 사실 캐서린의 지위는 승리의 전리품에 다름 아닌 만큼 그녀가 그를 거부할 권리는 없어 보이기 때문이다. 만약 그런 상황을 헨리 5세가 즐기는 것이라면 그의 구애는 그녀를 가지고 노는 것이나 다름없을 것이다. 그러나 대영제국 기획의 완성이라는 맥락에서 볼 때, 그의 구애는 전리품으로서 그의 소유가 될 수밖에 없는 그녀이지만, 그녀의 자존심을 세워줌으로써 그 자신에게 애정을 갖게 하는 한편 그녀를 미래의 대영제국을 탄생시킬 파트너로 격상하는 배려일 수 있다. 왜냐하면 그럼으로써 헨리 5세야말로 진정한 기사도를 구현하는 위대한 영국 남성의 표상이 될 수 있기 때문이다.

그러나 두 사람이 주고받는 대화에는 상대방의 입장에 대한 이해와 배려에 앞서 일방의 강요와 그에 맞서는 의심이 선행하는 것을 알수 있다. 헨리 5세는 자신의 구애에 대해 캐서린이 계속 답을 유보하자, "나는 케이트 당신을 전쟁에서 힘들게 얻은 셈이란 말이오. 그러니까 틀림없이 공주는 훌륭한 용사를 낳아줄 거요. 공주와 나는 각각 모국의 수호성자 데니스 성자와 조지 성자의 가호를 얻어 프랑스와 영국의 피가 반반 섞인 아들을 만들어보지 않겠소? 콘스탄티노플로 원정해서 터키 왕의 수염을 움켜잡고 포로로 데려올 그런 사내아이 말이오?"(5.2.197-203)라고 전리품으로서 그녀의 지위를 환기하는 한편, 대영제국의 기획을 위해 그녀와의 결혼을 추진한다는 진심을 털어놓는다. 이에 앞서 캐서린 공주는 서투른 영어로 "제가 프랑스의 적을 사랑하는 것이 가능합니까"(5.2.165)라고 여전히 심적으로 저항하고 있음을 표현하였다. 그녀로서는 헨리 5세와의 결혼을 받아들일 수밖에 없는 처지이지만, 그 물음은 그녀의 정체성을 강제로 혼란스럽게 하는 결혼이 필연코 향후 저항의 여지를 남길 수 있다고 느끼게 한다.

반면 헨리 5세는 서툰 불어를 섞어가며 구애하는 데 점차 불편함을 느끼면서 "내 잉글리 불어는 이제 집어치워야겠다!"(5.2.212)라고 선언하고 캐서린에게 "그러니 만민의 왕비 캐서린이여, 서투른 영어나마 당신의 속마음을 밝히시오"(5.2.234-235)라고 재촉한다. 헨리 5세가 피정복자의 언어인 불어를 구사하는 것은 정복자로서 그의 지위가 발산하는 위협적 아우라를 가리는 수단일 수 있다(Wilcox 70). 그러나 점차 그런 서툰 기사도의 겉치레와 위선이 오히려 소통에 방해가 된다는 것을 느끼게 되자 헨리 5세는 노골적으로 캐서린 공주에게 정복자의 언어를 강요하지만, 캐서린 공주는 여전히 불어로 답을 한다. 그녀가 영어로 답하도록 압력을 받으면서도 계속 불어를 구사하는 이유는 그녀로서는 헨리 5세에게 애정을 갖기가 쉽지 않은 만큼 그의 언어로 답하는 것이 내키지 않기 때문이다. 그러자 헨리 5세는 더는 그녀의 답을 기다리지 않고 강제로 키스를 시도한다. 그의 돌발적인 행동에 대해 캐서린은 프랑스의 풍습에 어긋나는 일이라고 항의하지만, 헨리 5세는 "오, 케이트, 까다로운 풍습도 위대한 왕들 앞에서는 무릎을 꿇는 법이요. 당신이나 나는 한 나라의 풍습이라는 볼품없는 울타리에 갇힐 사람들이 아니지. 케이트, 우리가 바로 풍습을 창조하는 사람들이니까 말이오"(5.2.260-262)라고 일축하면서 강제로 키스한다. 헨리 5세는 그렇게 일방적으로 자신의 구애를 마무리 지으면서, 자신의 구애를 낡은 풍습과 매너를 청산하고 새로운 매너와 기상 위에 새로운 국가와 제국을 건설하기 위한 전쟁과 연관 짓는다.

헨리 5세의 구혼은 분명 일방적이고 권위적으로 보인다. 그러나 헨리 5세는 전쟁의 전리품에 불과한 캐서린에게 나름대로 예를 갖춰 구혼함으로써 정복자로서 자신에게 덧씌워질 수 있는 강간범의 이미지를 여성을 구출하는 합법적인 남편의 이미지로 바꿀 수 있다(Wilcox 66). 그리하여 헨리 5세는 최종적으로 정직하고 늠름한 영국 남성의 표상으로 우뚝 서지만 상대적으로 키스로 침묵 당한 캐서린의 존재는 사라진다. 헨리 5세와의 결혼이 성사되었을지라도 여전히 전리품일 수 있는 그녀에게 아직은 침묵을 깨고 저항을 표현할 여지가 없기 때문이다. 그리하여 그녀의 침묵을 뒤로하고, 그녀의 부왕은 끝으로 헨리 5세와 캐서린의 결혼이 화평의 씨를 뿌려 전쟁으로 영국과 프랑스 양국 간에 다시는 피맺힌 검의 날을 겨누는 일이 없기를 기원함으로써 헨리 5세의 전쟁 정당성을 거듭 확인한다.

그러나 공식적인 헨리 5세의 영웅 서사가 마무리된 뒤 등장한 극의 코러스는 최종적으로 "짧은 세월이었지만 그 짧은 시간에 영국의 큰 별 헨리 5세는 광채를 뿜었습니다"(Epiligue cho.3-4)라고 헨리 5세의 영광을 간결하게 정리하면서 이후 그의 아들 헨리 6세 때 그 영광은 완전히 퇴색하여 프랑스도 잃고 영국도 피를 흘렸다는 역사적 사실을 환기한다. 이전까지와는 달리 코러스는 마지막 에필로그에서 마치 지금까지의 이야기에 스스로 싫증이 난 듯이, 혹은 삶 자체에 지친 듯이 다소 무성의해 보이는 간결한 논평으로 마무리한다. 그러나 그의 에필로그는 이전까지와 달리 14행의 소네트로 이루어져 있어 간결하고 평이한 서술 내용과 정교하고 인위적인 형식 사이의 불일치를 느끼게 한다. 에필로그가 내용과 형식의 불일치를 오히려 강조하면서 이제껏 관객들이 보아왔던 것을 파괴하는 것에 대해 가버(Marjorie Garber)는 한스

홀바인(Hans Holbein)의 유명한 그림인 〈대사들〉("Ambassador")을 예로 들어, 모든 것은 덧없고 헛되다는 것을 그림의 주인공들은 보지 못하지만, 관객들은 보게 되는 르네상스 텍스트의 특징이라고 파악한다. 가버는 그런 맥락에서 이 극은 "헨리 5세의 승리와 영광의 극인 동시에 또한 불안정과 덧없음에 관한 극"(185)이라고 규정한다.

이 극에 투영된 대영제국의 이념도 같은 맥락으로 접근할 수 있다. 헨리 5세 자신은 프랑스 원정 전쟁의 승리를 통해 영국의 옛 영광을 재현하고 영국이 주도하는 프랑스와의 항구적인 평화의 달성을 염원하였다. 헨리 5세 자신은 그러한 자신의 정치적 비전을 대영제국의 이념으로 의식화하지는 않는다. 그것은 일종의 시대착오에 해당하기 때문이다. 그러나 현재의 입장에서 과거의 재현을 조망하는 관객들은 헨리 5세의 정치적 비전과 성취에서 당대의 지향인 대영제국의 기획을 확인한다.

하지만 자신은 어디까지나 "이데올로기 메이커"(Walch 66)임을 관객들이 염두에 두기를 요구하는 코러스의 부정은 이중적이다. 그는 헨리 5세의 영광에서 관객들이 확인하는 대영제국의 이념 역시 또 다른 비판적 응시나 역사적 성찰의 대상일 뿐이라고 말하는 듯하다.

5

헨리 5세는 영국 역사상 가장 위대한 왕이 이끈 위대한 전쟁의 승리를 재현한 극이기에 비단 국가적 위기가 아니더라도 쇼비니즘을 유발하기 쉬운 극이다. 이 극은 영국적 애국주의가 당연시할 수 있는 대영제국 이념의 역사적 단초를, 즉 그 이념의 착상을 그리고 있다. 하지만 동시에 영국민의 집단적인 소망 충족으로서 대영제국의 이념은 본질적으로 정치적 이데올로기임을 환기한다. 그래서 이 극은 다른 사극들과는 달리 한 사람의 인간으로서 왕이 된다는 것의 의미를 탐구하기보다는 왕의 정치적 업적에 대한 정치적 평가에 주력한다. 그렇다고 영웅화, 신격화를 배제한 것은 아니지만 결정적 대목마다 인간적 평가보다는 정치적 해석의 여지를 남기는 서사를 취하고 있다. 세 단계로 구분되는 영웅 서사는 첫 단계에서 헨리 5세가 전쟁의 명분을 확립하고 내적 장애를 극복하는 과정을 그린다. 헨리 5세는 배신자를 색출하고 처단하는 일련의 과정에서 전지전능한 군주로서 신격화되는데, 그리하여 그가 통치하는 국가는 마치 절대 계몽의 경지에 다다른 것처럼 그려진다. 그러나 그에 앞서 언급되는 폴스타프의 퇴장은 헨리 5세의 영광된 기억과 함께 묻어나오는 지울 수 없는 대항 기억의 존재를 환기함으로써 신격화의 이데올로기에 대한 비판을 성립시킨다. 원정 전쟁에 나서는 두 번째 단계에서 헨리 5세는 전쟁을 앞두고 불안에 떨고 있는 병사들과 소통을 시도하는 이상적 군주로 묘사되지만, 오히려 병사들과의 소통에 본질적 한계가 드러남으로써 신격화의 이데올로기적 성격을 암시한다. 이 극의 절정에 해당하는 아쟁쿠르 전투를 앞두고서 헨리 5세는 결정적 웅변으로 기적적 승리의 원동력인 국민 통합을 이룩한다. 하지만 대영제국의 이념이 구체화 된 그의 웅변은 결코 지역주의나 식민주의 이데올로기를 극복한 것이 아니라 오히려 그러한 이념을 은폐하는 스크린으로 작용하는 것을 확인할 수 있다. 헨리 5세가 승전을 마무리하기 위해 프랑스 공주에게 구애하는 마지막 장면에서는 언어 국수주의와 남성 쇼비니즘의 이데올로기가 대영제국 이념의 실현을 위해 삭봉하고 있음을 알 수 있다. 그리고 모디스의 에필로그는 헨리 5세가 프랑스 공주와의 결혼으로 이루려는 제국의 꿈은 역사적으로 실패했음을 냉정하게 지적한다.

셰익스피어의 헨리 5세 재현은 당대의 정치적 위기의식이 과거의 영광된 역사를 소환하여 거기에 미래에 대한 염원을 담은 서사라고 볼 수 있다. 달리 말해서 대영제국 기획의 연원을 헨리 5세의 역사적 성취로부터 찾아보는 작업이었다. 그러나 셰익스피어는 대영제국의 이념을 구성하고 있는 다양한 하부 이데올로기를 비판적으로 점검함으로써 영광된 과거의 기억을 불러내는 정치적 위기의식이 쇼비니즘으로 흐르지 않고 역사적 자기 성찰로 이어져야 하는 것이 아닌지 묻고 있는 듯하다. 대영제국의 이념 자체가 다양한 이데올로기 조작의 산물일 수 있음을 끊임없이 암시하는 이 극의 서사 자체에는 그런 불편한 물음이 분명 내포해 있다.

제5장

『심벨린』
세계주의 정체성 탄생을 위한 신화

그래 내가 죽음이란 놈을 찾아낼 것이다.

지금은 죽음이 브리튼 인들에게 더 호의적이니

나는 더 이상 브리튼 사람이 아니다. 여기 올 때 속했던 편으로

돌아갈 것이다. 나는 더 이상 싸우지 않을 것이다.

(5.3.74-77)

1

셰익스피어는 『심벨린』을 쓰면서 홀린셰드(Holinshed, ?~1580)의 『연대기』(*Chronicle*) 등을 참조했겠지만, 고대 브리튼 역사를 다룬 역사서들 자체도 여러 원전을 취사선택한 것인 만큼, 고대 브리튼 역사는 여전히 상상의 영역일 수밖에 없었다. 이에 셰익스피어는 심벨린 시대의 고대 브리튼 왕국이 당시 로마 제국의 침략을 물리치고 평화의 시대를 여는

상상을 전개한다. 아득한 옛날 영국 땅에 존재했던 브리튼 왕국이 로마 제국의 침략을 물리치는 이야기는 잃어버린 조상에 대한 향수를 자극하는 소재이기도 하겠지만, 바야흐로 대영제국의 태동과 관련하여, "브리튼 정체성"의 본질을 짚어볼 수 있는 시의적절한 소재였다.

셰익스피어가 이 작품을 쓸 무렵에는 스코틀랜드 왕인 제임스 1세가 우여곡절 끝에 영국의 왕으로 즉위함으로써 잉글랜드와 스코틀랜드 두 왕조가 통합되었다. 이를 계기로 제임스 1세는 스코틀랜드는 물론 웨일즈와 그리고 아일랜드까지 아우르는 소위 '대영제국'(The Great Britain)을 구상하고 있었다. 이런 정치적 상황에서 셰익스피어로서는 더 이상 '잉글랜드'(English) 헤게모니를 암암리에 주장하는 종래의 튜더 왕조를 위한 역사극을 쓸 수 없었을 것이다. 린다 우드브리지(Linda Woodbridge)에 따르면 『심벨린』(Cymbeline)은 "문화의 변화에 있어서 영국이 침략하지도 침략당하지도 않을 사회를 상상할 수 있었을 특권적 순간"(348) 동안 쓰였다. 우드브리지가 말하는 '특권적 순간'이란 영국이 바야흐로 섬나라 국가에서 제국으로 발돋움하면서 당당히 평화와 공존의 가치를 표방할 수 있는 시점을 의미한다.

다른 한편 당시 스코틀랜드 왕의 즉위가 역사적 당위가 되기 위해서는 오랫동안 외래 침략자들에 의해 억압되었던 선험적 브리튼 정체성의 재림이라는 신화가 필요했을 것이다(Maley 122-126). 하지만 올란도 패터슨(Orlando Patterson)에 의하면, "민족국가의 실체를 결코 발전시킨 적이 없는 영국에서 민족국가의 개념은 결코 유용한 것이 될 수 없었을 것이다"(67-68). 그렇기에 고래로부터의 신화적 전통에 뿌리를 둔 브리튼 정체성을 추적할 수도 없거니와 혹은 상상으로 동일시할 수 있다하더라도 새롭게 대두된 대영제국을 위한 정체성이 될 수는 없었을 것이다. 대신 셰익스피어는 대영제국의 성립에 합당한 세계주의 정체성을 모색한다. 이를 위해 셰익스피어는 장차 대영제국의 토대를 유추할 수 있도록 고대 브리튼 왕국이 로마 제국과의 전쟁에서 승리하여 새로운 평화의 시대를 주도하는 이야기를 전개하고 있다. 당시는 줄리어스 시저의 뒤를 이어 아우구스투스 시저에 의한 소위 팍스 로마나가 도래할 시기였는데, 셰익스피어는 전쟁의 승리와 평화의 주체를 전유하여 장차 팍스 로마나를 대신할 '팍스 브리타니카'(Pax Britanica)의 도래를 암시한다. 그리고 남녀 주인공에게 브리튼의 승리를 넘어 새로운 평화의 시대를 견인하는 역할을 부여함으로써 위대한 브리튼 정체성 회복의 신화라기보다 새로운 세계주의 정체성 탄생의 신화를 제시한다.

하지만 극은 역사극이 아니면서 역사적이기도 하고, 또한 동화가 아니면서 동화적이기도 하다. 시대 배경 또한 고대 브리튼이 되기도 하고 동시대가 되기도 한다. 이런 불일치와 통일성 결여의 이유를, 블룸(Harold Bloom)은 셰익스피어가 역사극에 싫증을 내면서 자신이 하는 작업을 패러디하고 있기 때문으로 파악한다(616-618). 특히 일련의 정체성 오인들은 그것들을 정교하게 풀어내는 마지막 인지 장면을 위해 작위적으로 설정되었다고 느끼게 할 정도이다. 그럼에도 불구하고 극은 주인공들의 정체성 혼란을 국가 정체성 혼란과 상응시킴으로써 그것이 새로운 국가 정체성의 모색 과정임을 암시하고 있다. 그렇기에 폴 인즈(Paul Innes)는 흔히 극의 결함으로 지적되는 그런 뒤죽박죽에서 "제국의 다른 자생적 개념 간의 깊은 긴장의 징후들"(16)이 읽힌다고 주장한다. 그런 징후들은 대영제국의 정체성을 둘러싼 혼란의 징후라고 볼 수 있는바, '잉글랜드' 헤게모니도 '브리튼' 정체성의 재림도 아닌, 즉 민족적 실체와의 동일시가 아닌 다른 동일시로의 전환에 따른 혼란의 징후들이라고 볼 수 있다.

지금까지의 문제 제기를 바탕으로 이 글은 극의 서사를 심벨린 왕국과 로마 제국 간 전쟁의 명분과 전쟁의 양상, 그리고 전쟁의 결과로 나누어 세계주의 정체성 탄생 신화가 어떻게 도출될 수 있는지 제시하고자 한다. 먼저 심벨린 왕국이 로마와 전쟁을 하게 되는 명분과 정황에 심벨린 왕국의 국가 정체성 혼란과 전도가 반영되었음을 분석하여 고대 브리튼 왕국이 대영제국의 기원으로 동일시될 수 없음을 밝힌다. 다음으로는 남녀 주인공이 전쟁에 연루되어 국가 정체성의 혼란을 겪는 양상을 분석하여 국가 정체성 자체가 선험적으로 주어지기보다 수행적으로 구성될 가능성이 제시된다는 것을 밝힌다. 마지막으로 그 결과 주인공들이 두 나라 간의 정복과 저항의 낡은 관계를 종식시키고 새로운 평화의 시대를 여는 데 결정적으로 기여하면서 심벨린 왕국에 귀속되지 않는 결말로부터 대영제국을 위한 세계주의 정체성 탄생의 신화를 읽고자 한다.

2

로마와의 전쟁에 돌입하기 전 심벨린 왕국은 전형적인 동화 속의 나라처럼 보인다. 심벨린 왕은 무남독녀이자 왕위 계승권자인 공주 이모진(Imogen)을 새 왕비가 데려온 아들 클로튼(Cloten)과 혼인시켜 왕조의 세습을 강화하려 한다. 하지만 공주는 무능하고 사악하기까지 해 국민의 지탄을 받는 클로튼 대신 심벨린 왕국에서 이렇다 할 신분을 갖추지 못했지만, 어디모로 페이닌 지뒬을 지니고 있어 국민이 기대를 한 몸에 받는 포츠머스(Posthumous)와 결혼하려 한다. 극의 첫머리에 "마치 수수께끼 같은 텍스트처럼"(Thorne 177) 포츠머스의 신비한 내력 을 언급하는 첫 번째 신사에 따르면, "근본까지는 다 파악하지 못했으 나(1.1.28), 포츠머스는 과거 심벨린의 선왕 때 로마인들에 대항하여 싸 운 공으로, 사자로 태어났다는 뜻의 레오나터스(Leonatus)라는 별칭을 얻은 가문의 유일한 후예이지만 이제 그를 이끌어줄 가족이 전무한 가 운데 왕의 시종으로 양육되었다(1.1.30-54). 이렇듯 포츠머스의 모호한 내력과 미지의 운명은 장차 브리튼의 운명과 관련하여 그 의미가 풀려 야 할 신탁처럼 제시된다. 그럼으로써 포츠머스가 장차 나라를 구할 신화적 인물로 판명되리라고 짐작게 한다.

출신을 알 수 없는 사악한 계모 왕비와 그녀가 데려온 아들, 그리 고 그들에게 둘러싸인 무능한 왕, 그런 왕과 왕비에게 박해당하기에 국민의 동정을 받는 공주, 그리고 장차 그런 공주를 구출할, 내력이 완 전히 밝혀지지 않은 무명의 기사라는 인물 설정의 구도는 다분히 동화 적이다. 이런 유형의 동화는 흔히 늙고 무능한 군주가 세습제에 기반 을 둔 쇄국주의를 버리고 능력 있는 인재에게 문호를 개방하는 이야기 가 되기 쉽다. 그렇게 다분히 동화적 이야기는 심벨린 왕이 로마에 바 칠 조공을 거부하고 로마와의 전쟁을 선포하는 대목에서 갑자기 역사 극으로 변모한다. 마치 동화에 등장하는 가상의 나라처럼 여겨졌던 심 벨린 왕국이 고대 브리튼 국가로서 역사적 실체성을 부여받는 듯하다.

로마 제국의 대사인 카이어스 루시어스(Caius Lucius)는 자신이 심벨린 왕을 방문한 목적이 과거 줄리어스 시저가 브리튼 섬을 정복했을 때 심벨린 왕의 백부였던 캐시벌런(Cassibelan) 왕이 대대로 시저와 그 후계자를 위하여 삼천 파운드를 로마에 바치기로 하였음에도 최근 심벨린 왕이 이를 제대로 이행치 않기에 조공의 이행을 촉구하기 위해서라고 밝힌다(3.1.6-10). 이에 대해 심벨린 대신 왕비가 나서서 애초 조공을 바칠 때와 지금은 상황이 달라져 심벨린 왕국이 능히 로마의 침략을 막아낼 수 있노라고 반박한다.

폐하, 기억하시옵소서
선대 국왕 폐하들과 더불어 이 땅이야말로 천혜의 요새나
다름없다는 것을 말입니다. 넵튠의 사냥터나 다름없는 이 나라는,
이랑이 져 있고
길고 높은 나무숲으로 방책이 둘러쳐져 있으며 기어오를 수 없을
험준한 바위들과 포효하는 바다를 앞에 거느리고 있다는 사실을
말입니다.
또한 모래 늪은 적의 함대를 결코 용납하지 않을 터라 돛대 끝까지
빨아들이고 말 것입니다. 시저가 한 번 우리를 정복한 듯했지만
여기서는 그자 특유의 "왔노라, 보았노라
이겼노라" 따위의 허세를 부리지 못했단 말입니다.

· · · · · ·

그로 인해 기쁨에 찬 용맹을 떨치던 캐시벌런께서는, 원래
그분은 시저의 검을 꺾으려고 벼렸는데, 아, 변덕스러운

운명이여! 대신 그분은 군주의 도시 런던에 승리를 기뻐하는
불빛을 밝히게 하고 브리튼 백성들이 의기양양 개선의
행진을 하도록 했지요.   (3.1.16-33)

인구에 회자되는 시저의 정복 신화가 브리튼에서는 통하지 않는 허구
라고 반박하는 왕비의 결기는 자신을 마치 "애국자인 양 포장하려는
일종의 공허한 레토릭에 불과한 말"(박효춘 231)일 뿐이지만, 당대 관객
들의 애국심을 자극하는 한편, 영광스러운 선조에 대한 향수를 충족시
킬 수 있다. 그러나 그녀는 브리튼 왕비이기는 하지만 끝까지 이름이
주어지지 않아 그 정체를 알 수 없는 이방인이다. 게다가 사악해서 브
리튼 백성들의 지지를 결코 받지 못하는 인물이다. 그런 그녀가 브리
튼의 자존심과 국가 이성을 대변하는 사태는 옳지 않은 자가 옳은 자
리를 차지하고 있는 전형적인 정치적, 도덕적 전도에 해당한다. 플로
이드 윌슨(Mary Floyd-Wilson)에 따르면, 그처럼 정체가 모호하고 다중적
인 왕비와 그 아들은 "브리튼의 야만적 기원들을 동시적으로 재현하는
다중적 기록들에 거주하고 있다"(178). 왕비에게 새겨진, 반문명의 야만
은 장차 대영제국의 깃발 아래 브리튼 왕국들이 통합될 때 저항이 있
을 수 있음을 암시하기 위한 것처럼 보인다. 특히 왕비와 같은 거짓 지
도자가 표방하는 호전적 국수주의가 평화를 지향하는 범세계적 제국의
성립에 걸림돌이 될 수 있음을 경고하는 듯하다.
    왕비의 당당한 선언에 고무된 심벨린 역시 브리튼 최초의 왕이었
던 멀뮤티어스(Mulmutius) 폐하가 만든 국법이 시저의 검에 의해 유린
되었지만 이제 브리튼은 자신들의 힘으로 그 법을 회복하고 자유롭게

시행하겠노라고 선언한다(3.1.44-61). 이에 루시어스가 그럴 경우 벌어질 사태를 경고하면서 "폐하께 시저의 이름으로 전쟁과 파멸을 선언합니다"(3.1.66-67)라고 선전포고하자 심벨린은 자신이 한때 시저 휘하에서 기사 작위를 받은 속국의 왕일지라도 작금 속국들이 로마로부터 자유를 쟁취하기 위해 봉기하는 마당에 브리튼 역시 동참하는 것이 마땅하다고 주장한다.

> 그대의 시저가 짐에게 작위를 준 적이 있었지요.
> 젊은 시절 대부분을 그분을 받들며 지냈지.
>
> · · · · · ·
>
> 나는 자신들의 자유를 위해 판노니아 인들과 달마시아 인들이
> 지금 무장을 하고 있다는 것을 잘 알고 있소. 그러한
> 예를 보고도 잠자코 있다면 우리 브리튼 인들은 영혼도
> 없는 민족으로 보일 것이오. 시저는 우리가 그렇지
> 않다는 것을 보게 될 것이오.   (3.1.68-75)

이렇듯 왕비는 물론 심벨린 역시 정복당했던 고통의 역사는 외면한 채 영광의 역사만을 내세우면서, 전쟁을 치를만한 준비나 역량도 없이 안이한 정세 판단에 기대어 전쟁을 감행하려 한다. 심벨린은 속국들이 로마에 봉기하는 작금의 정세에 동참하지 않으면 "브리튼 인들은 영혼도 없는 민족으로 보일 것"이라고 주장하는데, 국수주의자들의 문제는 사실 타자가 그들을 열등하게 여기는 것이 아니라 그들이 그들 자신을 열등하게 여기는 데 있는 것이다. 그리고 그런 열등의식은 흔히 호전

적인 국수주의나 쇄국주의로 표출된다.

심벨린이 로마에 독립을 위한 전쟁을 선포하는 순간, 시저에게 작위를 빌고 그 휘하에 있었음을 상기히는 것 역시 그런 열등의시이 발로라고 볼 수 있다. 그뿐만 아니라 왕비 역시 브리튼 섬이야말로 천혜의 요새라는 것을 강조하기 위해서는 로마인의 신인 넵튠의 전유를 필요로 한다. 이런 전유의 예는 극 전체를 통해 브리튼 왕국이 로마와는 다른 켈트족의 나라임을 나타내는 경우가 없다는 점과 함께 브리튼 왕국이 마치 로마의 이데올로기적 우주에 편입된 나라처럼 보이게 한다. 그렇기에 심벨린 왕과 왕비가 고대 브리튼 왕국의 영광스러운 역사를 환기하고 있음에도 불구하고, 고대 브리튼 왕국과 현대 영국 사이에 역사적 단절이 두드러지면서, 고대 브리튼 왕국이 현대 영국의 기원으로 동일시하기 어렵게 만든다.

이후 전쟁에 돌입하자 전쟁의 명분을 대변했던 왕비는 그녀의 아들 클로튼과 함께 실제로 아무 역할도 하지 못하고 퇴장당한다. 그럼으로써 전쟁은 그런 호전적 국수주의자들로부터 탄압받고 배척당했던 사람들의 몫이 된다. 자의든 타의든 심벨린 왕국으로부터 추방되어 그 왕국에 의무도 빚도 없는 사람들이 마치 조국에 의해 호명된 듯 전쟁에 뛰어들어 브리튼의 승리를 견인하게 된다. 그리하여 한 나라의 정체성이 마치 그렇게 조국에 고유한 자리를 갖지 못하는, 추방되거나 주변화된 사람들에게서 나타날 수밖에 없는 듯이 보인다. 즉, 브리튼의 잃어버린 정체성은 그렇게 회복되는 것처럼 보인다. 하지만 포츠머스와 이모진이 전쟁에 연루되어 전쟁을 수행하는 양상은 조국에 의한 호명과 거리가 있으며, 국가 정체성 자체가 때로는 필요에 따라서, 때로는 우연에 의해 수행적으로 구성될 수도 있음을 입증한다.

3

　　남녀 주인공 모두 자신의 결혼으로 인해 조국으로부터 추방되거나 스스로 추방을 선택함으로써 조국을 억압의 장소로 경험하게 된다. 포츠머스는 심벨린으로부터 수차례에 걸쳐 근본 없는 떠돌이를 의미하는 "거지"로 규정되는 수모를 당한 끝에 추방되었다. 그런 억압과 수모에도 불구하고 이모진이 있는 한 그에게는 돌아가 섬겨야 할 조국이 있었다. 하지만 그가 이탈리아인 이아키모(Jachimo)의 교묘한 술수에 말려 아내의 정조를 시험하는 내기에 응하여 아내의 부정을 확인하는 순간 이제 그는 돌아가야 할 조국을 상실하고 만다. 그리하여 로마에서 무국적자나 다름없는 삶을 살던 그는 로마와 브리튼 간에 전쟁이 벌어지고 하인 피사니오(Pisanio)가 이모진을 살해한 증거로 보낸 그녀의 피 묻은 옷 조각을 들고 나타나자, 브리튼과 로마 그 어느 편을 위해서도 아닌, 오로지 아내를 위한 속죄의 전쟁을 수행하겠노라고 선언한다.

> 제가 이리로 달려온 것은 이탈리아 신사들 속에 끼어서
> 내 아내의 나라에 맞서 싸우기 위해서입니다.
> 브리튼이여, 내가 그대의 여주인을 죽인 것만으로도 충분하니
> 염려 말지어다. 평화여, 나는 그대에게 어떤 상처를 입히지

않을 것이오. 그러니 하늘이시여 저의 목적을 끝까지 들어주시오.

저는 이 이탈리아 관복을 벗고 브리튼 농부

차림의 옷을 입겠습니다. 그러고서는

함께 온 같은 편이었던 이탈리아군에

맞서 싸울 것입니다. 이모진, 그대를 위해서

나는 죽으려 하오.   (5.1.17-26)

로버트 온스타인(Robert Ornstein)은 포츠머스의 이런 도덕적 깨달음은 너무나 갑작스럽고 예기치 않은 것이라서 설득력이 떨어지는 데다가 이미 이모진을 용서하고 그녀를 살해한 것을 회개하는 마당에 속죄의 전쟁 순례를 하는 것이 극을 멜로드라마로 이끈다고 비판한다(208-210). 그러나 이 대목에서 우리는 포츠머스의 느닷없는 참전 결정을 조국에 의한 호명이란 측면에서 접근할 필요가 있다. 브리튼 왕국의 공주를 살해한 그로서는 이제 브리튼은 돌아갈 수도 돌아가야 할 의미도 없는 조국이 되었다. 그럼에도 전쟁은 그가 어쩔 수 없이 브리튼을 택할 수밖에 없게 만든다. 그의 추방을 견디도록 해준 대의가 상실되었음에도 적국과의 전쟁은 그에게 선택을 강요하고 그는 옳은 선택을 할 수밖에 없었던 것이다. 그가 이모진을 "브리튼의 여주인"으로 동일시한다면 이는 조국 브리튼이 이모진을 매개로 그를 호명한 셈이 된다. 그러나 다른 한편 그의 참전은 왕비나 심벨린 왕이 표방하는 이념, 즉 로마로부터 독립이라는 국가 이데올로기에 의해 호명된 것이라고 보기 힘들다. 포츠머스 자신이 이모진을 살해한 행위가 브리튼 왕국의 후계를 끊는 대역죄에 해당하는 것으로 인식하고 그 부채를 갚아야 한다는 의무감에 사로잡혀 참전했다면 국가에 의한 호명이 그렇게 작용한 것으로 볼 수 있다. 하지만 그가 오로지 이모진을 위해서 죽겠다고 할 때 이모진이 곧 조국과 동일시된다고 볼 수 없으며, 오히려 국가 이데올로기에 의한 호명의 간극을 표시하는 것으로 느껴진다. 이것은 이후 그가 오로지 이모진을 위해 죽겠다는 일념으로 수시로 진영을 바꾸는 자신만의 전쟁을 수행하는 것에서 확인된다.

그는 오로지 죽기 위해서 싸우는, 일종의 전쟁 기계로 자신을 던짐으로써 브리튼의 승전에 결정적으로 기여한다. 그는 일개 브리튼 농부의 옷을 입고 죽음을 두려워하지 않고 싸움으로써 로마 귀족들의 사기를 꺾어 결국 브리튼의 승리를 견인한다. 그런 후 그는 브리튼 군에 의해 처형당해야만 자신의 죄에 대해 속죄할 수 있다고 하면서 로마 군복을 입고 브리튼 군의 포로가 된다. 그의 모든 행위는 어쨌든 브리튼에 대한 부채 의식에서 비롯된 것이고 그리하여 브리튼을 위해 목숨 걸고 싸웠기에 억압되었던 브리튼의 선험적 정체성이 도래한 것이라고 볼 수도 있다. 그러나 최종적으로 브리튼의 포로가 되기 전, 오로지 죽기 위해 싸울 뿐인 그에게 국가 정체성 자체는 별 의미가 없어 보인다.

이모진의 경우 포츠머스와 마찬가지로 남편과의 강제 이별, 그리고 이어지는 클로튼의 겁탈 위협 등으로 인해 조국을 박해의 장소로 경험하게 된다. 그리고 포츠머스가 브리튼의 변방인 웨일즈로 온다는 소식을 듣자 그와의 재회를 위해 탈주를 감행한다. 그녀의 탈주는 로마인에게 침범당한 브리튼 여주인의 침실을 버리고 미지의 새로운 곳에서 새로운 정체성을 모색한다는 의미가 있다. 그녀는 포츠머스가 서신을 통해 웨일즈의 밀포드 헤이븐 항에 있음을 알리자 "웨일즈가 얼마나 복된 땅이기에 그런 복된 항구가 있지"(3.2.59-60)라고 남편이 있는 곳은 어디라도 복된 곳이라고 감탄한다. 이어서 그녀는 피사니오가 남편이 자신을 부정한 여자로 간주하여 살해를 지시한 편지를 보여주었을 때 이제 어디에도 갈 곳이 없는 신세가 되었지만 그래도 브리튼을 떠날 결심을 한다. 이모진은 남편을 만날 기대를 안고 미지의 곳으로 탈주를 감행하지만, 남편으로부터 부정한 여자로 간주되어 여성으로서의 정체성이 상실된 것이나 마찬가지다. 그럼에도 불구하고 남편을 만나려는 일념으로 브리튼을 떠남으로써 그녀는 새로운 정체성을 모색하는 일종의 노마드를 수행하게 된다(심지영 541-543).

> 그러면 어디로 가야 하나? 태양이 브리튼에서만 빛나는
> 것은 아니겠지? 낮은, 그리고 밤은? 그것들은
> 브리튼에만 있는 것은 아닌가?
> 우리 브리튼은 세계라는 책 속의 일부처럼 보이지만,
> 그 안에 붙어 있는 것 같지 않아. 거대한 연못 속의 백조 둥지라
> 고나 할까.
> 그렇지만 브리튼 밖에도 사람들이 살고 있겠지.   (3.4.135-140)

섬나라 브리튼에 대한 이모진의 인식은 브리튼 섬이야말로 천혜의 요새임을 강조하면서 로마와의 전쟁을 불사하는 왕비의 국수주의적 태도와 대비가 된다. 그녀는 포츠머스와 결합할 수 있다면 그곳이 어디라도 상관없다는 순애보를 쓰고 있지만, 평자들은 브리튼 둥지를 벗어나는 모험을 열린 자세로 받아들이는 그녀의 태도에서 새로운 식민주의

맥락의 형성을 읽어내기도 한다. 대표적으로 윌리 멀레이(Willey Maley)는 그녀의 발언에는 영국이 절연된 섬인 동시에 제국의 맹아일 수 있다는 이중적 전망이 암시되어 있다고 주장한다(127-130).

그렇게 시작된 그녀의 웨일즈 여정은 피사니오가 가르쳐준 밀포드 가는 길을 묻기 위해 두 거지를 만난 에피소드(3.6.1-7)를 제외하고는 우연히 어릴 적 헤어졌던 오빠들을 만나는 동화가 된다. 지치고 굶주린 그녀는 허기를 면하고 피신할 곳을 찾던 중 오빠들이 거주하는 산악 동굴에 들어가게 되고 거기서 그녀를 따뜻하게 대해주는 오빠들과 조우한다. 오빠들의 문명인다운 태도에 감동한 그녀는 "아, 내가 그간 들었던 이야기는 다 거짓이구나. 궁궐 사람들은 밖의 모든 사람이 야만인이라고 했었지. 오 체험이여 네가 그 말이 거짓임을 증명하는구나"(4.2.33-35)라고 토로한다. 사실 두 왕자는 산악 지대에서 사냥을 하면서 짐승과 다름없는 거친 삶을 살고 있지만, 그들은 심벨린의 처사에 불만을 품은 벨라리어스(Bellarius)에 의해 납치된 이래 그에게 궁정 교육을 받았다. 그래서 그들은 남장한 이모진이 구현하는 여성스러운 문명의 경지를 이해하면서 화답할 수 있었다. 노래와 요리, 독서 등으로 그들의 마음을 사로잡는 이모진의 역할에 대해 볼링(R. J. Boling)은 "그녀가 웨일즈의 동굴 거주자들에게 그들의 자생 문화를 영국화하는 특사처럼 행동한다"(55)라고 분석하는데, 그녀의 탈주가 전체적으로 식민주의적 맥락을 형성하는 면이 있는 만큼 그녀에게서 이상적인 식민주의자의 면모를 읽을 수도 있을 것이다.

이모진이 브리튼 영토의 경계에 거주하는 소위 부랑인들에게서 문명인의 예의범절과 사람 된 도리를 발견하고 그에 상응하는 수준 높은 문명인의 교류를 할 수 있는 반면, 그녀를 응징하기 위해 웨일즈에 당도한 클로튼은 그들을 천한 부랑아들로 간주하고 공권력으로 제압하려 한다. 클로튼은 귀네리어스(Guiderius)와 낮낙뜨리사 사신의 시위를 내세워 천한 산악 부랑인을 제압하려 한다. 그런데 그는 아이러니하게도 포츠머스의 누더기를 걸치고 있다는 사실을 망각하고 "이 천한 악당 놈아, 내 옷을 보면 내가 누군지 모르겠느냐?"(4.2.80)라고 외친다. 그가 포츠머스의 누더기를 걸친 이유는 거지나 다름없는 포츠머스에게 이모진을 빼앗긴 데 앙심을 품어 그의 누더기를 입고 이모진을 겁탈하기 위해서이다. 하지만 귀데리어스의 "유감이구나. 너의 태도는 너의 신분답지 못해 보이는구나"(4.2.93-94)라는 대꾸처럼, 이 순간 포츠머스의 누더기는 바로 보잘것없는, 거지같은 클로튼 자신의 본 모습을 나타낼 뿐이다. 그리하여 클로튼은 귀데리어스에게 야비한 산적 취급을 받고 참수당하고 만다. 포츠머스에 대한 열패감을 그의 천한 누더기에 대한 기이한 집착으로 표출했던 클로튼은 그 누더기에 의해 응징당하고 만 셈이다. 그렇게 심벨린 왕국을 침범한 이방인은 거짓으로 브리튼의 주인 행세를 하며 브리튼을 파멸로 몰아가려다가 사필귀정으로 진짜 브리튼의 주인을 만나 응징당한 것이다.

이후 이모진이 포츠머스의 누더기를 걸친, 목이 없는 클로튼의 시신을 발견하지만, 그녀는 시신을 포츠머스로 오인한다. 그녀의 오인은 개연성이 떨어지기는 하지만 바야흐로 전장으로 변한 웨일즈가 목 없는 시체들이 출몰하는, 즉 개인의 정체성은 물론 국가 정체성마저 혼란스러워지는 전장이 되었음을 나타낸다. 그렇게 이모진의 오인을 유발한 포츠머스의 누더기는 클로튼에게 작용했던 것 이상으로 이모진에게도 거의 주술적으로 작용하여 그녀를 전쟁으로 끌어들인다. 브리튼 왕국의 공주로서 유일한 왕위 계승권자임에도 그녀에게는 두 나라 사이의 전쟁에 대한 전망이 주어지지 않았다. 그런 그녀가 조국이 아닌 남편 포츠머스의 옷에 의해 전장으로 호출되는 것은 포츠머스의 경우와 마찬가지로 조국과의 동일시에 간극이 발생했음을 의미한다. 남편의 죽음은 그녀를 불가피하게 전장으로 끌어들이는데, 삶의 목표인 남편을 잃은 그녀에게 브리튼과 로마의 구분 따위는 별 의미가 없어 보인다. 그래서 그녀는 목 없는 시체가 출몰하는, 즉 정체성 혼란의 장인 전장의 일부가 되고자, "오! 그대의 붉은 피로 나의 창백한 뺨에 색칠해주세요. 그러면 우리가 더욱 무섭게 보이겠지. 우리를 우연히 발견하는 사람에게 말이죠"(4.2.328-331)라고 전장의 병사와 같은 모습으로 변신하여 클로튼의 시체 위로 쓰러진다.

이후 루시어스가 전장의 병사 모습을 하고 쓰러져 있는 이모진을 발견하고 이름을 묻자 그녀는 피델레(Fidele)라고 답한다. 이에 루시어스는 "그대의 성격을 나타내는 이름이구나. 너의 이름은 그대의 충실함에 잘 맞는 것 같다"(4.2.380-381)라고 감탄하면서 그녀를 자신의 시종으로 삼겠다고 한다. 이모진은 그의 분부를 따르기 전에 죽은 상전을 제대로 매장하는 마지막 도리를 다하게 해달라고 청함으로써(4.2.388-393), 전쟁의 야만과 폭력이 파괴해온 문명과 인간의 도리를 일깨워준다. 그리하여 루시어스로 하여금 "내 주인이기보다는 차라리 너의 아버지가 되어주마. 친구들이여, 이 청년이 우리에게 인간의 의무에 대해 가르쳐주었소"(4.2.395-397)라고 토로하게 한다. 이모진이 라틴 이름을 택하고 루시어스가 그녀의 양아버지가 됨으로써 그녀의 국적은 브리튼이기도

하고 로마이기도 한, 국가 정체성의 혼란을 초래한다(Mikalachki 319). 물론 이모진의 오인에서 비롯된 이런 사태는 최종 인지 장면을 위한 우스꽝스러운 트릭에 불과할 수도 있지만, 포츠머스의 누더기가 야기하는 일련의 정체성 혼란에는 이렇듯 국가 정체성의 혼란이 반영되어 있다.

두 주인공이 양 진영을 넘나들면서 국가 정체성의 혼란을 경험하는 반면, 두 왕자는 잊고 있었던 브리튼 정체성을 깨닫게 됨으로써 브리튼 왕국의 후계자로 복귀한다. 벨라리어스와 두 왕자는 그들의 삶의 터전이 전장으로 변함으로써 양 진영으로부터 적으로 간주될 위험에 처한다. 벨라리어스는 귀데리어스가 클로튼을 참수함으로써 자신들이 반역자로 몰리게 된 이상, 결코 브리튼을 위해 싸울 수 없으니 더 높은 산으로 도피할 것을 종용한다. 하지만 귀데리어스는 "그렇게 사느니, 죽는 게 더 낫겠어요, 제발 아버지, 우리 군대에 들어갑시다"(4.4.30-31)라고 반박한다. 더는 물러설 곳도 없이 양자택일에 내몰린 그들이 조국을 위한 전쟁에 뛰어들게 되는 '올바른 선택'에 대해 벨라리어스는 선험적인 조국애의 회귀에 감동하면서 그들과 운명을 함께하려 한다.

> 만일 너희들이 조국의 전쟁터에서 전사한다면, 바로
> 그곳이 또한 내가 누울 침대이니 거기에 누울 것이다.
> 앞서가라, 앞장서. 시간이 오래 걸린 것 같구나. 그들의 피가 스스로
> 끓고 끓다가, 비로소 분출되어 왕자다운 천품이 드러나겠구나.
>
> (4.4.49-53)

벨라리어스는 왕자들의 참전을 조국에 의한 호명으로 인식하지만 그런 호명이 천민이나 진짜 부랑아들에게는 결코 일어날 수 없고 태생이 왕자였기에 당연했던 것으로 믿는다.

그렇게 참전하게 된 두 왕자와 벨라리어스는 좁은 길에서 지형의 이점을 이용하여 물러서지 않고 수많은 로마군을 무찌름으로써 브리튼의 승전을 견인하는 전쟁 영웅이 된다. 양 진영을 넘나들면서 전쟁을 관찰할 수 있는 위치에 있게 된 포츠머스의 보고에 의하면 두 왕자는 "도망병들을 향해 '우리 브리튼의 사슴은 도망치다 죽지만, 브리튼의 사나이는 도망치지 않는다'고 외쳤다"(5.3.24). 두 왕자는 일개 무명용사로 참전하여 결정적인 순간 자신들을 브리튼과 동일시함으로써 브리튼을 구한 영웅이 될 수 있었다. 그러고는 당연히 그들의 신분이 밝혀지고 그들은 심벨린 왕국의 정통 후계자로 복귀하게 된다. 그래서 그들이 심벨린 왕국으로 복귀하는 것은 "잃어버린 브리튼 정체성 회복의 알레고리로 읽도록 유도한다"(Redmond 299). 물론 두 왕자의 복귀는 그동안 왕비와 그녀의 아들 클로튼 같은 이방인들에 의해 찬탈당한 브리튼의 정체성을 복원하는 의의가 있다. 그렇지만 두 왕자는 전쟁에 임하기까지 자신들을 조국과 동일시하는 조국애의 화신은 아니었다. 그들은 아비라거스(Aviragus) 말처럼 "그렇게 비천한 무명인으로 살아남아야 하는"(4.4.42-43) 수치에서 벗어나고자 하는 열망으로 전쟁에 참전했다. 이는 그들의 조국애가 선험적이기도 하지만 전쟁의 수행을 통해서 구성되는 측면이 있음을 의미한다. 두 왕자가 전쟁을 통해 용맹한 브리튼 인으로 거듭날 수 있었던 것은 벨라리어스가 믿듯이 그들이 그런 천품을 지녔기 때문이기도 하지만, 그에 못지않게 웨일즈의 산악 지대라는 척박한 환경에서 강건하게 양육되었기 때문이기도 하다. 즉, 두 왕자의 경우는 민족 정체성이 선험적으로 주어지는 것이기도 하지만 물적 조건 속에서 후천적으로 형성되는 것이기도 하다는 것을 입증한다. 이는 장차 대영제국이 선험적 민족 정체성을 앞세우는 국수주의를 극복하고 식민 국가들을 통합하기 위한 유효한 전망일 수 있다.

반면 포츠머스의 경우 국가에 의한 호명이 결코 벗어날 수 없는 대타자의 호명일 수는 없음을 입증하는바, 상황에 따라 브리튼과 로마 진영을 선택함으로써 국가 정체성이 수행적으로 구성될 수 있음을 보여준다.

> 그래 내가 죽음이란 놈을 찾아낼 것이다.
> 지금은 죽음이 브리튼 인들에게 더 호의적이니
> 나는 더 이상 브리튼 사람이 아니다. 여기 올 때 속했던 편으로
> 돌아갈 것이다. 나는 더 이상 싸우지 않을 것이다
>
> ......
>
> 이 세상에서 목숨을 지키고 싶지도 않고,
> 다시금 지탱해 가고 싶지도 않으니 어느 쪽
> 편에서든 나의 목숨을 버리면 되는 것이니,
> 어떻게 해서든지 이모진을 위해 빨리 끝내고 싶구나. (5.3.74-83)

앤드류 에스코비도(Andrew Escobedo)에 의하면, 이 대목에서 포츠머스는 "모든 국가적 정체성의 수행적 차원을 긍정하지만, 또한 브리튼과 로마로부터의 거리를 암시하는 것처럼 보인다"(83). 오로지 아내에게

속죄하고 싶어서 죽고자 싸우는 포츠머스의 전쟁은 국가주의에 의한 동원의 경우가 아니기에 자신의 필요에 따라, 또는 우연의 결과로 진영을 넘나들면서 수행될 수 있다. 그 결과 그는 제국 로마의 정복욕과 그에 맞서 왕비가 표방했던 식민국의 호전적 국수주의가 빚어낸, 반복되어온 야만적 살육의 고리를 끊을 수 있는 미래를 맞이하게 된다. 그가 만일 브리튼에 의해 호명되어 싸웠다면, 즉 두 왕자처럼 오로지 위대한 브리튼 전사가 되고자 했다면 대 평화의 시대를 여는 의미 있는 시작을 하지 못했을 것이다.

4

브리튼의 최종 승리와 함께 꼬이고 꼬였던 사연들이 길고 긴 인지의 과정을 통해 풀리게 된다. 그 과정에서 극은 첫머리에 풀려야 할 암호처럼 제시되었던 포츠머스의 내력과 그의 운명의 비밀을 기이하고 우스꽝스럽게 풀어낸다. 포츠머스가 소원대로 브리튼 군의 포로가 되어 처형을 기다릴 무렵 그의 가족 유령들이 출현하여 주피터 신에게 포츠머스가 억울하게 죽어서는 안 된다며 그를 살려 정의를 구현해달라고 탄원한다. 그들의 탄원에 대해 주피터는 독수리를 타고 천둥 번개 속에서 직접 하강하여, 포츠머스야말로 자신이 가장 사랑하는 인간이기에 그에 합당한 운명이 기다리고 있을 것이라고 화답한다. 그러고는 포츠머스의 가슴에 서판을 두면서 "거기에는 그의 전체 운명에 대한 짐의 기쁨이 담겨있느니라"(5.4.109-110)라고 해석의 과제를 던지고는 하늘로 올라간다. 이런 신탁은 포츠머스에게 신화적 인물의 위상을 부여하기 위한 것이지만, 주피터가 느닷없이 인간 세계에 나타나는 설정은 아무래도 희극적 해결을 위한 데우스 엑스 마키나(deus ex machina)에 다름 아닌 것처럼 보인다.

포츠머스에게 남겨진 서판을 해석하는 역할이 아첨꾼 예언자 필라모너스(Philharmonus)에게 맡겨지는 것은 주피터의 신탁 권위를 훼손하는 효과를 자아낸다. 루시어스를 따라온 그는 처음 주피터의 새인 독수리가 습한 남쪽에서 서쪽으로 날아와서 햇빛 속으로 사라지는 계시를 받았는데 이는 로마군이 승리한다는 징조라며 루시어스에게 아첨하였다. 하지만 전쟁의 결과가 그의 예언과 반대가 되자 이번에는 심벨린 왕을 기쁘게 하는 예언을 한다. 그는 포츠머스의 가슴에 남겨진 서판의 글귀를 해석해보라는 심벨린의 명을 받자, 포츠머스와 이모진의 결합을 비롯한 모든 것을 브리튼의 번영과 영광에 맞춰 기계적으로 해석함으로써 심벨린을 흡족게 한다. 예언에 고무된 심벨린은 전쟁의 명분도 잊은 듯, "카이어스 루시어스, 비록 승자는 우리이지만, 시저에게 그리고 로마 제국에 항복하겠소. 원래하던 조공을 지불할 것을 약속하오"(5.5.462-465)라고 선언한다. 그러자 예언자는 독수리가 날아오른 동일한 계시를 이번에는 시저 황제와 심벨린 왕의 화합을 뜻하는 것으로 해석한다(5.5.471-477). 심벨린은 그 해석을 지당한 것으로 여기며 런던으로 개선하여 평화를 선포하는 주체가 되고자 한다.

우리 모두 앞으로 나아갑시다.
우리 로마의 깃발과 브리튼의

깃발을 함께 사이좋게 흔들면서 런던 시내를

행진하여 통과하고, 위대한 주피터 신전에 가서

짐의 평화를 비준하고 축제를 베푸십시다.

거기 출발하라! 피 묻은 손을 씻기도 전에, 이처럼

평화롭게 싸움을 중지한 전쟁은 결코 없었도다.   (5.5.477-483)

심벨린은 전쟁에 승리한 브리튼이 새로운 평화의 시대를 주도할 것처럼 선언하지만 그가 로마에 조공을 계속 바치기로 결정하는 것이나 로마의 신 주피터에게 평화를 비준 받는 것 등은 다시 한번 심벨린 왕국이 로마의 이데올로기적 우주에 편입된 상태를 벗어나지 못한다는 것을 말해준다. 브리튼의 승리가 역사적 허구인 만큼 브리튼 주도의 평화도 당연히 역사적 허구일 수밖에 없다. 역사적으로 극 중 아우구스투스 시저의 시기는 분명 그리스도의 탄생을 가능케 했던 소위 팍스 로마나 (Pax Romana) 시대였다. 그런데 심벨린은 마치 새로운 평화의 시대가 브리튼으로부터, 그리고 자신으로부터 비롯된 것으로 선언한다. 에릭 하인쯔(Eric Heinze)에 따르면 심벨린의 "짐의 평화"(5.5.481)는 팍스 로마나의 역사를 삭제하는 것이다(391-392). 그런데 만약 새로운 평화의 시대가 그리스도의 시대라고 한다면 주피터 신은 이제 "그 재위 기간이 막 끝나가는 레임덕을 앓는 신"(Felperin 184)에 비유될 만하다. 그런 주피터에게 인준을 받는 심벨린의 평화 역시 장차 도래할 팍스 브리타니카 (Pax Britanica)의 기원에 해당한다고 볼 수도 없을 것이다.

새로운 평화의 시대를 선언하는 역할은 브리튼의 왕 심벨린에게 주어지지만, 평화가 가능하도록 반목과 살육의 전쟁을 멈추게 한 장본인은 포츠머스이다. 포츠머스는 자신을 고난에 빠트린 이아키모가 뉘우치면서 모든 진실을 밝히자 기꺼이 그를 용서한다(5.5.418-420). 모든 오해가 풀려 다시 이모진을 얻음으로써 포츠머스는 죽기 위한 전쟁 끝에 새로운 삶을 얻은 것과 다름없다. 이제 그를 전쟁으로 이끌었던 속죄의 정신은 승화하여 자신이 범했던 살육의 무의미함을 깨닫게 하고, 이를 바탕으로 관용과 평화의 실천을 가능하게 한 것이다. 그런 포츠머스의 처사가 심벨린의 마음을 움직여 "고귀한 판결이다! 짐도 내 사위로부터 관용을 배우겠다. 모든 자를 용서하노라"(5.5.421-423)라는 선언을 끌어냄으로써 일찍이 없었던 평화롭게 중지된 싸움이 가능했다. 하지만 심벨린의 평화 선언은 그의 조공 재개 결정과 마찬가지로 깊은 성찰과 각성의 산물이라기보다 승전에 들뜬 즉흥적 기분의 산물처럼 느껴진다.

평화의 견인차가 되기까지 포츠머스의 기구한 여정이 주피터 신이 총애하는 자의 운명이었음은 최종적으로 주피터 신이 그의 가슴에 남긴 서판의 글귀 해석으로 확인된다. 그 신탁의 결론이 "포츠머스는 그의 불행한 시기를 끝마치게 될 것이며, 브리튼에는 행운이 깃들어, 평화와 풍요 속에서 번영하게 되리라"(5.5.439-440)이기에 아첨꾼 예언자는 "사자 새끼", "한 줄기 부드러운 대기", "높이 솟은 삼나무", "잘려 나간 가지" 등의 상징을 그럴듯하게 결론에 꿰어 맞춤으로써 심벨린 왕을 흡족하게 한다(5.5.441-455). 예언자의 문자적 해석에서 주목할 만한 내용이 있다면 이모진에 관한 것인데, 그녀를 포츠머스는 물론 심벨린과 모든 사람을 포용하는 "가장 부드러운 공기"(5.5.449)로 해석한 것은 그녀가 모든 사람에게 미친 영향을 고려할 때 적절한 것이다.

그러나 그녀는 오빠들을 되찾게 됨으로써 왕위 계승권을 상실한다. 하지만 오로지 포츠머스를 만나려는 일념으로 심벨린 왕국에서 탈주를 감행했을 때 그녀는 이미 왕위 계승권 따위는 염두에 두지 않았다. 포츠머스 역시 자신의 조국이기보다 그녀의 조국을 위한 속죄의 전쟁에 자신을 바쳤을 뿐이다. 이미 브리튼과 로마를 넘나드는 편력과 노마드를 감행했던 두 주인공이 최종적으로 심벨린 왕국으로 복귀하지 않는 것, 즉 심벨린 왕국의 후계자가 되지 않는 결말에 대해 에스코비도(Andrew Escobedo)는 "영국의 '뿌리 없는' 국가 정체성의 모델을 의미하는 것"(63)이라고 분석한다. 나아가 그들의 새로운 노마드, 새로운 시작의 암시가 바야흐로 세계주의 정체성의 탄생을 의미한다고 할 때 셰익스피어는 그런 신화에 걸맞은 이름을 그들에게 부여했음을 알 수 있다.

이모진은 전통적으로 브리튼 왕국의 시조로 알려진 브루투스(Brutus) 아내의 이름으로 알려져 왔던 만큼 영국의 잃어버린 모성적 기원을 의미할 수 있다. 또한 모든 것을 포용하는 부드러운 대기에 비유하는 것은 모성적 안식처의 본령을 상징한다고 볼 수 있다. 그런 그녀 스스로 섬나라 브리튼 바깥으로 노마드를 감행함으로써 장차 섬나라 브리튼이 브리튼 제국으로 발전하는 역사적 당위를 표상하는 역할도 했다. 반면 포츠머스는 나중에 도래한 자를 뜻하는 만큼 브리튼 왕국을 정복한 게르만 선조는 물론 나아가 대영제국의 선조를 연상케 할 수도 있다. 하지만 대영제국의 선조로서 동일시할 수 있는 기원은 원래부터 없으며 원래의 뿌리를 찾고자 잃어버린 기원으로 돌아가는 것 자체가 그대로 잃어버린 기원을 구성할 뿐이며, 그러한 의미에서 언제나 기원이나 정체성은 소급하여 나중에 구성되는 것, 즉 도래하는 것인지도 모른다. 이는 바로 브리튼 정체성으로부터 세계주의 정체성으로의 전환과 관련하여 포츠머스의 이름이 의미하는 것이라고 볼 수 있다.

5

『심벨린』이 그리고 있는, 고대 브리튼 왕국이 아우구스투스 시저의 로마를 물리침으로써 브리튼이 주도하는 평화의 시대가 열렸다는 역사적 허구는 여러모로 당시 대영제국의 태동을 정당화하는 신화와 논리를 포함하고 있다. 위기에 빠진 조국을 구하는 영웅 신화는 흔히 국가와 민족 정체성의 확립을 위한 신화로 기능한다. 그런데 남녀 주인공의 신화가 반드시 위대한 브리튼 정체성 회복의 신화는 아니다. 셰익스피어가 그리고 있는 브리튼 왕국은 로마의 이데올로기적 우주에 편입된 나라로서 브리튼 정체성으로 동일시할만한 것을 구현하지 못하기에, 브리튼 정체성 회복의 신화는 모호할 뿐 아니라 성립하기 힘들기 때문이다. 이방인 왕비와 심벨린 왕의 경우가 입증하듯, 통상 한 나라의 정체성은 자신을 스스로 정당화하기 위해 공통의 뿌리나 피와 대지에 관한 신화를 동원하기 마련인데, 그럼으로써 배타적인 국수주의로 떨어지기 쉽다. 브리튼과 로마 간 전쟁의 의의는 바로 그런 호전적 국수주의의 시대착오적 패배와 함께 새로운 평화의 시대의 도래이다. 남녀 주인공의 신화는 전쟁의 그러한 의의와 맥락을 같이한다. 전쟁에 돌입하자 위대한 브리튼 정체성은 조국으로부터 부당하게 추방된, 그리하여 조국에 빚도 의무도 없는 사람들에게서 나타난다. 특히 심벨린의 잃어버린 두 왕자의 경우 위기에 빠진 조국이 그들을 호명함으로써 그들은 옳은 선택을 할 수밖에 없게 되고, 실종되거나 억압되었던 선험적인 브리튼의 정체성이 그들에게 회귀한다. 즉, 그들의 에피소드는 조국에 의한 호명이 성공하는 예를 구성한다.

하지만 남녀 주인공의 전쟁 로맨스는 국가에 의한 호명의 예외를 구성함으로써 세계주의 정체성 탄생의 가능성을 암시하는 신화가 된다. 그들은 자신들을 추방한 조국보다 더 숭고한 대상이나 가치일 수 있는 사랑을 위해 국적을 넘나드는 편력과 노마드를 실천한다. 포츠머스의 경우 그의 전쟁은 나의 조국을 위한 것이 아니라 내 아내의 나라를 위한 것이 될 수 있다. 이모진의 경우도 브리튼의 공주로서 조국에 의해 전장에 호출되지 않고, 남편에 의해, 남편을 위해 호출될 뿐이다. 그들은 필요에 따라, 때로는 우연의 결과로 두 진영을 넘나듦으로써 국가 정체성이 수행적으로 구성될 수 있음을 입증한다. 그렇게 조국에 의한 호명, 즉 브리튼 정체성에 갇히지 않음으로써 그들은 정복과 저항의 국가주의가 빚어내는 야만적 살육의 참상을 목도하면서 문명과 평화의 대안적 가치를 제시할 수 있게 된다. 그리하여 브리튼이 주도하는 평화의 시대가 도래하는바, 팍스 로마나의 역사를 브리튼이 전유하는 역사적 허구는 물론, 팍스 로마나를 대신할 팍스 브리타니카의 도래의 당위를 위한 것이다.

최종적으로 두 사람이 심벨린 왕국의 후계자가 되지 않고 미지의 곳에서 새로운 시작을 하는 운명을 그들의 이름에 새겨진 상징적 의미와 결합할 때 세계주의 정체성 탄생의 신화가 성립된다. 브리튼의 어머니 대지나 모성적 기원을 상징하는 이름의 이모진이 브리튼 섬을 벗어나는 노마드를 감행한 것은 전 세계로 뻗어나갈 대영제국의 지향을 암시하고 있다. 그런 이모진과 나중에 도래한 자를 의미하는 포츠머스의 결합은 대영제국의 성립을 위한 적절한 신화에 값한다고 할 수 있다. 무엇보다도 셰익스피어가 대영제국의 성립과 관련한 세계주의 정체성 탄생의 신화를 도출하면서 암시하는 것은, 비역사적 신화를 추적하여 위대한 조상을 찾아내고 동일시하는 것이 아니라, 추적을 통해 그런 조상이 없음을 확인하고 새로운 동일시의 원칙을 모색해야 한다는 것과 그리하여 자연스럽게 세계주의·보편주의를 지향해야 한다는 것이 아닐까 싶다.

제6장

『헨리 8세』와 종교개혁
'성모 마리아'에서 '여왕 폐하'로

오, 추기경,

강건한 남자가 그토록 달콤한 잠자리의 벗을 떠나는 일이

어찌 가슴 아픈 일이 아니겠소. 그러나 양심, 양심이 문제요!

오, 그건 너무나 연약한 곳이오, 그래서 나는 그녀를 떠나야만 하오.

(2.2.139-142)

1. 서론

헨리 8세는 아마도 영국 왕들 가운데서 가장 빈번하게 영화나 드라마의 소재가 되는 왕일 것이다. 그만큼 헨리 8세의 치세는 역사적 전환의 기운과 함께 그의 종잡기 힘든 성격이 빚어내는 극적인 사건들로 넘쳐났다. 그런 헨리 8세 시대에 일어났던 가장 의미 있는 역사적인 사건은 아마도 종교개혁일 것이다. 셰익스피어가 마지막으로 시도

한 역사극인『헨리 8세』역시 영국의 종교개혁을 둘러싼 갈등을 파헤치면서 그 역사적 의의를 조망한다.

셰익스피어는 자신의 신앙이나 종교를 어느 작품을 통해서도 구체적으로 드러낸 적이 없다고 해도 과언이 아닌데, 그 점은 종교개혁의 시대를 다룬『헨리 8세』에서도 마찬가지다. 패터슨(Annabel Patterson)에 의하면 "당시 다른 작가들이 제네바와 로마 사이에서 흔들리고 있었던 반면, 셰익스피어는 종교적 논쟁에 흔들리지 않고 세속적 인본주의자의 입장에서 인간성의 더욱 넓은 대양을 항해했다"(162). 이는 셰익스피어가 종전 역사극의 기조를 유지하여 헨리 8세 당시의 종교개혁을 종교의 관점이 아닌 정치와 역사의 관점에서 다루고 있다는 것을 의미한다.

셰익스피어는 이전 역사극들에서 영국 왕들의 인격과 왕권의 문제 등을 다루는 가운데서도, 영국이 중세 가톨릭 국가에서 근대 국민국가로 이행되는 도저한 흐름을 투영하였다.『헨리 8세』는 이전의 역사극과 달리 무장봉기나 맞서 싸우는 군대, 살인이나 전투에 의한 최종 결정이 없는, 즉 시체가 없는 역사극이다. 그런 점에서 중세를 특징 짓는 폭력적 정치 게임의 시대가 지나갔음을 기록한 극으로 간주하기도 한다(Margeson 33). 또한『헨리 8세』는 셰익스피어의 마지막 역사극으로서, 이전 역사극에 투영된 역사적 이행의 완결에 해당하는 비전을 제시하는데, 헨리 8세 시대에 종교개혁의 혼란을 거쳐 엘리자베스 공주가 탄생함으로써 장차 그녀의 치세에서 영국이 위대한 국가로 발돋움할 것이라는 신탁으로 마무리된다.

다른 한편 극은 "모두가 사실"(*All Is True*)이라는 부제를 택함으로써, 과연 무엇이 역사적 사실인가라는 근본적 물음을 제기한다. 셰익스피어는 이에 대해 극의 프롤로그에서 "이 숭고한 이야기에 등장하는 인물들을, 여러분, 살아 있는 인물로 보고 계신다고 생각해주십시오" (Prologue 25-27)라고, 역사적 인물들이 그렇게 살았음 직한 생생한 삶을 무대 위에 재현함으로써 역사극은 사실을 말하는 것임을 암시한다. 그렇다면 셰익스피어가 재현하고 있는 역사적 인물들의 생생한 삶이 증언하고 있는 종교개혁의 역사적 실상은 무엇인가? 『헨리 8세』가 다루고 있는 시대는 분명 종교개혁의 시대이지만 극은 결코 종교개혁과 관련한 역사적 사실이나 사건을 직접 다루지 않는다. 반면 세속적 인본주의의 관점에서 종교개혁의 다양한 양상을 포괄할 수 있는 '순교'나 '양심' 같은, 핵심적 이슈를 중심으로 역사적 인물들의 삶의 서사를 구성하여 영국 종교개혁의 실상을 그려낸다.

지금까지의 문제 제기를 바탕으로 두 번째 장에서는 울지(Wolsey)와 캐서린의 영광과 몰락의 드라마를 통해 이미 도도하게 진행되고 있었던 종교의 세속화와 영국 중심주의가 종교개혁을 촉발하는 양상을 다룬다. 특히 그 흐름에 휩쓸려 몰락한 울지가 최후를 맞이하며 희구하는, "축복받은 순교자"의 이념이야말로 아이러니하게도 종교의 세속화가 빚어낸 것임을 분석한다.

다음으로는 종교개혁을 촉발한 헨리 8세의 양심의 가책은 프로테스탄티즘과는 무관하고, 종교개혁이 진보나 개혁에 대한 의식 없이 추진되었으며, 그런 만큼 구교에서 신교로의, 직접적인 이행이 불가능함이 어떻게 그려져 있는지를 살펴본다. 그리고 그런 혼란 상태가 헨리 8세가 여전히 "성모 마리아"를 부르면서 프로테스탄트 성직자인 크랜머(Cranmer)를 축원하는 일화에 집약되어 있음을 분석한다.

마지막으로 크랜머가 우여곡절 끝에 탄생한 엘리자베스 공주의 미래를 예언하는 신탁을 분석한다. 특히 크랜머가 동원한 처녀 불사조 신화에 장차 영국민이 '성모 마리아' 대신 '여왕 폐하'를 찾는 기도를 할 것이라는 유추가 담겨있음을 분석하여, 루터의 종교개혁과는 다른 방향으로 진행되었던 영국의 종교개혁에 대한 셰익스피어의 정치적 전망을 살펴본다.

2. 축복받은 순교자

요크 추기경인 울지는 헨리 8세 치세의 전반부 동안 그의 총애를 받으며 국사 전반을 담당했던 최고위 가톨릭 성직자요 정치가였다. 영국의 종교개혁은 그런 울지의 몰락과 더불어 시작하기에 셰익스피어는 그의 몰락 서사에 종교개혁의 주요한 원인이나 양상을 담아낸다. 극은 그의 권세가 한창이던 금포 평원 사건에서부터 시작한다. 금포 평원이란 이름은 1520년 영국의 헨리 8세와 프랑스의 프란시스 1세(Francis I)가 두 나라 사이 중립 지대에서 평화 회담을 했는데, 두 왕과 수행원들의 화려한 성장으로 인해 마치 금포(錦袍)를 길게 펼쳐놓은 것 같다고 해서 붙여졌다. 셰익스피어는 이 사건을 첫 대목에 배치하여 종교개혁이 어떤 국가적 지향 속에서 이루어졌는지를 암시한다. 당시 현장에 있었던 노포크(Norfolk)의 보고에 의하면 그 화려한 스펙터클은 곧 영국의 영광된 미래였다.

오늘은 프랑스인들이

온통 번쩍이며, 이교도 신들처럼 금빛으로 단장하고서,

영국인들을 비춰주었습니다. 그리고 내일은

브리튼을 부유한 인도로 만들었습니다. 서 있는 모든 사람은

금광처럼 보일 지경이었습니다. 그들의 키 작은 시동들은 아기 천사

같았고

－온통 금빛이었습니다. (1.1.18-23)

인도를 탐하는 식민주의의 수사가 '이교도 신'이나 '천사' 같은 언어로
구성되는 이 대사는 종교의 언어를 빌려 세속적 이해관계를 표현하는
동시대의 전형적 담론의 한 예에 해당한다고 볼 수 있다(Streele 99-100).
울지는 대귀족 출신이 아니라 천한 푸주한의 아들로서 최고위 성직에
오른 입지전적 인물이기에 종교의 세속화의 도도한 흐름을 누구보다
잘 읽었을 수 있었을 것이다.

셰익스피어는 헨리가 마치 그런 울지에게 전적으로 국사를 의존하
는 것처럼 울지의 어깨에 기대어 처음 등장하는 것으로 그리고 있다.
그러나 두 사람의 관계는 종교개혁의 기운이 무르익어갈수록 왕과 신하
의 주종 관계임이 분명해진다. 셰익스피어는 두 사람의 관계가 변화하
는 계기로 1525년에 있었던 징세 사건을 설정한다. 1525년 울지는 프랑
스와의 전쟁 비용을 충당하기 위해 의회를 소집하지도 않고 국민 재산
의 1/6을 납부하도록 하는 가혹한 징세안을 만들어 집행하였다. 그 결
과 백성들의 원성이 자자하여 반란으로 이어지고 있었는데, 셰익스피어
는 캐서린 왕비가 그 실상을 헨리에게 고하면서 적절한 조치를 촉구하

는 청원을 한 것으로 묘사한다. 극에서 다루고 있는 써포크 지방의 조세 저항 시위는, 김라옥에 의하면, "개별 사건에 대한 묘사라기보다 헨리 통치기에 일어난 몇 건의 조세 시위 사건을 표본화하고 있다고 보인다"(598). 셰익스피어는 이 사건을 헨리와 울지의 대표적 실정의 예로 설정하면서, 캐서린 왕비를 등장시켜 헨리의 실정을 바로잡는 데 결정적 역할을 한 것으로 재현한다. 이는 이혼 재판에 이르러 최고조에 달하는 울지와 캐서린의 적대 관계를 부각하는 서사 전략의 일환으로 보인다.

캐서린의 탄원을 들은 헨리는 금시초문이라는 반응을 보이는데, 과연 헨리가 그처럼 중대한 징세안을 울지가 독단으로 처리하도록 방치했을까 하는 의문은 해소되지 않는다. 헨리가 그토록 무능했다고 보기도 힘들고, 그렇다고 잘 알고 있으면서 책임을 모두 울지에게 돌려 비난을 면하려고 했다고도 보기 힘들다. 어쨌든 이 대목에서 셰익스피어는 헨리가 예기치 않은 사태에 직면했지만 신속하고 공정하게 그것을 수습함으로써 군왕으로서의 면모를 일신하는 일화를 그리고 있다. 반면 울지는 그 와중에 자신의 비서에게 왕의 합당한 처사를 자신의 공으로 만드는 일에만 급급해 한다(1.2.104-108). 그리하여 이 사건은 헨리의 권력이 더욱 강력해짐에 따라 울지의 정치적 입지는 좁아져 결국 실각하는 사태가 임박했음을 암시한다.

울지가 실각하게 되는 원인은 무엇보다도 그가 캐서린과 함께 외세를 대변하거나 외세를 상징함으로써 당대의 반외세, 영국 중심주의의 표적이 되었기 때문이라고 볼 수 있다. 가혹한 징세 사건이 프랑스와의 전비 충당 때문이었던 만큼, 당시 팽배했던 반프랑스 정서가 묘사되는 가운데, 울지의 호화로운 이국풍 연회가 열린다. 울지의 연회에 참석하기에 앞서 등장한 시종장(Lord Chamberlain)과 쌘즈(Sands)는 작금 영국 귀족들이 프랑스 유행을 따르는 것을 개탄한다.

> 정말 미친 짓거리야!
> 그자들의 의복은 이교도나 다름없이 재단된 것이더군
> 기독교 세계의 복식은 이제 다 버렸나봐.　　　　　(1.3.14-16)

첫 장면의 금포 평원 에피소드에서와 마찬가지로 이 대목에서도 외세를 비난하는 용어는 '이교도'이다. 즉, 종교의 언어가 이처럼 그들의 국수주의적 사고를 담아내는 방편으로 쓰인다. 하지만 그들은 그런 사회적 분위기 속에서 울지가 화려한 연회를 여는 것에 대해서는 엇갈린 견해를 내놓기도 한다. 가령 쌘즈는 울지가 성직자일지라도 "그런 분에게 인색이라는 것은 잘못된 교리보다 더 나쁜 죄일 겁니다. 성직자의 길을 가는 사람들은 모름지기 씀씀이가 커야 해요"(1.3.59-61)라고 성직의 세속화를 당연시하기도 한다.

　　그런 가운데 울지의 연회에 가면을 쓰고 수행원들과 함께 깜짝 등장한 헨리는 거기서 앤(Anne Bolyn)을 운명적으로 만나게 된다. 이런 우연은 극 중 모든 주요 사건을 엘리자베스 공주 탄생이라는 필연적 사건을 위해 소급하여 구성하는 서사 전략에 따른 것이다. 울지는 연회 참석자들 앞에서 목동으로 분장한 헨리를 첫눈에 알아봄으로써 마치 자신은 헨리의 분신이나 다름없는 존재임을 과시한다. 하지만 헨리는 가면을 벗으면서 국왕이나 다름없는 위세를 과시하는 울지의 호화스러운 연회에 대해 일침을 가한다.

대단한 연회를 하고 있구려. 참으로 잘하셨소. 추기경

그대는 성직자가 아니오, 내 말하건대, 그렇지 않았더라면,

나는 지금 심기가 불편할 수 있소.   (1.4.86-88)

헨리는 이 대목에서 울지가 성직자의 본분을 벗어나 세속적 부와 영향력을 탐하는 것에 대해 에둘러 경고하고 있다. 하지만 울지는 자신의 전횡이 헨리에게 속속들이 발각되어서야 새삼 세속의 왕을 섬기면서 자신이 누리고 탐했던 것들이 아무것도 아니었음을 토로한다.

반프랑스 정서가 팽배한 가운데 울지가 이국풍 연회를 개최하는 에피소드는 장차 그가 친 외세, 반영국을 대변하는 인물로 몰려 실각할 운명임을 암시하기 위한 것이기도 하다. 그는 헨리의 이혼 재판에서도 추기경으로서 국제 정세를 이용해 자신의 권세와 영향력을 도모하려는 태도를 고수할 뿐, 반외세, 영국 중심이라는 시대의 흐름을 제대로 읽지 못하고 종국에는 실각하고 만다.

이혼 재판이 진행되는 중 울지가 교황청 대사 캠페이우스(Campeius)와 함께 캐서린 왕비를 방문하는 에피소드는 캐서린 왕비의 이혼 문제를 영국적 정체성의 관점에서 조망하게 함으로써, 외세를 대변하는 그 역시 캐서린과 함께 영국 중심주의의 대세에 휩쓸릴 운명임을 암시한다. 두 사람은 이혼 법정에 다시 출두해달라는 헨리의 청을 전하기 위해 캐서린을 방문하는데, 라틴어로 자신들이 방문한 용건을 전하고자 한다. 이에 캐서린은 낯선 언어가 아닌 영어로 말해달라고 요청한다.

제가 그리 게으른 학생은 아니어서 이곳에 온 이래로

내가 사는 나라의 말도 모를 정도는 아닙니다.

낯선 언어는 나의 항변을 이상하게 보이게 하고 의심스럽게 만듭

니다.

제발 영어로 말해주세요.   (3.1.42-45)

비록 스페인 왕가 출신이지만 캐서린은 이제 자신이 영어를 모국어처
럼 이해할 수 있는 엄연한 영국의 왕비임을 그들에게 주지시킨다. 그
러나 그녀는 이혼 재판의 결과는 이미 정해져 있고 재판에 따라 이혼
당하리라는 것을 알고 있다. 그런 그녀에게 울지는 이혼 문제는 왕의
처분에 맡기라는 부탁을 하러 왔다고 말한다. 이에 캐서린은 지난 세
월 자신은 영국 왕과 영국 국민에게 인정받는 왕비였지만 이제 그런
자신을 영국 전체가 버리려 한다고 한탄한다.

동정심도 없는 나라에 난파되어,

친구도, 희망도, 나를 위해 울어줄 친척도 없고,

어쩌면 무덤조차도 나에게 허락되지 않을지도 모르겠구나.

                                                        (3.1.149-151)

가혹한 징세에 시달리는 국민들이 캐서린을 통해 왕에게 탄원하는 에
피소드에서 알 수 있듯, 그동안 국민들은 그녀를 영국 왕비로서 인정
하고 존경했었다. 하지만 헨리가 그녀와의 이혼을 제기했을 때, 그녀
의 탄식처럼 영국에서 헨리의 뜻을 거스르면서 그녀를 위해 나설 사람

은 없다. 스페인 출신인 캐서린이 도움을 청할 곳은 오직 친정인 스페인 왕실밖에 없다. 그러나 그녀가 스페인 친정에 도움을 요청하는 것은 스스로 영국의 왕비 직을 버리는 것과 다름없다. 영국에 완전히 동화된 왕비임을 자처한 그녀로서는 국민 의식과 국민 정서를 배반하면서 그럴 수도 없다. 그런 딜레마 속에서 번민하는 캐서린은 결국 이혼 재판의 결정을 받아들인다. 그러고는 헨리를 원망하기보다 영국의 왕비로서 헨리의 앞날을 축원하며 위엄 있는 최후를 맞이한다.

영국 종교개혁의 관점에서 보면 아라곤 출신의 캐서린은 마지막 중세 가톨릭 왕비이며 영국의 첫 번째 반체제 순교자일 수도 있다 (Appeleford 151-152). 즉, 그녀는 새로운 시대를 선구하기보다는 극복되어야 할 구시대의 상징일 수 있다. 그러나 패터슨에 따르면, 이 대목에서 영어가 의미하는 것은 프로테스탄티즘이나 영국 중심주의가 아니라 솔직함, 개방성, 그리고 공평성의 덕목인데, 이 모든 것은 극에서 진행되는 그녀의 이혼 재판에 있어서 유일하게 결여된 것들이다(163). 셰익스피어의 상상이 빚어낸 이 에피소드는 이렇듯 영국의 종교개혁이 당대의 영국 중심주의의 산물임을 암시하는 동시에 그런 지향의 맹목성에 대한 비판적 전망을 내포한다. 그리하여 캐서린을 능가하는 위대한 영국 출신 여왕의 도래로 맹목과 혼란이 극복될 것이라는 서사를 전개하고 있다.

반면 울지는 푸주한의 아들로서 왕으로부터 자신의 능력을 인정받아 최고위 성직에 올라 권력과 부를 누린 만큼, 영국의 사회적 유동성의 상징이자 성직의 세속화의 상징이기도 하다. 그런 그의 몰락은 영국이 근대국가로 탈바꿈하는 과정에서 왕권이 절대화하고 그와 맞물려 종교가 세속화하는 도도한 흐름이 낳은 필연적 결과이다. 즉, 왕권 절대화의 원인이자 결과인 동시에 영국의 교회 개혁의 원인이자 결과였다고 볼 수 있다.

울지가 헨리의 이혼 문제를 주도했지만 해결하지 못해 헨리의 신임을 잃는 순간, 그의 비리와 전횡에 대한 고발이 쏟아진다. 써포크 (Suffolk)가 전하는 바에 따르면, 울지의 전횡을 증명하는 결정적인 편지가 우연히 왕의 손에 들어갔다. 울지의 이런 실수는 어쩌면 필연적인 사건인지 모른다. 왕의 총애를 등에 업고 국사를 처리하는 과정에서 사욕을 위해 일을 처리하는 일이 잦다 보면 완벽한 일 처리에 허점이 생기게 마련인 것이다. 왕의 손에 들어간 편지의 내용은 왕의 이혼 재판을 진행하지 말아달라는 탄원을 교황에게 하면서, 왕비의 시녀에 대한 왕의 애정을 비하하는 것이었다(3.2.30-36). 이에 분개한 나머지 헨리는 "하(Ha!)"(3.2.60)라고 외쳤다는 것이다. 셰익스피어는 헨리의 성격을 창조하고자 결정적인 대목마다 오로지 이 외마디를 외치는 것으로 그리고 있는데, 이 외마디는 헨리의 심적 불안이나 동요를 나타내기보다 그 진의를 헤아릴 수 없기에 신하들을 오히려 더욱 불안하게 만드는 카리스마를 구현한다.

울지는 왕을 대면하기에 앞서 앤을 못마땅하게 생각하는 속내를 "지난번 왕비의 시녀였다고? 기사의 딸 주제에 자기 주인의 주인이 된다니 말이 돼?"(3.2.95-96)라고 털어놓는다. 그러면서 그녀가 이단인 루터파이기 때문에 안 된다고 덧붙인다.

그 여자는 성미 급한 루터파라는 걸 알아.

그런 여자가 다루기 힘든 왕의

가슴에 누워있다는 것은 국가의 대의를 위해

바람직하지 않아.   (3.2.98-101)

울지는 추기경으로서 의당 앤의 이단을 문제 삼아야 한다. 그러나 그
는 그러기에 앞서 낮은 신분의 앤이 벼락출세하는 것을 경계하는 세
속 관료로서 심사를 털어놓는 데 이어서, "게다가 이단이, 그것도 대
이단인 크랜머란 자가 난데없이 튀어나와 왕의 총애 속으로 기어들어
가서 왕의 신탁을 내리게 하지"(3.2.101-104)라며 분개한다. 이단 운운에
도 불구하고 그는 성직자로서 교회 개혁이라는 새로운 사태를 파악하
기보다 여전히 세속 정치가의 관점에서 권력관계의 변화를 감지할 뿐
이다.

패터슨에 따르면 울지는 왕을 구체화하는 맹점에 해당하는바, 왕
이 그를 보는 순간 사라지게 되는 존재일 뿐이라는 것이다(153-154). 왕
이 자신의 전횡을 파악하여 내치는 순간 울지 자신도 자신과 헨리의
관계가 주인과 노예의 관계일 뿐임을 인정한다. 그는 오로지 왕의 총
애만을 바라보며 살아온 지난날의 삶이 얼마나 위험하면서도 덧없는
것이었는가를 한탄한다.

나는 온갖 위험을 무릅썼지.

철없는 어린 장난꾸러기 아이처럼 돼지 오줌보를 타고 놀며 헤엄

을 쳤지.

여러 해 여름 동안 영광의 바닷물 속,

멀리 내 키를 넘는 곳까지 가서.   (3.2.158-161)

울지가 자신의 권력 놀음을 '돼지 오줌보'를 타고 노는 아이의 장난에
비유할 때, 그는 저도 모르게 자기가 원래 경건한 삶보다는 카니발을
즐기는 천한 출신임을 인정하는 셈이다(MacMullan 220-221). 이어서 그
는 "내 가슴이 새롭게 열린 것을 느낀다. 오, 얼마나 비참한 일인가,
가난한 사람이 군주의 호의에 매달려 애걸하는 일이란!"(3.2.366-367)이
라고, 세속의 부와 권력을 잃고 나서야 애초에 그것들이 소유해본 적
없는 허망한 것이었음을 토로한다. 그러면서 이제 자신으로부터 무거
운 짐을 내려놓게 한 헨리에게 이제 "고요하고 평화로운 양심"(3.2.380)
을 느끼게 한 데 대해 감사한다. 나아가 장차 자신을 대신하여 헨리의
총애를 받게 될 크롬웰(Cromwell)에게 자신의 전철을 밟지 말라고 충고
한다.

자네가 뜻하는 모든 일은 오직 나라를 위한 것이 되게 하게.
신을 위한 것, 진실을 위한 것이 되게 하게. 그러면 자네가
몰락하더라도 오 크롬웰,
자네는 축복받은 순교자로 죽을 수 있을 것이네.   (3.2.446-449)

자신의 최후를 맞이하여 울지가 한탄하는 것은 성직자로서 자신이 결
코 '축복받은 순교자'가 되지 못하는 것이다. 축복받은 순교는 정치적
탄압에 굴하지 않고 신앙을 지키는 것을 뜻하지만, 울지에게 그것은

애초부터 불가능했다. 신의 섭리는 세속 군주를 통해 실현되는 것이라는 합리화를 통해서 그는 종교와 정치가 구분 없이 섞이는 세속의 삶을 추구했는지도 모른다. 이는 그가 '축복받은 순교자'를 희구한 뒤에 끝으로 크롬웰에게 하는 충고에서 잘 드러난다.

> 오 크롬웰, 오 크롬웰,
> 내가 하느님을, 내가 왕을 섬긴 열성의 절반만 가지고 섬겼더라도,
> 하느님께서는 나의 노년에
> 나를 벌거벗겨서 적들에게 내주지는 않았을 걸세.　(3.2.453-456)

그의 한탄은 성직자로서 이렇게 몰락하기까지 왕의 총애를 한 몸에 받는 왕의 아바타 같은 존재가 되어 다른 신하들에게 군림하기를 항상 기도했다는 것처럼 들린다. 그뿐만 아니라 그는 크롬웰에게 충고하는 중에도 "그래 바깥에 무슨 소식이 있느냐"(3.2.390)라고 세속적 이슈에 대한 관심을 표출함으로써 이전까지의 고해를 의문시하게 만든다. 그는 자신의 후임이 토마스 모어(Thomas More)로 전해졌다는 소식을 듣자, "그것은 다소 의외로구나. 그는 학덕 높은 분이다. 아무튼 그가 오래도록 전하의 총애를 받기를 기원한다"(3.2.395-397)라고 답한다. 그런데 모어 역시 얼마 지나지 않아서 종교개혁의 와중에 처형당하므로 울지의 기원은 아이러니하게 들린다. 즉, 캐서린 왕비의 이혼 문제로 촉발된 일련의 사태에서 자신과 같은 신하들은 누구라도 절대 군주 헨리에게 버림받을 수 있는 운명임을 오히려 일깨워준다. 나아가 그리하여 애초부터 가진 적이 없는 허망한 것의 상실을 경험하고서야 '축복받은

순교자'가 되지 못하는 것을 후회하게 되는 운명임을 암시하는 듯하다. 그러나 울지는 인식의 지평에 떠오른 '축복받은 순교자'의 이념이 자기 모순과 허위의 소산임을 깨닫지 못한다.

3. 성모 마리아

울지가 헨리에게 교회 개혁의 필요성을 각성시키고 사라지는 매개자였다면, 헨리는 울지로 하여금 그런 역할을 하도록 한 원인을 제공하는 동시에 그 원인을 해결해야 하는 주체였다.

헨리는 울지가 주최한 연회에서 앤을 만나 사랑에 빠지자마자 왕비 캐서린과의 이혼을 추진한다. 셰익스피어는 그로 인해 국내는 물론 국제적인 파장을 일으킬 줄 알면서도 헨리가 이혼을 관철하는 이유를 그 스스로 '양심의 가책'에서 찾고 있는 것으로 그리고 있다. 그러나 그가 제기하는 양심의 문제는 루터의 종교개혁이 근거하는 양심의 문제와는 차원이 다르다. 셰익스피어는 프로테스탄트 종교개혁의 핵심 개념에 해당하는 양심의 문제를 인본주의적 관점에서 프로테스탄트 주체의 성립 이전 영국의 상황에 적용하여 영국 종교개혁의 혼란스러운 양상을 짚어보고 있다.

헨리와 캐서린의 이혼에 관한 소문이 무성해지는 가운데, 왕을 알현하기 위해 모인 써포크와 노포크, 그리고 시종장이 이미 공공연히 알려진 왕의 번민, 즉 왕의 양심에 대해 언급한다. 시종장이 "형님의 아내와 결혼하신 일이 전하의 양심을 너무 옥죄어 오고 있는 것 같다"

(2.1.16-17)라고 하자, 써포크는 "아니지, 그분의 양심이 다른 여인네로 너무 옥죄어 가기 때문이지"(2.1.18-19)라고 방백을 한다. 써포크의 방백에서 알 수 있듯, 왕이 캐서린 왕비와의 이혼을 추진하면서 무슨 명분을 내세우든 사람들은 실제 이유가 앤에 대한 연정일 것으로 생각한다.

반면 헨리는 이혼 법정을 준비하기 위해 방문한 울지와 캠페이우스에게 자신이 왕비와의 이혼을 추진하게 된 이유가 오로지 자신의 양심의 가책 때문임을 거듭 강조한다.

> 오, 추기경,
> 강건한 남자가 그토록 달콤한 잠자리의 벗을 떠나는 일이
> 어찌 가슴 아픈 일이 아니겠소. 그러나 양심, 양심이 문제요!
> 오, 그건 너무나 연약한 곳이오, 그래서 나는 그녀를 떠나야만 하오.
>
> (2.2.139-142)

자신을 '강건한 남자'로, 캐서린을 '훌륭한 잠자리의 벗'으로, 그리고 무엇보다, 양심을 '연약한 것'으로 묘사하는 그의 언사는 왕의 양심은 다른 여인네를 향한 것이라는 써포크의 방백이 진실임을 확인해주는 듯하다.

하지만 헨리는 이혼 법정에서 자신의 양심의 가책은 오로지 왕으로서의 공적 책무에서 비롯되었다고 공개적으로 진술한다. 그리고 이혼 법정에서 자신의 양심의 가책을 치유하는 방안이 마련되어야 한다고 주장한다. 그는 "나의 양심이 처음으로 약한 상태가 된"(2.4.170) 계

기가 왕비 캐서린과의 사이에서 낳은 딸 메리의 혼사 문제였다고 하면서, 혼사를 추진했던 프랑스의 오를레앙 공작 측에서 "전에 내 형수였던 미망인 상속녀와 맺은 내 결혼 때문에"(2.4.181-182), 메리를 합법적 소생으로 볼 수 없다고 했다는 것이다. 그리하여 그 결혼 중단으로 인해 자신이 얼마나 혹독하게 양심의 가책에 시달려왔으며, 그런 끝에 어떤 생각에 이르게 되었는지를 토로한다.

> 그래서 나는 이런 생각이 들었소.
> 이것은 나에 대한 심판이다, 나의 왕국은
> 이 세상에서 제일가는 상속자를 가질만한 데도—틀림없이
> 나로 인해 기뻐해서는 안 된다는 하늘의 뜻이 있구나 하는.
>
> (2.4.193-196)

그리고는 "그렇게 내 양심의 거친 바다에서 표류하다가, 결국 치유를 향해 나아온 거요... 다시 말하자면 나의 양심을 치유할 작정을 한 거요"(2.4.199-203)라고 이혼 법정이 열린 이유를 환기한다. 그는 왕의 양심이 곧 국가의 양심이며 나아가 신의 뜻이라는 논리를 펴면서, 자신이 헨리 개인이 아닌, 영국의 왕으로서 양심의 가책이 아니라면 캐서린과 백년해로할 것이라고 주장한다(2.4.219-225).

왕의 양심을 치유해야 할 임무를 떠맡게 된 울지는, 시종장의 증언에 따르면 처음에는 프랑스 왕의 누이동생과의 혼사를 추진하였다(2.2.37-42). 그럼으로써 울지는 스페인 왕가 출신인 캐서린과의 이혼으로 인해 당시 신성 로마 제국의 황제였던 스페인 국왕 찰스 5세(Charles

V)와의 동맹이 파기되는 사태에 대비하려 했다. 울지는 유럽의 가톨릭 교회 정치를 이용하여 캐서린의 이혼에 얽힌 복잡한 국제 관계를 해결하기 위해 노력했다. 하지만 당시 영국의 지배적 분위기를 제대로 읽지 못하고 최종 판결의 권위가 교황청에 있음을 언급함으로써 결국 자신의 외교적 노력이 실패한 대가를 치르게 된다. 헨리는 이혼 법정이 진행되는 동안 이미 울지의 가톨릭교회 정치를 불신하고 당시로서는 이단으로 간주되었던 프로테스탄트인 크랜머(Cranmer)의 활약에 기대를 걸고 있었다.

> 이 추기경들이
> 나를 희롱하고 있다는 것을 알 수 있구나. 질색이다.
> 이 꾸물대는 나태와 로마 교황의 술책들이.
> 나의 학식 있고 사랑스러운 종복, 크랜머여,
> 어서 돌아오라. 그대가 가까이 있어야만
> 나의 편안함이 함께한다는 것을 내 알겠노라.   (2.4.235-240)

표면적으로는 헨리가 울지를 비롯한 로마가 임명한 추기경들을 불신함으로써 루터의 프로테스탄트 개혁과는 다른 차원의 영국 종교개혁이 시작되었다. 영국 자체의 탈 교황 기혁이 새로운 대체 세력으로서 당시에는 이단으로 간주하였던 프로테스탄트를 요구하게 되었다.

  이후 극에서는 헨리가 더는 자신의 양심에 관해 언급하지 않기에 캐서린과의 이혼으로 진정 그의 양심의 가책이 치유되었는지 셰익스피어는 미지로 남겨두고 있다. 극에서 양심의 해결 과정은 제대로 극화되지는 않았지만, 슬라이츠(Camille Wells Slights)에 따르면, "그의 양심은 극의 중핵에 있는 부재한 현존이다"(62). 달리 말하자면, 헨리의 양심은 합리적 매개를 통해서 설명되지 않은 채 남아있지만 바로 그 때문에 합리적 총체를 구성하는 요소가 된다. 헨리는 사실 자신의 양심의 고해를 받아줄 구교 성직자들의 어떤 권위도 인정하지 않기에 거리낌 없이 자신의 양심의 가책을 공개한 것이다. 즉, 스스로 자신의 양심의 권위자로 군림한 것이다.

헨리의 양심은 앤의 대관식에 참석한 일반 신사의 입을 통해서 마지막으로 언급된다. 의례에 참여한 두 번째 신사는 앤의 매혹적인 용모를 찬탄하며 왕이 그녀를 새 아내로 맞이하는 것을 부러워한다.

> 보세요, 맹세컨대, 천사 같지 않습니까.
> 국왕께서 저 왕비님을 안고 있으면 온 팔에 두 개의 인도를
> 가진 것과 진배없고, 그보다 더 많고, 부유한 왕국을 가지는 셈이
> 겠지요.
> 그러니 그분의 양심을 비난할 수가 없지요.   (4.1.45-48)

위의 대사에서 알 수 있듯, 일반 백성들은 헨리가 젊고 매혹적인 새 왕비를 맞이하는 것이 양심에 거리낄만한 일이 아니라고 이해한다. 그리고 황금 면장 에피소드에 이어 이 대목에서는 '인도'가 앤과 동일시되는데, 이런 동일시에는 외국 출신의 구교도 왕비 대신 영국 출신의 루터파 왕비를 맞이함으로써 영국이 부강해지기를 바라는 염원이 담겨있는 것으로 볼 수 있다. 이어서 세 번째 신사가 등장하여 평생 한 번도

본 적 없는 점입가경의 사태를 목격한 것을 증언한다.

> 산달이 며칠 남지 않은
> 배가 남산만 한 여인네들은, 옛날 전쟁 때 쓰는 공성 망치처럼,
> 그들 앞에 있는 사람들에 부딪혀서는 그들을 비틀거리게
> 했습니다. 살아 있는 그 누구도 거기서는
> '이 사람이 내 아내'라고 말할 수가 없었습니다. 모든 사람이
> 이상하게 하나로 얽혀있었기 때문에 말입니다.　　　(4.1.76-81)

그는 한마디로 전통 세리머니의 수행적 힘을 압도하는 카니발의 기운을 증언하고 있는 듯하다. 셰익스피어는 일련의 사극에서 폴스타프(Falstaff)에게 이런 카니발적 충동을 투영했었다. 비록 할 왕자(Prince Hal)에게 배척당했지만 폴스타프가 구현했던 것은 쾌활하고 역동적이며 세속적인, 또 다른 영국의 실제였다. 셰익스피어는 백성들이 이 대목에서 중세 가톨릭교회의 속박에서 벗어난 세속적이고 역동적인 삶의 전형을 바로 헨리와 앤의 결합에서 찾는 것으로 그리고 있다고 볼 수 있다.

　다른 한편, 셰익스피어는 앤이 당시로서는 이단에 해당하는 루터파임에도 불구하고 방대한 지문을 통해 그녀의 대관식은 전통 가톨릭교회의 의례로 치러진 것으로 그리고 있다. 이는 울지의 실각과 캐서린의 이혼 성사로 교회 개혁이 시작되었지만, 아직 그에 합당한 새로운 형식과 의례가 마련될 수 없는 전환기적 혼란을 나타내기 위한 것이라고 볼 수 있다. 셔만(Anita Gilman Sherman)에 의하면, 전통 의례를

주관하는 세력은 울지가 아닌 새롭게 왕의 신임을 얻은 세력인바, 전통 의례 속에 보존되었던 집단 기억은 이제 새로운 체제의 옹호자들에 의해 흡수된다. 그러나 새로운 종교의 변화가 종전 의례의 수사 가운데 표현되면 일종의 인지부조화를 수반할 수 있다. 이 대목에서 임신한 여성들에 의해 연출되는, 한순간 신분과 성별의 구분이 없어지는 카니발은 그렇게 인지부조화를 느끼지 못하는 가운데, 새로운 교회가 그 시작을 무사히 수행하게 하는 역할을 한다(130-132). 이처럼 셰익스피어는 중세 가톨릭교회로부터 근대 프로테스탄트 교회로의 직접적 이행이 불가능했기에 겪는 전환기적 혼란과 맹목을 앤의 대관식 장면을 통해서도 그려내고 있다.

　구교를 대변하는 울지와 캐서린이 몰락하고 루터파인 앤이 왕비가 되면서 크랜머나 크롬웰 같은 루터파가 헨리의 총애를 받기 시작했지만, 그들과 구교도 귀족들 간의 헤게모니 쟁탈전은 여전히 진행 중이었다. 대표적인 구교도인 가드너가 크랜머를 "이단의 우두머리이고, 역병 같은 존재"(5.1.45)라고 비난하며 추밀원 회의에서 그를 탄핵하려는 사태에서 알 수 있듯, 신교의 헤게모니 장악에 대한 구교의 저항은 거셌다. 그러나 헨리는 추밀원 대신들의 크랜머 탄핵을 간단히 제압함으로써 영국 교회는 영국의 왕을 우두머리로 섬겨야 한다는 개혁 조치를 실감케 한다.

　헨리는 추밀원 대신들의 상소를 받아들여 추밀원 회의에서 크랜머의 탄핵을 논의할 수 있도록 허락하지만, 크랜머를 따로 불러 그에게 반지를 하사하면서, "만일 탄원이 어떤 해결책도 가져다주지 못할 경우, 이 반지를 그들에게 제시하시오. 그러면 짐에게 직접 탄원하는 절차가 취해지는 것이오"(5.1.149-152)라며 크랜머에게 감동을 준다. 크랜머가 감읍하는 모습을 보자, 헨리는 그에 화답한다.

> 성모여! 맹세컨대
> 그는 진실한 마음을 가진 사람이오, 나의 왕국에서
> 그보다 깨끗한 영혼을 가진 사람은 없소.　　　　(5.1.153-155)

셰익스피어는 극에서 헨리가 유일하게 기원하는 대목을 설정하여, 그로 하여금 '성모'에 걸고 루터파인 크랜머를 그가 아는 가장 신실한 사람이라고 맹세하게 한다. 당시로서는 이단으로 여겨졌던 루터파를 중용하면서 종교개혁을 했던 헨리가 여전히 관습적인 구교의 기원을 하는 것은 영국의 종교개혁이 구교로부터 신교로 직접 이행될 수 없었던 만큼 과도기를 겪고 있는 상황을 함축하는 의미가 있다. 셰익스피어는 영국의 종교개혁이 구교에 뿌리를 둔 전통적 의례와 관습적 언어들이 여전히 수행되고 있는 가운데 그것을 대체할 새로운 형식을 찾지 못하는 상황에 직면해 있었다는 것을 강조한다. 이런 전환기적 현상은 영국의 종교개혁이 헨리와 그 추종자들의 철저한 의식화를 바탕으로 추진된 것이 아니라, 많은 우연의 상호 작용으로 그들의 의식과 상관없이 이루어진 측면이 강하다는 것을 의미한다. 헨리의 '성모' 기도에 함축된 전환기적 혼란은 크랜머를 탄핵하는 추밀원 대신들의 언사에서도 확인된다.

　추밀원장은 추밀원 대신들을 대표하여 그들 앞에 소환된 캔터베리 대주교 크랜머가 온 왕국에 이단의 세력을 확장하고 있다고 탄핵한다. 추밀원장은 크랜머가 자신의 추종 세력이 "이단에 해당하는, 다양하고 위험스러운 이설"(5.2.52)로 무장케 하는데, 이는 "개혁되지 않으면, 유독한 것들로 입증될 것들입니다"(5.2.54)라고 비난하다. 이에 가드너는 "그런 개혁은 불시에 이루어져야 합니다"(5.2.55)라고 화답한다. 이렇게 프로테스탄트를 탄핵하는 구교도가 '개혁'을 외치는 상황은 헨리의 '성모' 기도와 같은 맥락에서, 그들이 기존의 틀 안에 갇힌 채, 종교개혁의 새로운 사태를 그들의 오래된 좌표에 맞춰 가늠해봄으로써 작금의 혼란을 정리해보려는 안간힘처럼 보인다. 또한 그들이 소위 적의 언어로 말하는 것은 오히려 실질적으로 적이 사태의 주도권을 쥐고 있다는 것을 의미한다고 볼 수 있다.

헨리는 추밀원 대신들이 크랜머를 탄핵하는 것을 내려다 볼 수 있는 위치에서 전 과정을 굽어보고 있다가 크랜머가 궁지에 몰리자 깜짝 등장하여 대신들을 질타함으로써 자신이 교회의 수장임을 그들에게 확실히 각인시킨다. 그러나 셰익스피어는 결코 종교적 문제를 표면화하지 않는다. 레거트(Alexander Leggatt)에 따르면 이는 "극적 전략이거나 정치적 전략이거나 혹은 둘 모두이다"(138). 셰익스피어는 결코 수장령 반포의 역사적 사실을 다루지 않지만 이런 에피소드를 통해 헨리가 이미 영국 교회의 수장으로 군림하고 있음을 재현하고 있다. 영국 교회의 왕인 헨리에게 중요한 것은 송파가 아니라 왕을 보필하는 신하로서의 정직성, 사람됨, 능력일 뿐이다. 그에게 교파의 대립, 이단의 문제는 부차적일 뿐인 것처럼 보인다. 헨리가 추밀원 대신들로부터 이단, 종파주의자로 몰린 크랜머를 가장 신임한다고 선언하는 것은 앞으로 프로테스탄트들을 파트너로 삼아 교회 개혁을 추진하겠다는 뜻을 표명한 것이라고 볼 수도 있다. 그러나 셰익스피어는 구교와 신교의 교리를 구체적으로 다룬 바도 없는 만큼, 수장령 반포와 같은 영국의 종교 개혁이 프로테스탄트들의 주도로, 그들의 교리를 토대로 이루어졌다는 것을 암시하지 않는다. 다만 구교도와 신교도의 반목이 왕의 권위와 힘으로 해소되고, 그들이 왕에게 절대복종하는 모습을 통해 종교개혁의 현실적 결과는 세속적인 절대 권력의 출현이었음을 암시하고 있다.

그렇게 영국 교회의 수장임을 입증한 헨리는 자신이 가장 신뢰하는 크랜머에게 갓 태어난 엘리자베스 공주의 세례를 맡기면서, 헨리 자신은 물론 국민 모두 현재의 무지와 혼란에서 벗어날 수 있는 미래의 신탁을 들려줄 것을 부탁한다.

4. 여왕 폐하 만세

세상을 바꾼 종교개혁이라는 사건이 발생했지만, 당사자인 헨리를 비롯한 백성들은 그 사건의 충만한 의미를 알 수 없는 상황이다. 중세 가톨릭으로부터 근대의 프로테스탄티즘으로의 이행은 그들에게는 예견 불가능한 사태였고, 그런 만큼 이행에 작용하고 있는 보다 높은 단계의 이유를 이해할 수 없는 상태이다. 크랜머의 최종 예언은 마치 그 이행의 높은 이유를 제시함으로써 그들로 하여금 현재의 무지와 혼란에서 벗어나게 하는 기능을 하는 듯하지만, 예언의 미래를 과거와 현재로 경험하는 당대의 관객들에게는 과연 무지와 혼란의 해소가 가능했는지가 의문으로 남을 수 있다.

크랜머는 엘리자베스 공주에게 세례를 주면서 장차 그녀가 위대한 처녀 여왕이 되어 태평성대를 이룩할 것이라고 예언한다.

이 아기는
지금 살아 있는 사람 가운데 그 위대함을 볼 수 있는 사람은 거의
없겠으나 ─
같은 시대에 사는 모든 군주의 모범이 되시고
뒤에 오는 모든 군주에게도 그리되리라...

. . . . . .

그분의 시대에, 모든 사람은 자신이 심은
자기 포도나무 아래서 편안히 먹을 것이며, 이웃에게
평화의 노래를 즐거이 부르리라.
신은 그제야 진실로 알려지게 될 것이며, 주위의 사람들은
그분을 통해 완벽한 명예의 방식을 배우게 되리라,
혈통에 의해서가 아니라, 명예의 위대함을 말해주는 행동에
의해서.   (5.4.20-38)

크랜머의 신탁은 소위 프로테스탄티즘의 천년 왕국의 담론에 부합하지는 않는다. 왜냐하면, 가령 명예가 혈통과 세습이 아닌 개인의 사실에 의해 결정된다는 평등주의적 전망은 당대 사회의 특수한 사회적 요구와 긴장을 반영하는 사회적 논평에 해당하기 때문이다(Mayer 146-148). 하지만 사회적 평등을 태평성대의 대표적 척도로 삼는 것은 모든 인간이 신 앞에 평등하다는 프로테스탄티즘의 핵심 교리를 염두에 두었기

때문이라고 볼 수 있다. 즉 이제까지 헨리 치하에서 진행되었던, 구교 성직자들의 기득권을 해체하는 교회 개혁을 정당화하는 면이 있다.

이어서 크랜머는 엘리자베스를 불사조에 비유하여, "처녀 불사조가 죽더라도, 그 재는 그분만큼 경외할만한 또 하나의 상속자로 다시 태어나리라, 그래서 그분의 천복을 상속자에게 전하리라"(5.4.39-43)라고 예언함으로써, 이 연극이 상연될 당시의 군주인 제임스 1세(James I)에 대한 찬미로까지 나아간다. 그리하여 엘리자베스의 덕성을 물려받은 제임스 1세에 이르러 영국은 위대한 나라, 위대한 제국이 될 것임을 예언한다.

> 그의 영예와 그의 위대한 이름이
> 새로운 나라가 되고 새로운 나라를 만들리라. 그는 번영하리라,
> 그리고 거대한 삼나무처럼, 그의 가지를
> 둘레의 평원으로 뻗쳐 나가리라.   (5.4.51-54)

크랜머의 황금시대에 관한 예언이 당대 관객들에게는 과거에 해당한다고 할 때, 잃어버린 시대에 대한 향수 어린 찬탄을 자아낼 수 있지만, 그런 찬탄이 있기까지 황금시대는 한 번도 존재한 적이 없었다는 사실을 자칫 망각하게 할 수 있다. 그렇지 않다면 당대의 관객들은 오히려 그들의 삶의 실제가 얼마나 크랜머가 예언하는 황금시대와 동떨어져 있는가를 반어적으로 느낄 수 있다. 일종의 섭리론적 역사관에 해당하는 크랜머의 예언은 또한, 이전 장면들의 우발성이나 혼돈과 모순되기에 비약처럼 느껴지는데, 이런 식의 엔딩은 소위 문제 희극과 후기 로

맨스의 엔딩에서 흔히 볼 수 있는 것이다(Sherman 130-131). 심지어 제논 (Luis-Martinez Zenon) 같은 평자는 보여주지 않는 것을 예언하고, 예언된 사건의 역사적 확인 없이 종결되는 크랜머의 예언은 "예언이 아니며 원본이 결여된 번역이다"(234)라고 비판하기도 한다.

무엇보다도 프로테스탄트 성직자인 크랜머가 엘리자베스 여왕을 신격화하기 위해 이교도 신화인 불사조 신화를 적용하는 것에서 영국 종교개혁의 혼란스러운 양상의 징후를 읽을 수 있다. 크랜머는 엘리자 베스가 처녀 불사조로 죽어 그 재 속에서 후계자가 태어난다는 예언을, "돌아가셔야만 합니다. 공주님은 성인들이 데려가실 것입니다. 성처녀 의 몸으로... 그리고 온 세상이 그분을 애도하실 것입니다"(5.4.59-60)라 고 마무리 짓는다. 크랜머의 예언은 물론 육욕으로부터 해방된 성처녀 군주의 등극으로 수많은 사람을 죽음으로 내몰았던 헨리 시대의 성적 혼란과 간음이 종결되리라는 전망을 담고 있다. 그러나 크랜머가 이교 도 신화인 불사조 신화를 통해서 전하려는 메시지는 무엇보다도 장차 엘리자베스 공주가 영국민에게 구교의 성모를 대신할 새로운 숭배의 대상이 되리라는 것이다. 그런데 의미의 과잉으로 다양한 열린 해석을 유발할 수 있어 불사조의 메타포가 적절하지 않다고 주장하는 메논 (Madhavi Menon)에 의하면, 스스로 짝짓기를 하는 셈인 불사조는 근친 상간을 근절함으로써 잘못된 역사를 바로잡는 엘리자베스의 역할에도 맞지 않으며, 원인과 결과가 구분되지 않는 끝이 없는 순환의 영속화 를 의미하기에 열린 역사, 역사의 개방성을 부정하는 함의를 가질 수 있다(159-163).

그러나 셰익스피어는 영국민들을 그토록 불안하게 했던 왕위 계승 문제를 엘리자베스가 신의 섭리에 따라 해결한다는 허구를 위해서는 불사조 신화가 제격이라고 판단했을 것이다. 그리하여 프로테스탄트 성직자가 엘리자베스 여왕을 처녀 불사조와 동일시하는 것은 그녀를 구교의 성모와 같은 존재로 신격화하는 것인바, 장차 영국민들이 구교의 성모(God's blessed mother)에 대한 기도가 위대한 여왕(God's blessed Queen)에 대한 기도로 대체될 것이라는 전망을 함축하고 있다고 유추할 수 있다. 그렇다면 크랜머의 예언이야말로 가장 급진적이고 세속적인 종교개혁의 내용이 아닐 수 없다.

크랜머의 예언은 또한 엘리자베스 공주를 낳은 현재의 왕 헨리를 위한 것이기도 하며, 헨리를 위한 서사의 일부이기도 하다. 즉, 크랜머의 예언은 헨리에게 왕으로서의 본분과 소명을 확인시켜주는 역할을 한다. 헨리는 이제까지 남아 상속자를 얻지 못했으나 크랜머의 예언에 의하면 대신 가장 위대한 공주 후계자를 갖는 셈이다. 그래서 헨리는 크랜머의 축원이 끝나자 자신이 이전에는 느껴보지 못했던 영적 평안과 감동을 토로한다.

> 오 대주교,
> 그대가 나를 사람으로 만들어주었소. 이 행복을 주는 아기 이전에는
> 한 번도 무얼 가져본 적이 없었소.
> 이 위안을 주는 신탁의 말씀은 나를 몹시 기쁘게 하여
> 하늘에 가서라도 나는
> 이 아이가 하는 일을 보고 나의 창조주를 찬양할 거요.
>
> (5.4.63-68)

헨리는 엘리자베스 공주를 얻기까지 울지와 캐서린을 비롯한, 수많은 사람을 희생시켰지만 스스로 '한 번도 무얼 가져본 적이 없었다'는 공허함과 상실감을 떨칠 수 없었다. 그러나 크랜머이 신탁에 따르면 그는 장차 위대한 왕조, 위대한 나라를 이룩할 후계자를 얻는 것만으로도 왕으로서 책무를 다한 것이다. 그럼으로써 그가 엘리자베스를 얻기까지 행했던 일들, 가령 울지와 캐서린을 포함한 많은 사람의 희생을 바탕으로 추진했던 교회 개혁도 소급하여 의미를 부여받는 셈이다. 그렇게 헨리의 드라마, 즉 헨리의 종교개혁 드라마는 엘리자베스의 탄생과 그녀가 이룩할 대영제국의 영광의 비전 획득과 함께 장차 영국민들은 구교의 성모 기도 대신 축복받은 여왕의 기도를 할 것이라는 암시로 끝을 맺는다고 볼 수 있다.

5. 결론

『헨리 8세』는 영국 종교개혁의 시대를 중점적으로 다루면서 엘리자베스 공주의 탄생으로 끝을 맺는다. 그럼으로써 마치 영국 종교개혁의 의의가 장차 도래할 위대한 여왕의 시대를 매개하는 데 있는 것처럼 전망한다. 이런 전망은 영국이 종교개혁을 거쳐 중세 가톨릭 국가에서 근대국가로 이행하였다는 역사적 상식을 뒷받침하는 것이지만, 극의 서사는 직접적 이행이 불가능한 전환기적 혼란을 그린 끝에, 다소 비약적으로 역사적 이행이 완결되는 비전을 예언의 형식으로 제시한다.

극은 종교개혁이라는, 새로운 사태가 발생했지만 그 사태에 연루된 역사적 인물들에게는 그것이 예견 불가능한 것이었으며, 그렇기에 거기에 작용하고 있는 섭리를 이해할 수 없는 무지와 혼란의 사태를 전개한다. 그리고 엘리자베스 공주 탄생이라는 필연적 사건이 발생하고 나서야 그 우연들에 작용하는 섭리를 소급해서 알 수 있을 뿐이라고 전제한다. 교회 개혁의 직접적 빌미를 제공한 울지의 드라마의 경우, 그는 유능한 전문 관료로서 당대의 사회적 유동성의 상징이자 세속화된 성직자의 전형이었다. 그는 유럽의 가톨릭 정치를 이용하여 자신의 세속적 부와 영향력을 추구했지만, 헨리의 이혼 재판을 해결하는 과정에서 반외세, 영국 중심주의의 대세를 읽지 못함으로써 실각하고 만다. 그는 모든 것을 잃은 뒤, 자신의 삶이 축복받은 순교자의 삶이 되지 못한 것을 한탄하지만 이는 상실에 대한 한탄이 문자 그대로 그런 개념을 지어내고 있다고 느끼게 할 뿐이다. 그렇게 셰익스피어는 수많은 사람을 죽음으로 몰고 갔던 영국의 종교개혁이 축복받은 순교에 대한 희구를 낳을 수도 있지만, 대개는 새로운 사태의 의미를 알지 못하는 무지가 낳은 허구이며 이데올로기일 수 있음을 암시한다.

울지가 교회 개혁을 촉발하고 사라지는 매개자였다면 헨리는 캐서린 왕비와의 이혼 문제를 제기함으로써 교회 개혁의 원인을 제공한 당사자인 동시에 그것을 해결해야 하는 주체였다. 그래서 종교개혁의 원인과 결과가 뒤섞이는 그의 드라마에는 아울러 영국의 종교개혁이 구교에서 신교로의 직접적인 이행이 불가능했다는 것을 입증하는 증상들이 반영되어 있다. 헨리가 캐서린과의 이혼을 위해 내세우는 양심의 문제는 프로테스탄티즘과는 무관하며, 육체적 욕망과 정치적 욕망이 뒤엉킨 문제로서 합리적 매개를 통해서 설명되지 않은 채 남아 있지만,

당대 영국민들의 지향을 대변함으로써 종교개혁의 중핵으로 기능한다. 그리고 스스로 자신의 양심의 권위자가 되어 교회 개혁을 주도하는 그가 성모 마리아를 찾으면서 프로테스탄트 성직자 크랜머를 위해 기원하는 에피소드는 전환기적 혼란을 전형적으로 나타낸다. 헨리를 포함해 종교개혁에 연루된 인물들은 이렇듯 새로운 사태의 역사적 의미를 알 수 없는 상황에서 그들의 오랜 좌표에 맞춰 새로운 사태를 해석하려 할 뿐이다. 그러나 셰익스피어는 어쨌든 헨리가 종교개혁을 추진하여 영국 교회의 수장이 된 결과 영국이 중세 가톨릭 국가에서 새로운 근대국가로 발전할 기틀이 마련되었지만, 무엇보다도 엘리자베스 공주를 얻음으로써 장차 그녀에 의해 그런 역사적 이행이 완결되리라는 비전을 크랜머가 들려주는 신탁의 형식으로 제시한다.

크랜머가 엘리자베스를 처녀 불사조에 비유하는 데에는 장차 그녀가 성모 마리아를 대신할 새로운 숭배의 대상이 될 것이라는 유추가 함축되어 있다. 이런 유추는 루터의 종교개혁과는 다른 방향으로 진행되어, 결과적으로 세속 권력의 절대화를 낳은 영국의 종교개혁을 당연시하는 측면이 강하다. 그리고 "모두가 사실"이라는 극의 부제는 종교개혁의 시대를 거쳐 위대한 여왕의 시대가 도래한 것은 누구도 부정할 수 없는 사실이 아니냐고 반문하는 듯하다. 그러나 크랜머가 예언한 엘리자베스 여왕의 황금시대는 그 시대를 통과해온 관객들에게는 잃어버린 시대에 대한 향수 어린 찬탄을 자아낼 수 있지만, 그런 찬탄이 있기까지 황금시대는 한 번도 존재한 적이 없었다는 사실을 깨닫게 할 수도 있다. 그런 만큼 크랜머의 예언에는 세속의 절대 권력에 대한 찬미와 합리화라고만 볼 수 없는 비판적, 유보적 전망이 함축되어 있다.

인용문헌

서문_

Kastan, D. S. "'To Set a Form upon that Indigest': Shakespeare's Fictions of History." *Comparative Drama* 17 (1983): 1-16.

제1장_

방승희. 「깨어진 환상: 리차드(Richard)의 극 만들기」. *Shakespeare Review* 50.1 (Spring 2014): 85-107.

Bloom, Harold. *Shakespeare: The Invention of the Human.* New York: Riverhead Books, 1998.

Bonetto, Sandra. "Coward Conscience and Bad Conscience in Shakespeare and Nietzsche." *Philosophy and Literature* 30.2 (October 2006): 512-527.

Cahill, Patricia A. *Unto the Breach: Martial Formations, Historical Trauma, and the Early Modern Stage.* Oxford: Oxford UP, 2008.

Donaldson Peter S. "Cinema and the Kingdom of Death: Loncraine's *Richard III.*" *SQ* 53.2 (Summer 2002): 241-259.

Eagleton, Terry. *On Evil.* New Haven and London: Yale UP, 2010.

Endel, Peggy. "Profane Icon: The Throne Scene of Shakespeare's *Richard III.*" *Comparative Drama* 20 (Fall 1986): 115-123.

French, Marilyn. *Shakespeare's Division of Experience.* New York: Summit Books, 1981.

Garber, Marjorie. *Shakespeare After All.* New York: Anchor Books, 2004.

Goodland, Katharine. "'Obsequious Laments': Mourning and Communal Memory in Shakespeare's *Richard III.*" *Religion and the Arts* 7.1-2 (2002): 31-64.

Heller, Agnes. *The Time is Out of Joint: Shakespeare as Philosopher of History.* Lanham, Md: Rowman & Littlefield, 2002.

Howard, Jean E., and Rackin Phyllis. *Engendering A Nation: A feminist account of Shakespeare's English histories.* London: Routledge, 1997.

Jowett, John. "Introduction." *Richard III.* Oxford: Oxford UP, 2000. 1-132.

Kott, Jan. *Shakespeare Our Contemporary.* London: Methuen & CO LTD, 1965.

Oestreich-Hart J, Donna. "Therefore, Since I Cannot Prove a Lover." *Studies in English Literature 1500-1900* 40.2 (Spring 2000): 241-260.

Rackin, Phyllis. "History into Tragedy: The Case of *Richard III.*" *Shakespearean Tragedy and Gender.* Eds. Shirley Nelson Garner, and Madelon Sprengnether. Bloomington: Indiana UP, 1996. 31-53.

Shakespeare, William. *Richard III.* Riverside Shakespeare. Ed. G. B. Evans. New York: Houghton Mifflin, 1974.

Slotkin, Joel Elliot. "Honeyed Toads: Sinister Aesthetics in Shakespeare's *Richard III.*" *Journal for Early Modern Cultural Studies* 7.1 (Spring-Summer 2007): 5-32.

Trotter, Jack E. "'Was Ever Woman in This Humour Won?': Love and Loathing in Shakespeare's *Richard III.*" *Upstart Crow* 13 (1993): 33-46.

Žižek, Slavoj. *Violence: Six Sideways Reflections.* New York: Picador, 2008.

제2장_

김영아. 「『존 왕』: 배스터드와 튜더왕조의 국가주의」. *Shakespeare Review* 41.1 (2005): 29-55.

한국셰익스피어학회. 『셰익스피어연극사전』. 서울: 도서출판 동인, 2005.

Hobson, Christopher Z. "Bastard Speech: The Rhetoric of 'Commodity' in King John." *Shakespeare Yearbook* 2 (Spring 1991): 95-114.

Howard Jean E., and Rackin, Phyllis. *Engendering a Nation*. Routledge, London and New York, 1997.

Grennan, Eamon. "Shakespeare's Satirical History: A Reading of King John." *Shakespeare Studies* 11 (1978): 21-37.

Lane, Robert. "'The Sequence of Posterity': Shakespeare's King John and the Succession Controversy." *Studies in Philology* 92.4 (Fall 1995): 460-481.

Levine, Nina S. "Refiguring the Nation: Mothers and Sons in *King John.*" *Women's Matters: Politics, Gender, and Nation in Shakespeare's Early History Plays*. Newark: U of Delaware P, 1998. 123-145.

Shakespeare, William. *King John*. Ed and Introduction. A. R. Braunmuller, Oxford: Oxford UP, 1989.

Sibly, John. "The Anomalous Case of KIng John." *ELH* 33.4 (December 1966): 415-421.

Spiekerman, Tim. "king John." *Shakespeare's Political Realism: The English History Plays*. Albany: State University of New York Press, 2001. 39-57.

The Troublesome Raigne of King John of England. 1591. *Narrative and Dramatic Sources of Shakespeare*. Vol. IV. Ed. Geoffrey Bullough. London: Routledge, 1962. 72-151.

Trace, Jacqueline. "Shakespeare's Bastard Faulconbridge: An Early Tudor Hero." *Shakespeare Studies* 13. Ed. J. Leeds Barroll III. New York: Burt Franklin, 1980. 59-69.

제3장__

김민경. 「정치적 권위와 전복: 『헨리 4세』」. 『신영어영문학』 33 (2006): 1-25.

Bloom, Harold. *Shakespeare: The Invention of the Human*. New York: Riverhead Books, 1998.

Dillon, Janette. *Shakespeare and the Solitary Man*. London: Macmillan, 1981.

Eagleton, Terry. *William Shakespeare*. Oxford: Basil Blackwell, 1986.

Holderness, Graham. "*Richard II*." *Shakespeare, The Play of History*. Eds. Graham Holderness, Nick Potter, and John Turner. Iowa City: U of Iowa P, 1988. 20-40.

Howard, Jean E., and Rackin, Phyllis. *Engendering a Nation: A Feminist Account of Shakespeare's English Histories*. Routledge: London, 1997.

Kantorowicz, Ernst H. *The King's Two Bodies: A Study in Medieval Political Theology*. Princeton: Princeton UP, 1957.

Legatt, Alexander. *Shakespeare's Political Drama: The History Plays and the Roman Plays*. London: Routledge, 1988.

Lemon, Rebecca. "Shakespeare's Anatomy of Resistance in *Richard II*." *Treason by Words: Literature, Law, and Rebellion in Shakespeare's England*. Ithaca, New York: Cornell UP, 2006. 52-78.

Macdonald, Roland R. "Uneasy Lies: Language and History in Shakespeare's Lancastrian Tetralogy." *Shakespeare Quarterly* 35 (Spring 1984): 22-39.

Phillips, James. "The Practicalities of the Absolute Justice and Kingship in Shakespeare's *Richard II*." *ELH* 79 (2012): 161-177.

Schuler, Robert M. "De-coronation and Demonic Meta-Ritual in *Richard II*." *Exemplaria* 17.1 (Spring 2005): 169-214.

Shakespeare, William. *Richard II*. Eds. Anthony B. Dawson, and Paul Yachnin. London: Oxford UP, 2011.

Spiekerman, Tim. *Shakespeare's Political Realism: The English History Plays*. Albany: State U of New York P, 2001.

제4장__

Altman, Joel B. "'Vile Participation': The Amplification of Violence in the Theater of *Henry 5*." *Shakespeare Quarterly* 42 (1991): 1-32.

Baldo, Jonathan. "Wars of Memory in *Henry 5*." *Shakespeare Quarterly* 47 (1996): 132-159.

Danson, Lawrence. "*Henry 5*: King, Chorus, and Critics." *Shakespeare Quarterly* 34 (1983): 27-43.

Eggart, K. "Nostalgia and the Not Yet Late Queen: Refusing Female Rule in *Henry 5*." *English Literary History* 61 (1994): 523-555.

Garber, Marjorie. *Shakespeare and Modern Culture*. New York: W. W. Norton & Company, 2008.

Greenblatt, Stephen. "Invisible bullets: Renaissance authority and its subversion, *Henry 4 and Henry 5*." *Political Shakespeare: New Essays in Cultural Materialism*. Eds. Jonathan Dollimore, and Alan Sinfield. Manchester: Manchester UP, 1984. 18-47.

Hedrick, Donald. "Advantage, Affect, History, *Henry 5*." *PMLA* 118.3 (May 2003): 470-487.

Howard, Jean E., and Rackin, Phyllis. *Engendering a Nation: A Feminist Account of Shakespeare's English Histories*. Routledge: London, 1997.

McEahern, Claire. "*Henry 5* and the Paradox of the Body Politic." *Shakespeare Quarterly* 43 (1994): 33-56.

Neill, Michael. "Broken English and Broken Irish: Nation, Language, and the Optic of Power in Shakespeare's Histories." *Shakespeare Quarterly* 43 (1994): 1-32.

Ornstein, Robert. "*Henry 5.*" *A Kingdom for a Stage: The Achievement of Shakespeare's History Plays.* Cambridge, Mass: Harvard UP, 1972. 175-202.

Shakespeare, William. *Henry 5.* Ed. J. W. Walter, Arden Shakespeare. London: Methuen, 1979.

Steinsaltz, David. "The Politics of French Language in Shakespeare's History." *Studies in English Literature 1500-1900* 42.2 (2002): 317-334.

Walch, Gunter. "*Henry 5* as Working-House of Ideology." *Shakespeare Survey* 40 (1988): 63-68.

Wilcox, L. "Katherine of France as Victim and Bride." *Shakespeare Studies* 17 (1985): 61-76.

제5장__

박효춘. 「『심벨린』(*Cymbeline*)의 정치성」. *Shakespeare Review* 53.2 (2017): 217-238.

심지영. 「노마디즘으로 바라본 셰익스피어 로맨스극 여주인공들―이모젠과 마리나를 중심으로」. *Shakespeare Review* 53.4 (2017): 533-552.

Bloom, Harold. *Shakespeare: The Invention of the Human.* New York: Riverhead Books, 1998.

Boling. R. J. "Anglo-Welsh Relations in *Cymbeline.*" *Shakespeare Quarterly* 51.1 (Spring 2000): 33-66.

Escobedo, Andrew. "From Britannia to England: *Cymbeline* and the Beginning of Nations." *Shakespeare Quarterly* 59.1 (Spring 2008): 60-87.

Felperin, Howard. *Shakespearean Romance*. Princeton: Princeton UP, 1972.

Floyd-Wilson, Mary. *English Ethnicity and Race in Early Modern Drama*. Cambridge: Cambridge UP, 2003.

Heinze, Eric. "Imperialism and Nationalism in Early Modernity: The 'Cosmopolitan' and the 'Provincial' in Shakespeare's *Cymbeline*." *Social and Legal Studies* 18.3 (September 2009): 373-396.

Innes, Paul. "*Cymbeline* and Empire." *Critical Survey* 19.2 (2007): 1-18.

Maley, Willy. "*Cymbeline*, the Font of History, and the Matter of Britain: From Times New Roman to Italic Type." *Alternative Shakespeare 3*. Ed. Diana E. Henderson. London: Routledge, 2008. 119-137.

Mikalachki, Jodi. "The Masculine Romance of Roman Britain: *Cymbeline* and Early Modern English Nationalism." *SQ* 46.3 (1995): 301-322.

Ornstein, Robert. *Shakespeare's Comedies: From Roman Farce to Romantic Mystery*. Newark: U of Delaware P, 1986.

Patterson, Orlando. *Ethnic Chauvinism: The Reactionary Impulse*. New York: Stein and Day, 1977.

Redmond, Michael. J. "Rome, Italy, and the (Re)Construction of British National Identity." *Shakespeare Yearbook* 10 (1999): 297-316.

Shakespeare, William. *Cymbeline*. Ed. J. M. Nosworthy. New York: Methuen, 1980.

Thorne, Alison. "'To write and read / Be henceforth treacherous': *Cymbeline* and the Problem of Interpretation." *Shakespeare's Late Plays: New readings*. Ed. Jennifer Richards, and James Knowles. Edinburgh: Edinburgh UP, 1999. 176-190.

Woodbridge, Linda. "Palisading the Elizabethan Body Politic." *Texas Studies in Literature and Language* 33 (1991): 327-354.

제6장__

김라옥. 「『헨리 8세』에 나타난 세금과 조세저항 시위와 상속자 문제 고찰」. *Shakespeare Review* 52.4 (2016): 581-603.

Appleford, Amy. "Shakespeare's Katherine of Aragon: Last Medieval Queen, First Recusant Martyr." *Journal of Medieval and Early Modern Studies* 40.1 (2010): 149-172.

Leggatt, Alexander. *Shakespeare's Political Drama.* London: Routledge, 1988.

Luis-Martinez, Zenon. "Maimed Narrations': Shakespeare's *Henry VIII* and the Task of the Historian." *Explorations in Renaissance Culture* 27.2 (2001): 205-243.

Margeson, John. Ed. *King Henry VIII.* Cambridge: Cambridge UP, 1990.

Mayer, Jean-Christophe. *Shakespeare's Hybrid Faith: History, Religion and the Stage.* Basingstoke, U.K.: Palgrave Macmillan, 2006.

McMullan, Gordon. "'Swimming on bladders': The Dialogics of Reformation in Shakespeare & Fletcher's *Henry VIII.*" *Shakespeare and Carnival: After Bakhtin.* Ed. Ronald Knowles. London: Macmillan, 1998. 211-227.

Menon, Madhavi. *Wanton Words: Rhetoric and Sexuality in English Renaissance Drama.* Toronto: U of Toronto P, 2004.

Patterson, Annabel. "'All is True': Negotiating the Past in *Henry VIII.*" *Elizabethan Theater: Essays in Honor of S.Schoenbaum.* Eds. R. B. Parker, and S. P. Zitner. Newark: U of Delaware P, 1996. 147-166.

Shakespeare, William. *Henry VIII.* Arden Shakespeare. Ed. Gordon McMullan. London: Methuen, 2000.

Sherman, Anita Gilman. *Skepticism and Memory in Shakespeare and Donne.* New York: Palgrave Macmillan, 2007.

Slights, Camille Wells. "The Politics of Conscience in *All Is True* (Or *Henry VIII*)." *Survey* 43 (1991): 59-68.

Streele, Adrian. "Conciliarism and Liberty in Shakespeare and Fletcher's *Henry VIII*." *Stages of Engagement: Drama and Religion in Post-Reformation England.* Eds. James D. Mardock, and Kathryn R. McPherson. Pittsburgh: Duquesne UP, 2014. 83-105.

찾아보기

지은이 **김문규**

현재 덕성여자대학교 교수
경북대학교 학사, 서울대학교 석사 · 박사
저서 『영미희곡 연구』(공저, 민음사)
논문 「『베니스의 상인』에 나타난 경제논리와 윤리의 문제」 외 수십 편

셰익스피어의 역사극 연구
왕조에서 제국으로

초판 1쇄 발행일 2021년 9월 10일

김문규 지음

발 행 인   이성모
발 행 처   도서출판 동인 / 서울특별시 송파구 혜화로3길 5, 118호
등록번호   제1-1599호
대표전화   (02) 765-7145 / FAX (02) 765-7165
홈페이지   www.donginbook.co.kr
이 메 일   dongin60@chol.com
I S B N   978-89-5506-846-7 (93840)
정   가   15,000원